미친 X들

미친 X들

서미애

송시우

정해연

홍선주

이은영

한새마

거짓말의 발톱

서미애

1.

휴대폰을 연 지영은 SNS의 알림 숫자를 보고 눈이
휘둥그레졌다.

세 시간 전에 올린 사진에 '좋아요'가 253개나 달렸다. 댓글도
140개가 넘는다. 앱을 열어 게시물에 '좋아요'를 누른 사람들의
명단을 확인하는데 어렴풋이 세탁이 끝났다는 음악 소리가 들렸다.
지영은 총총걸음으로 다용도실로 향했다. 서둘러 탈수가 끝난
세탁물을 꺼내 건조기에 넣고 문을 닫았다. 시작 버튼을 눌러 놓고
얼른 주방으로 돌아왔다.

식탁 의자에 앉은 지영은 댓글을 하나씩 읽기 시작했다. 그사이
'좋아요'는 더 늘어 270개를 넘어갔다. 이렇게 폭발적인 반응은
처음이다. 간간이 올린 사진도 반응이 나쁘진 않았지만 그것과는
비교도 안 되는 속도다. 손끝에 짜릿한 전율이 느껴진다. 한편으로
궁금해졌다. 도대체 무엇이 사람들의 흥미를 끈 것일까?

— 와, 거실 풍경 너무 멋있어요.

— 매일 이런 풍경을 볼 수 있다니!

— 뷰는 역시 한강 뷰죠.

— 예술이네요. 도대체 몇 평이야?

— 레이첼 님 드디어 이사하신 건가요?

지영은 '드디어 이사'라는 댓글에서 시선을 멈췄다. 이사를 했냐고?

그제야 몇 달 전에 올린 게시물 몇 개가 생각났다. 간간이 50평형 아파트의 임장을 다녀온 후기를 쓰고 있었다. 용산의 헬리투스 아파트, 성수동의 트마리제, 잠실의 시드니엘. 시간이 날 때마다 부동산 중개업소를 찾아다닌 덕분에 어느 지역의 아파트 전망이 가장 좋은지 알게 되었다. 아, 전망은 '지역보다 높이'라고 했던가? 모두 한강이 내려다보이는 전망이었지만 각각 장점이 달라서 어떤 곳으로 가야 할지 결정을 못 하고 있다고 글을 남겼었다.

그래서 오늘 올린 사진을 '드디어 이사를 한 곳'이라고 생각하는 모양이군.

지영이 올린 게시물 중 반응이 좋았던 건 이런 것들이다.

평범한 소시민은 쉽게 보거나 만질 수 없는 것들. 40억에서 50억을 오가는 아파트의 거실, 쥬얼리숍의 VIP실에서 껴 봤던 6억짜리 다이아몬드 반지나 벽장 하나를 채운 샤넬의 클래식 컬렉션 가방 같은 것들. SNS를 하는 건 그런 것으로 눈요기를 하는 대리만족의 심리가 들어 있다. 그래서 다들 인스타그램 감성이니

거짓말의 발톱

플렉스니 하며 자신이 경험한 것 중 가장 좋은 것, 비싼 것들의 사진을 찍어서 올리는 것이다.

처음부터 이런 사진을 올릴 생각은 없었다. 깨진 접시 하나가 시작이었다.

싱크대 선반에서 접시를 꺼내다 손이 미끄러져 바닥에 떨어뜨렸다. 아차 싶었지만 이미 저질러진 일. 당황스러운 와중에도 얼른 휴대폰을 꺼내 깨진 접시의 사진을 찍었다.

같은 걸 구할 수 있을까? 어디서 사야 하지? 가격은 얼마나 할까? 머릿속이 하얘지면서 위장이 뒤집어진 것처럼 속이 뒤틀렸다. 저릿한 통증이 밀려들었다. 그때 인스타그램이 생각났다. 깨진 접시 사진을 올리고 무심한 척 '새로 접시를 사야겠네. 어디서 샀더라?'라는 글을 적었다. 갑자기 달리는 댓글을 보며 접시를 깨뜨렸을 때보다 더한 당혹감을 느꼈다.

― 어떡해, 너무 이쁜데 아깝다.

― 보기만 해도 엄청 비싸 보이는데.

― 어머, 세상에. 이거 로얄코펜하겐 접시 아니에요?

― 덴마크 왕실에서 쓴다는 로얄코펜하겐!! 와 멋져요.

― 지금 쇼핑 사이트 찾아봤는데 여기 링크 있어요.

링크를 타고 들어가 확인하니 89만 원이었다. 접시 하나에 89만 원! 그것도 20퍼센트 세일 가격이다. 지영은 온몸의 피가 빠져나가는 것처럼 기력이 툭 떨어졌다. 그대로 주저앉았다. 매일 쓰면서도 가격은 한 번도 생각해 보지 않았다. 단 1초의 실수로 89만 원이 날아가다니!

잃은 게 있다면 얻는 것도 있다. 평소 20개 정도 달리던 '좋아요'가 100개를 넘어가고 댓글도 수십 개가 달렸다. 지영은 이렇게 많은 사람이 자신의 계정을 보고 있다는 사실을 처음 알았다. 아니, 다들 휴대폰만 들여다보고 사나 싶다가 자신도 그들과 다르지 않다는 것을 깨달았다.

무엇을 찾는지도 모르지만 휴대폰 화면을 쳐다보며 수많은 게시물을 보고 있다. 눈길을 끌지 않는 게시물은 쓱쓱 화면을 그냥 넘겨 버린다. 그러다 반짝, 시선을 사로잡는 게시물을 발견하면 그제야 멈추고 사진을 하나씩 살펴본다. 마음에 들면 '좋아요'에 '댓글'까지. 적극적인 반응이 오는 건 그만큼 사람들의 관심을 끌었다는 얘기다. 89만 원은 잃었지만 어떻게 하면 사람들의 반응을 얻는지는 확실하게 알았다.

댓글을 다 읽은 지영은 다시 한번 창밖을 바라보았다. 어제 찍어서 올린 건 바로 이 창밖의 풍경이다.

62평 아파트의 거실은 한쪽 면이 다 유리창이다. 그 너머로 내려다보이는 한강과 다리들, 강변북로의 도로는 보기만 해도 가슴이 탁 트이는 전망이다. 이 아파트의 가격이 비싼 건 인테리어나 평수 때문이 아니다. 바로 이 전망, 높은 곳에서 내려다보는 전망에 대한 값이다. 지영은 집안일을 하다가도 종종 손을 멈추고 창밖을 보았다. 게시물을 올린 지 세 시간 만에 300명 가까운 사람들이 '좋아요'를 누른 건 이 전망이 모두가 부러워하는 선망의 공간이라는 얘기다.

거짓말의 발톱

높기만 하다고 부러워하는 게 아니다. 한강이 보이는 곳. 그건 서울에서도 소수의 부유층만이 가진 공간을 의미한다. 같은 건물에 같은 평수라고 해도 한강이 보이는 곳은 가격에 10억 정도가 더 붙는다. 이 아파트는 서울에서도 한강이 가장 잘 내려다보이는 곳, 세상의 모든 것이 내 발아래 있다는 환상을 주기에 충분한 곳이다. 그래서 이 건물 맨 위층에 있는 펜트하우스는 100억이 넘는다는 얘기를 들었다. 어떤 사람이길래 100억이라는 돈을 집 사는 데 쓰는 걸까 하는 생각을 잠깐 했었다.

창밖 풍경에 시선을 빼앗겼던 지영은 얼른 정신을 차리고 소파 한편에 개어 놓은 빨래를 내려놓았다. 경동시장에 다녀와야 한다는 것을 잊고 있었다. 주방 의자에 놓아두었던 가방을 챙겨 집을 나섰다.

아파트 단지를 빠져나온 지영은 서둘러 버스 정류장으로 향했다. 5월의 햇살과 어디선가 흘러오는 라일락 향기에 자신도 모르게 콧노래가 흘러나왔다. 5분도 되지 않아 타야 할 버스가 도착했다. 버스 안은 벌써 에어컨 바람이 나오고 있었다. 창문을 열면 시원한 바람이 불 텐데 사람들은 문을 닫고 에어컨의 차가운 바람을 쐬는 것에 익숙하다.

지영은 가방에서 스카프를 꺼내 가볍게 목에 둘렀다. 부드러운 감촉이 목을 감았다. 새삼 손가락으로 스카프를 만져 보았다. 비싼 건 그 값을 하는 모양이다. 손가락에 느껴지는 질감이 매끄러웠다. 그러고 보니 이 스카프 사진을 올렸을 때도 '좋아요'와 '댓글'이 많이 달렸다.

'디자인이 이뻐요, 원피스에 두르면 이쁘겠다'며 간간이 달리던 댓글은 '어머, 그거 한정판 디올 신상 아니에요?' 하는 댓글이 달린 뒤부터 무섭게 이어졌다. 이건 얼마나 하지? 궁금하던 차에 댓글들이 알아서 정보를 공유했다. 지영도 그제야 스카프의 가격을 알게 되었다. 덴마크 왕실에서 쓴다는 접시 한 장 가격보다 비쌌다. 스카프 하나가 100만 원 가까이 하다니.

지영의 앞에 앉아 있던 학생이 일어났다. 지영은 얼른 빈자리에 앉으며 습관처럼 휴대폰을 열어 SNS 앱을 열었다.

어느새 '좋아요'는 350개가 넘었다. 지영은 새롭게 달린 댓글을 확인하기 시작했다.

2.

"지영아, 너 지영이 맞지? 한지영."

한의원에서 공진단을 받아 나오는 길에 누군가 뒤에서 지영의 이름을 불렀다. 돌아보니 장바구니를 든 희경이 서 있었다. 3년 만인가? 그래도 어제 본 사람처럼 금방 알아볼 수 있었다.

"어떻게 여기서 만나니? 그동안 어떻게 지냈어? 어디 살아?"

대답할 틈도 주지 않고 질문을 쏟아 내던 희경은 덥석 지영의 손을 잡았다. 지영은 왼손을 희경에게 내맡긴 채 입꼬리를 살짝 올리며 인사했다.

"잘 지냈어?"

"'잘 지냈어?' 너 지금 그런 말이 나와? 도대체… 어떻게 지낸 거야? 다들 얼마나 걱정했는지 알아?"

그럴 리가. 희경이 너라면 모를까, 다른 친구들은 내 걱정 따위 할 리가 없다. 아, 궁금하긴 했겠지. 한순간 무너진 내 얼굴이. 하지만 지영은 그런 속마음과 달리 차분하게 말을 이었다.

"그랬어? 사느라 바빠서 정신이 없었네."

"…이럴 게 아니라, 우리 어디 가서 얘기 좀 해."

희경은 대답도 듣지 않고 주변을 두리번거렸다. 작은 카페를 발견한 희경은 잡고 있던 지영의 손을 끌어당겼다. 지영은 못 이기는 척 희경의 손에 이끌려 카페로 들어섰다. 자리에 앉자마자 질문 공세가 이어졌다.

"어떻게 나한테까지 연락을 안 해? 전화도 안 받고, 메시지도 씹고. 얼마나 걱정했는지 알아?"

"이렇게 잘 지내고 있잖아."

"그러게, 좋아 보이네. …나만 반가운 거니?"

데면데면한 지영의 반응이 서운했는지 희경의 표정이 가라앉았다.

"아니야, 나도 반가워. 갑자기 보니까 좀 놀라서 그래."

희경은 그제야 지영의 얼굴을 살피고 어깨에 흘러내린 스카프를 올려 주며 농담을 던졌다.

"하긴 놀랄 만도 하지. 나 허릿살 나온 거 봐. 몇 년 사이 7킬로는 쪘다니까."

말은 그렇게 하지만 엄살이다. 조금 살이 붙긴 했지만 보기 좋은 정도다. 지영은 희경을 마지막으로 만난 게 언제였는지 떠올리느라 말할 타이밍을 놓쳤다. 희경은 지영의 침묵을 다르게 받아들인 듯했다.

"…넌 내가 어떻게 지냈는지 궁금하지도 않니?"

페이스북을 통해 희경이 어제저녁에 뭘 먹었는지도 알고 있는 지영은 풋 웃음이 터져 나왔다. 희경은 생각지 못한 지영의 웃음에 당황한 듯 말을 잇지 못하고 물끄러미 쳐다보았다.

"미안. 사실 난 너 어떻게 지내는지 알아. 네 계정에 가끔
들어가서 보거든."

거짓말. 가끔이 아니다. 지영은 자신의 인스타그램을 확인할
때마다 희경이 올린 페이스북 게시물을 확인했다.

지영은 깊고 어두운 심해로 들어가 세상과 담을 쌓고 있는 동안
자신을 아는 모든 사람들과 관계를 끊었다. 이사를 하고 휴대폰을
바꾸고 친구들과의 대화 창구이던 페이스북도 닫았다. 지영은
세상에 없는 듯 고요히 살았다. 겨우 다시 기력을 찾고 일어나
돈벌이를 하고 숨을 쉬게 되면서 친구들이 있는 페이스북을 버리고
다른 SNS에 계정을 만들었다. 새로운 환경에서 살아가기 위해서
주변의 사람들을 바꿀 필요가 있었다. 그래도 희경의 페북만은 잊지
않고 찾아갔다. 어쩌면 그걸로 충분했는지도 모른다.

희경의 게시물과 댓글을 읽다 보면 자연스럽게 친구들
근황까지 알게 되었다. 지영이 잠수를 타고 모임에 나가지 않은 동안
누구도 지영의 소식을 묻거나 궁금해하지 않았다. 그들은 처음부터
넷이 모였던 것처럼 즐겁게 함께 만나 식사하고 차를 마시는 사진을
올렸다. 지영의 빈자리 같은 건 보이지 않았다. 두 달에 한 번 하는
모임은 지영 없이도 잘 유지되고 있었다.

"너 어제도 남편이랑 저녁에 외식했잖아, 결혼기념일.
16주년이라고 했나?"

희경은 어이가 없다는 듯 지영을 쳐다보았다.

"너 진짜 나쁘다. 그렇게 보고 있었으면 '좋아요'라도 누르지.
내가 네 계정 볼 때마다 얼마나 가슴이 아팠는지 알아? 게시물은
싹 다 지웠지. 메시지는 확인도 안 하지. 내가 무슨 생각까지 한 줄

알아?"

"내가 죽기라도 했을까 봐?"

"그래 이년아, 차라리 그러면 소식이라도 알지. 하여튼 독한 건 알아줘야 해."

"죽긴 왜 죽어. 내가 뭘 잘못했다고."

"그래, 네 잘못도 아닌데 왜, 잠수는 왜 타냐고. 이 언니 속 터지는 거 보고 싶어서 그래?"

"그냥, …다 보기 싫었어."

잠시 지영의 얼굴을 물끄러미 보던 희경은 안쓰럽다는 표정으로 지영의 손을 잡았다.

싫다. 이래서 연락을 끊은 거다. 남편이랑 이혼한 게 뭐 대수라고 이렇게 세상 다 잃은 표정으로 사람을 동정해? 지영은 바쁘다는 듯 얼른 손을 빼고 휴대폰으로 시간을 확인했다.

"늦었어, 그만 가 봐야겠다."

"몇 신데…, 어머 나도 일어나야 할 시간이네. 우리 아들 학원 끝날 시간이야."

희경은 부산스럽게 자리에서 일어나면서도 해야 할 말을 잊지 않았다.

"전화번호 바꿨지? 연락처 줘. 이번에 또 잠수 타면 진짜 죽을 줄 알아."

지영은 어쩔 수 없이 전화번호를 불러 주었다. 희경은 지영의 휴대폰이 울리는 것까지 확인하고서야 지영의 손을 놓아주었다.

카페를 나서던 희경은 뒤를 돌아보며 지영에게 말했다.

"다음 주에 우리 모임 있어. 내 페북 본다니까 알겠네. 나와. 다들 너 보면 반가워할 거야."

"…."

지영은 대답하지 않았다. 걸음을 옮기던 희경은 동작을 멈추고 지영을 쳐다보았다.

"왜? 아직도 애들 보기 싫어?"

"아니, 시간 봐서. 나도 스케줄이 있으니까. 모임 날짜랑 시간, 문자로 알려 줘. 시간 맞으면 갈게."

"'맞으면'이 아니고 맞춰서 와야지. 연락할게. 그때 보자."

희경은 학원 앞에서 기다릴 아들 때문인지 서둘러 버스 정류장으로 뛰어갔다. 몇 분 뒤 아파트로 가는 버스를 탄 지영의 머릿속에는 친구들의 얼굴이 하나씩 떠오르다 사라졌다.

차라리 남이라면 상처가 덜했을지 모른다. 친구라고 믿었던 사람들의 입에서 남편의 이야기가 나왔을 때 지영은 오랫동안 숨겨져 있던 친구들의 진짜 얼굴을 확인한 느낌이었다.

진숙은 고지식하긴 하지만 눈치는 있어서 지영의 감정을 상하게 하지는 않았다. 미란도 말이 많은 편이라 간혹 말실수를 해도 악의가 있지는 않다. 물론 그것도 불쾌하긴 했다. 하지만 도경은 달랐다. 이상하게 말투며 선택하는 단어들이 신경을 건드렸다.

도경은 처음부터 지영의 결혼을 삐딱한 시선으로 바라보았다. 지영의 남편 직업을 알게 되었을 때 도경은 이렇게 말했다.

"애널리스트? 말이 좋아 애널리스트지, 우리가 알 만한 증권사에 다니는 것도 아니잖아. 친구 몇 명이 사무실 내고 경제연구소니 이런 이름 붙이는 경우도 많단다. 잘 알아봐."

도경은 친구를 걱정해서 하는 말이라고 했지만 속뜻은 비하였다. 도경은 늘 그런 식으로 지영의 신경을 긁었다. 친구들과 함께 모이다 보니 어울렸을 뿐 도경만 따로 알았다면 친구가 되는 일도 없었을 것이다. 지영과는 상극이라는 게 맞을 것이다.

지영이 새 아파트를 장만하고 집들이를 했을 때도 도경은
매의 눈으로 집 안을 둘러보며 흠집을 잡으려 했다. 방마다 열어
보며 둘이 사는데 40평은 허세라는 둥, 집만 넓었지 인테리어는
영 별로라고 중얼거렸다. 남편에게 선물 받은 샤넬 백도 몇 번이나
라벨을 확인하며 짝퉁인지 확인했다. 친구들에게 한 소리 들은
뒤에야 가방을 내려놓고는 도대체 몇백만 원이나 하는 가방을 왜
사는지 모르겠다며 엉뚱한 소리를 했다. 명품이라는 게 확인되자,
말을 바꿔 명품은 장사꾼들이 만들어 낸 상술일 뿐이라고 떠들었다.
지영은 결국 참지 못하고 날 선 말투로 도경에게 경고했다.

"계속 시비 걸 거면 가. 너 나랑 싸우려고 왔니?"

"그냥 그렇단 얘기야, 저 도시락 가방 같은 게 1000만 원이
넘어간다니 하는 소리야. 아유, 무서워서 뭔 말을 못 하겠네."

"지금 그게 남의 집들이에 와서 할 소리야? 너 돌았어?"

"에이, 그만. 좋은 날 모여서 왜 이래? 도경이 넌 생각 좀 하고
말해라."

희경의 중재로 말다툼은 끝났지만 싸해진 분위기는 쉽게
바뀌지 않았다. 지영은 도경이 도를 넘는 말을 해도 대수롭지 않게
여기는 친구들의 태도도 실망스러웠다. 결국 집들이는 생각보다
일찍 끝났다. 미란이 까불거리며 뒤늦게 분위기를 띄우려 했지만
지영의 속은 풀리지 않았다.

"그거 다 질투 나서 그런 거야. 네가 부러워서 그런 거니까
이해해."

집을 나서며 지영을 위로한답시고 미란이 속삭였지만 그게 더
화가 났다. 질투라니, 내가 이해하라는 건 또 뭐야? 저런 말을 하는 걸

참아 줘야 한다는 거야? 도대체 왜 내 인생을 자기와 비교하는 건데?

잘사는 걸로 치면 희경이 훨씬 부자다. 게다가 자상하고 유쾌한 변호사 남편에 순하고 예쁜 아들도 있다. 하지만 지영은 한 번도 도경이 희경에게 꼬투리 잡는 걸 보지 못했다. 이렇게 대놓고 시비를 거는 건 도경이 자신을 만만하게 보기 때문이라고 생각할 수밖에 없었다. 대학 시절부터 도경은 지영을 함부로 대했다.

도경에게 보여 주기 위해서라도 잘 살아야겠다고 다짐했지만, 인생은 지영의 뜻대로 흘러가지 않았다.

잘나가던 주식시장은 나락으로 떨어졌고 남편은 하루아침에 빚쟁이가 되었다. 남편은 주식 종목이나 경제 시황을 분석하는 경제연구소의 전문가가 아니라, 지인들의 돈을 끌어모아 단타를 하는 주식꾼이었다. 남편의 정보에 솔깃해 대출까지 받아 돈을 맡겼던 투자자들은 남편을 찾아다녔고 지영에게까지 멱살을 잡고 소리를 질렀다. 돈을 잃은 사람들의 눈은 돌아 있었다. 욕설과 고함, 윽박지름에 지영은 버틸 수가 없었다.

남편과 살던 집의 전세보증금을 털어 다 주고 나자 지영은 갈 곳이 없었다. 딴 주머니에 모아 둔 1000만 원 덕분에 겨우 제 한 몸 누울 월세방을 구할 수 있었다. 지영은 가장 먼저 친구들과의 연락을 끊었다. 무엇보다 도경의 자신만만해하는 얼굴이 꼴 보기 싫었다.

'거봐, 내 말이 맞지.'

만나면 이렇게 말할 게 뻔했다. 친구의 불행 앞에 자신의 예지력이나 자랑하는 친구 따위는 만나고 싶지 않았다. 무엇보다 이제 좀 걱정 없이 사는가 싶던 인생이 한순간에 무너지자 견디기가 힘들었다.

중학교에 입학할 즈음 교통사고로 아버지를 잃고 엄마와
단둘이 살면서 지영은 늘 돈 때문에 주눅이 들었다. 생활력
없는 엄마는 아버지가 남긴 유산과 보험금을 다 까먹고 지영이
고등학교에 들어갈 즈음 등산회에서 만난 남자와 재혼을 해 버렸다.

엄마는 남자를 따라 지방으로 이사하게 되었다며 이따금 보러
오겠다는 말을 하면서 발가락을 만지작거렸다. 지영은 아무 대답도
하지 않고 엄지발가락을 긁는 엄마를 쳐다보았다. 속이 빤히 보이는
거짓말쟁이. 엄마는 거짓말을 할 때면 발이 가려운지 발가락을
긁었다.

"엄마, 발가락은 왜 긁어?"

지영의 엉뚱한 질문에 엄마는 엄지발가락을 조심스럽게
눌렀다.

"발톱이 살을 파고들어서. 곪았나 보다. …아프네."

지영은 엄마가 오지 않을 거라는 걸 알고 있었다. '이따금' 보러
오겠다니, 아직 미성년인 딸을 혼자 두고 떠나는 엄마가 할 말은
아니라는 생각이었다.

혼자 남겨진 지영은 엄마가 어쩌다 보내 주는 병아리 똥만큼의
용돈으로 생활했다. 고등학교를 졸업하자 그마저도 끊겼다. 아예
소식도 끊어졌다.

2년 동안 악착같이 일해 간신히 대학에 들어갔다. 대학에
가서도 학비는 학자금대출로 해결하고, 생활비를 벌기 위해
새벽부터 주말까지 아르바이트를 했다. 조금이라도 움직이지
않으면 당장 다음 달 휴대폰 요금을 걱정하며 살아야 했다. 대학을
졸업하고 직장에 다니면서 받은 월급은 학자금대출을 갚는 데
들어갔다. 하루라도 빨리 족쇄 같은 대출금을 갚고 싶었다.

지영은 결혼이 절실했다. 혼자 아무리 발버둥을 쳐 봐야 조금씩 대출금을 갚는 게 전부였다. 당연히 결혼 상대로 경제력이 있는 남자를 찾았다.

남편을 만나면서 처음으로 여유가 생겼다. 월세로 들어가던 돈을 저축할 수 있었고 넉넉한 생활비 덕분에 돈 걱정을 떨쳐 낼 수 있었다. 그동안 돈 때문에 먹고 싶은 것, 하고 싶은 일을 참아야 했지만 이제 그러지 않아도 되었다. 뮤지컬을 보러 다니고 유럽 여행도 다녔다. 친구들의 시기 어린 질투도 웃으며 넘겼다.

그때 정신을 차리고 돈을 모았더라면 지금 상황이 조금은 나았을까? 한 치 앞도 모르는 게 사람의 일이라더니, 잠시 방심한 벌이었을까? 지영은 지금 또 돈 때문에 몸도 마음도 쪼들렸다.

왜 하필 거기서 희경과 마주친 걸까? 10분 일찍 한의원에 다녀갔더라면 서로 엇갈린 채로 각자의 삶을 살았을 텐데.

버스에서 내린 지영은 아파트 단지 쪽으로 걸음을 옮기며 희경에게 문자를 남기려고 휴대폰을 열었다. 자신과 만난 걸 친구들에게 알리지 말아 달라고 부탁할 참이었다. 하지만 한발 늦었다. 희경의 페이스북에 새 게시물이 올라와 있었다.

식탁 위에 장을 본 채소와 과일 같은 것들을 펼쳐 놓은 사진과 함께 '시장에서 우연히 친구를 만났다. 이젠 자주 보자 친구야'라는 글이 쓰여 있었다. 또 다른 사진도 올라와 있었다. 거리에 서 있는 자신의 사진이었다. 버스에 탄 뒤 바로 찍어 올린 모양이었다. 벌써 '좋아요'가 10개 정도 달렸다. 명단을 눌러 보니 눈에 띄는 이름이 있었다.

이도경.

지영은 자기도 모르게 침을 삼켰다. 하루에도 몇 번씩 게시물을

거짓말의 발톱

올리는 희경에게 처음으로 짜증이 났다. 지가 무슨 연예인이야?
사생활을 생중계하게. 게다가 남의 사진은 왜 올려?

　　문을 열고 현관으로 들어서니 나갈 때는 없던 신발이 놓여 있다.
송 여사가 돌아온 모양이다. 지영은 얼른 목에 감은 스카프를 풀어
가방에 집어넣고 중문을 열며 집 안으로 들어갔다.
　　송 여사는 지영이 개어 놓은 빨래를 다시 펼쳐 개고 있었다.
속옷조차도 각을 맞춰 개야 직성이 풀리는 성격이다. 처음엔 신경이
쓰였지만 할 일 없는 노인네가 소일거리 삼아 하는 일이라 생각하고
보아 넘겼다.
　　지영은 송 여사가 앉아 있는 소파 앞 탁자에 한의원에서 받아 온
공진단을 내려놓았다.
　　"다녀오셨어요? 모임은 잘하셨어요?"
　　"노인네들 뭐 할 일이 있나. 밥 먹고 차 한잔하고 헤어졌어. 안
보이길래 퇴근한 줄 알았네."
　　공진단 상자를 열어 본 송 여사는 지영을 올려다보며 물었다.
　　"최 원장이 다른 건 안 줘?"
　　"네? 이게 전부인데요?"
　　"맨날 말로는 특별히 뭘 챙겨 준다고 생색은 다 내면서, 입만
번지르르하지. 알았어요."
　　지영은 주방으로 걸어가 냉장고를 열어 저녁 반찬을 확인하고
다시 송 여사가 있는 거실로 돌아왔다.
　　"반찬은 냉장고에 있고 말씀하신 국은 끓여서 뒤 베란다에
뒀어요."
　　바깥주인은 끼니마다 국이 없으면 안 되는 분이라 매번 다른

국을 끓여 식단을 준비해야 한다. 제철마다 나는 채소며 해산물로 맑게 끓인 국을 좋아한다. 오늘은 5월부터 제철이라는 동죽으로 맑은 조갯국을 끓였다. 동죽을 제대로 해감하려면 꽤 공을 들여야 한다.

"그래요, 수고했어요."

지영은 빨래를 들고 일어서는 송 여사에게 고개를 숙여 인사하고 현관으로 걸음을 옮겼다. 서너 걸음을 떼기도 전에 등 뒤에서 송 여사가 부르는 소리가 들렸다.

"저기 혹시, 내 스카프 못 봤어?"

"네?"

"우리 딸이 선물한 스카프. 왜 회색이랑 분홍이 들어간."

"아…, 드레스룸에 없나요?"

지영은 가방을 든 손에 힘을 주며 물었다. 갑자기 발가락이 가렵다. 무언가 엄지발가락을 파고드는 느낌. 슬리퍼 안의 발을 꼼지락거렸다. 이런 것도 엄마를 닮은 건가?

"다 찾아봐도 없네. 어디다 흘린 건지…. 이놈의 정신머리. 가만있어 봐요."

송 여사는 드레스룸으로 들어가더니 한동안 기척이 없었다. 지영을 거실에 세워 놓고 잊은 건가 싶을 즈음 송 여사가 드레스룸에서 나왔다. 손에는 갈색 코트를 들고 있었다.

"괜찮으면 이거 가져다 입어요."

지영은 얼떨결에 송 여사가 건네는 코트를 받았다. 한눈에 봐도 꽤 세월이 지난 디자인이다.

"이거 우리 집 양반이 꽤 비싸게 주고 산 건데, 나이가 드니까 입기가 무겁네. 가져다 입어요. 나랑 체형이 비슷하니까 맞을 거야."

"아, 네⋯."

잠시 머뭇거리던 지영은 다시 가볍게 고개를 숙여 인사를 하고 중문을 열었다. 현관문을 닫기 전까지 가슴이 두근거렸다. 엘리베이터에 타자, 참았던 숨이 새어 나왔다.

스카프를 찾을 거라고는 생각도 못 했다. 맘에 안 든다고 서랍 한편에 넣어 두었다. 거기 들어간 물건들은 나오는 법이 없었다. 선물 받은 그대로 포장도 풀지 않거나, 태그도 떼지 않은 물건들이 가득했다. 서랍 속에 버려지는 것보다는 누군가 입어 주는 게 좋을 것 같아 가져왔다. 사실 팔순이 넘은 노인네에게 어울리는 색도 아니다. 지영은 들고 있는 코트를 내려다보았다. 노인네는 이따금 이런 짓을 한다. 30년은 된 것 같은 옷을 선심 쓰듯 던져 준다. 누굴 거지로 아나?

아파트 건물을 나오며 지영은 쓰레기 분리수거장으로 향했다. 지난번에 준 캐시미어 스웨터는 좀이 슬어 구멍이 나 있었다. 번번이 쓰레기로 버릴 것을 자신에게 던져 주는 것 같아 기분이 상했다. 의류 수거함 안으로 코트를 집어넣던 지영은 순간, 동작을 멈추었다. 라벨을 확인해 보고 싶었다. 비싸게 주고 샀다고 했지? 그렇다면 혹시 명품인가?

지영은 잠시 망설이다가 수거함에 반쯤 들어간 코트를 꺼내 안감을 확인했다. 역시나, 어디서 본 듯한 로고가 박혀 있었다. 지영은 코트를 가방에 쑤셔 넣었다. 사진을 찍어 인스타그램에 올려 볼까 하다가 그 생각은 접었다.

이런 낡아 빠진 코트는 '레이첼'의 계정에는 어울리지 않아.

우선 검색으로 제조사를 알아보고 중고 가격이 괜찮으면 당근에 올려 봐야겠다고 생각했다.

지영은 서둘러 버스 정류장으로 향했다. 걸을 때마다 살을 찌르는 통증이 엄지발가락을 괴롭혔다.

3.

지영은 휴대폰을 들 때마다 습관적으로 페이스북에 들어가 희경이 글을 올렸는지 확인했다.

희경은 오늘도 열심이다. 벌써 네 번째 포스팅이다.

희경은 매일 중학생 아들의 도시락 사진을 올리며 하루를 시작한다. 오늘도 야채소시지볶음과 소불고기, 계란말이가 담긴 반찬 통과 키위, 토마토 등을 썰어 담은 과일이 든 통 하나, 그리고 야채볶음밥 도시락 사진이 올라왔다. 그 포스팅이 가장 많은 '좋아요'를 받는다. 몇 시간 만에 벌써 200개가 넘는 '좋아요'가 달렸다. 댓글도 100개 가까이 된다. 도시락 사진이 올라가고 두 시간 뒤엔 필라테스 중인 사진이다. 자신의 몸매가 어떻게 변하는지 체크하기 위해 올리는 거라고 하지만 태그를 보면 필라테스 광고가 틀림없다. 점심에는 혼자 만들어 먹었다는 샐러드 사진이 올라온다. 어떤 날은 커피 한 잔이, 또 어느 때는 스파게티 사진이 보인다. 여기까지가 희경의 오전 포스팅이다. 올라오는 게시물만 봐도 오전에 무엇을 하며 보냈는지 알 수 있다.

네 번째 포스팅은 이제 오후가 되었다는 얘기다. 전시회장이나, 공연장, 전망 좋은 레스토랑 사진이 주로 올라온다. 여기에는 그날의 기분을 알 수 있는 몇 마디가 적혀 있다. 오늘은 거실에서 보는 창밖 풍경 사진이다. 은근히 집 안의 인테리어도 보인다. 창가에 놓인

의자 위에는 보드라운 털이 놓여 있고 탁자에는 읽던 책이 엎어져 있고 그 옆에는 투명한 유리잔에 담긴, 꽃잎이 펴진 허브차가 놓여 있다.

'비 오는 오후, 더 읽고 싶지만 잠시 후 친구들과의 모임. 오늘은 여기까지.'

누가 봐도 연출한 사진이지만 다들 희경의 포스팅에 풍경이 멋있다, 인테리어를 어디서 했느냐, 의자는 어디 브랜드냐 등등 다양한 댓글을 단다.

희경의 게시물을 확인한 지영은 휴대폰을 내려놓고 방 안을 서성였다.

7평 남짓의 지하 원룸은 햄스터의 회전 통처럼 비좁아 몇 걸음만 걸어도 벽과 마주친다. 방의 절반을 차지하는 침대 위에는 모임을 위해 꺼내 놓은 옷들이 펼쳐져 있다. 무슨 옷을 입을지 고르면서도 지영은 친구들을 만나러 갈 것인지 아직 결정하지 못했다.

희경과 우연히 만난 뒤, 진숙과 미란이 연달아 지영에게 전화를 걸었다. 낯선 번호라 받지 않았다. 뒤늦게 문자로 진숙과 미란이라는 것을 확인한 지영은 일하는 중이라 못 받았다고 답했다. 둘은 어제까지 모임에 꼭 나오라는 문자를 번갈아 보냈다. 그나마 가야 할 이유가 있다면 그 문자들 때문이다. 특히 희경이 보낸 톡이 지영의 마음을 움직였다.

'널 만날 생각에 잠이 안 온다. 헤아려 보니 우리 20년 우정이야. 너처럼 나도 네 페북을 보고 있었어. 언젠가 새 글이 올라오기를 기다리면서.'

'이젠 도망치지 마. 힘들면 힘들다고 말하고 귀찮으면 그냥 풍경 사진이나 하나 올려. 그럼 잘 지내고 있구나, 생각할게.'

　몇 년 동안 아무것도 올리지 않은 자신의 페이스북을 보고 있었다는 말에 지영은 오랜만에 옛 계정을 찾아보았다. 페이스북과 인스타그램, 2개의 계정은 지금 자신의 상황을 보여 주는 것 같았다. 텅 빈, 아무 게시물도 남아 있지 않은 과거의 계정과 화려하고 비싼 명품들이 가득한, 그러나 내 것이 아닌 허세의 계정.

　지영은 과거의 계정은 닫고 레이첼의 계정으로 들어갔다. 조금 전 찍은 핸드백 사진을 올렸다. 물론 송 여사의 드레스룸에서 가져온 것이다. 가방 전면에 큼지막하게 샤넬 로고 장식이 박혀 있다. 가격이 궁금했다. 브랜드 홈페이지에도 나와 있지 않은 모델이다. 아마도 꽤 오래전부터 소장하고 있던 물건일 것이다. '이건 얼마나 하는지 올려 줄래?' 별 얘기 없이 사진 한 장만 올렸지만 곧 댓글들이 알려 줄 것이다. 언제 나온 모델인지, 지금은 가격이 얼마나 하는지.

　지영은 창문을 열어 다시 한번 날씨를 확인했다. 조금 더워 보이지만 저녁 내내 비가 내릴 거라고 하니 버버리 코트를 입어도 괜찮겠다 싶었다.

"작작 좀 해. 아주 피곤하다 피곤해."

요리가 나올 때마다 '잠깐만'을 외치며 사진을 찍어 대는
희경 때문에 진숙의 잔소리가 이어졌다. 보나마나 이 사진들도
페이스북에 올라올 것이다.

희경이 찾아낸 서촌의 이탈리안 레스토랑은 유명세에 비해서는
조용한 편이었다. 희경이 나서서 요리를 시키고 와인도 골랐다.
오랜 친구라 그런지 다들 몇 년 만에 만난 것 같지 않고 어색함도
없었다. 3년의 공백은 얼굴을 마주 보자 바로 녹아 버렸다. 미란의
호들갑으로 지영도 몇 시간 전의 망설임을 싹 잊어버렸다. 그래도
친구구나 싶었다.

"도경이 애는 왜 늦는 거야?"

"차가 막힌다나 봐. 한 20분 늦을 거래. 이런 날 서촌으로 차를 왜
끌고 나와?"

도경이 없어서 더 마음이 편한지도 모른다. 넷은 그동안 쌓인
이야기를 쏟아 냈다. 희경의 언질이 있었는지 진숙과 미란은
지영에게 말을 아꼈다. 조심하는 게 느껴졌다.

"자, 여기 좀 봐."

희경이 모두의 얼굴을 모아 놓고 사진을 찍으려 하자 진숙이
질색을 했다.

"얼굴은 올리지 말라고 그랬지?!"

"안 올려. 이건 우리 단톡방에 올릴 거야."

"진짜 이해 불가야. 도대체 한 번도 만난 적 없는 사람들에게
그렇게까지 일상을 다 공유하고 싶어?"

진숙은 작정한 듯 희경에게 물었다. 미란이 웃으며 진숙의 손등을 툭 쳤다.

"냅둬. 잘 키워서 우리도 덕 좀 보자."

"덕은 무슨? 초상권 침해나 하지 말라고 해."

"너 인플루언서들이 얼마나 돈을 많이 버는지 알아?"

미란이 진숙의 말을 받아치며 희경에게 시선을 돌렸다.

"모르긴 해도 희경이 얘도 꽤 짭짤할걸? 광고 제안도 많이 들어오고 말이야."

"나는 그냥 취미야 취미. 일기장이라고 생각해. 광고는 뭐 가끔 들어오지만."

"일기장 같은 소리 하네. 순 허울 좋은 얘기뿐이던데. 야, 그런 글 올리면 막 온몸이 근질근질하지 않니? 박희경이 책을 본다고? 내가 그걸 보고 얼마나 웃은 줄 알아?"

"누가 그런 곳에서 다큐를 원해? SNS도 일종의 무대야. 보여 주고 싶은 것만 보여 준다고. 다들 그런 줄 알고 보는 거라고."

"지영아, 너 희경이 페북 보지? 그거 믿지 마. 얘 지금 남편이랑 별거 중이야."

"야, 내 사생활을 왜 네가 까발려?"

희경이 진숙에게 소리를 지르며 짜증을 냈지만, 화가 난 것 같지는 않았다. 아마도 그들끼리는 다 알고 있는 일 같았다. 얼마 전까지 결혼기념일 사진을 보며 희경이 잘 살고 있다고 생각했던 지영은 놀란 얼굴이 되어 희경을 쳐다보았다. 희경은 쓸쓸하게 웃으며 지영에게 말했다.

"별거라고 해 봐야 각방 쓰는 것뿐이야."

"…왜?"

거짓말의 발톱

"오피스 와이프? 변호사 사무실에 있는 직원이랑 바람이 났대."

떠벌이기 좋아하는 미란이 희경보다 먼저 지영의 궁금증을
풀어 주었다.

"적당히 해. 요즘엔 반성하는 기미라서 나도 잊고 살려고 애쓰는
중이니까."

"누가 반성을 해?"

누군가 테이블로 다가오며 말을 걸었다. 목소리만 들어도
소름이 돋았다. 지영은 도경을 쳐다보지도 않고 와인 잔을 들었다.
하필이면 지영의 옆자리가 비었다. 도경은 자리를 둘러보더니
지영의 옆에 와 앉았다.

"오랜만이다?"

"그러게, 오랜만인데 늦었네."

지영은 도경의 시선이 자신의 머리부터 발끝까지 살피는 것을
느꼈다. 그래, 내가 어떻게 사는지 궁금하겠지. 지영은 애써 도경을
의식하지 않으려 애썼다.

"무슨 얘기 중이었어?"

"네 뒷담화 중이었어. 늦으면 각오해야지."

미란이 낄낄거리며 농담을 던졌다.

"이래서 자리를 비우지 말아야 해. 우리가 너 없는 동안 얼마나
씹었는지 알겠지?"

도경이 지영을 쳐다보며 말하자 미란의 표정이 싹 바뀌었다.

"야, 지영이 진짠 줄 알겠다. 우리가 언제 뒷담화를 했다고 그래?"

"하긴 했지. 내가 제일 많이 했어. 그렇게 연락을 끊고 잠수를
탔는데 어떻게 욕을 안 해? 너 진짜 오늘 우리한테 사과해야 해."

희경이 너스레를 떨자 진숙이 고개를 끄덕이더니 지영을 보며

말했다.

"뒷담화가 아니고 걱정. 얼굴 보니 이제 안심해도 되겠네."

지영은 친구들을 쳐다보면서도 쉽게 입을 열지 못했다. 모질게 연락을 안 하겠다고 생각했지만 사실 친구들이 궁금했었는지도 모른다. 매일 희경의 페이스북을 살핀 건 그런 이유 때문일 것이다. 지영은 마음속 어딘가에 딱딱하게 굳어 있던 것이 허물어지는 걸 느꼈다.

"드디어 완전체가 모였네. 봐, 이렇게 모이니까 얼마나 좋아? 자, 건배하자 건배."

미란이 와인 잔을 들자, 다들 기다렸다는 듯 앞에 놓인 잔을 들었다. 잔을 부딪치고 함께 와인을 마셨다. 몇 년 만에 마신 술은 위장을 찌릿하게 만들었다.

"걱정시킨 벌로 오늘 밥값은 네가 내."

도경이 지영을 쳐다보며 말했다. 술 때문인지, 세월 때문인지 이번엔 도경의 말이 까칠하게 느껴지지 않았다. 밥값 정도는 내야 마음이 편할 것 같다는 생각도 들었다.

식당에서 나올 때쯤엔 비가 더 쏟아졌다. 문을 열고 나오던 미란이 뒤를 돌아보며 비가 너무 많이 온다고 하자, 도경이 선뜻 차로 데려다주겠다고 했다. 다섯이 충분히 탈 수 있다며 차를 가져왔다.

"넌 집이 어디야?"

친구들이 사는 동네를 확인하던 도경이 지영에게 물었다.

지영은 순간 움찔했다. 자신의 지하 원룸을 친구들에게 보여줄 수는 없다. 버버리 코트와 샤넬 핸드백에 어울리는 곳이 아니다.

거짓말의 발톱

지영은 망설이다 일하는 아파트 근처 주소를 말했다.

"나는 가다가 2호선 전철역에 세워 줘."

방향이 정반대인 진숙은 전철역에서 내리겠다고 했다. 지영도 내리겠다고 했지만 희경이 잡아끌었다. 도경의 집과 멀지 않으니 편하게 가라고 했다.

"이참에 둘이 화해도 하고. 늘 오늘 같으면 얼마나 좋아?"

미란이 둘을 놀리며 웃었다.

미란이 먼저 내리고 곧이어 희경이 한남동에서 내렸다. 자동차에 둘만 남자 어색한 기운이 흘렀다. 자동차 지붕을 때리는 빗소리만 들렸다. 뒷자리에 앉은 지영은 창밖을 바라보았다. 말이라도 걸면 어쩌나 걱정했는데 다행히 도경은 빗길이라 그런지 전방을 주시하며 운전에만 집중하고 있었다.

성수동 아파트 입구에 다다르자 지영은 여기에서 내리겠다고 했다. 도경은 아무 말 없이 차를 세웠다. 서둘러 자동차에서 내린 지영은 얼른 인사를 하고 차 문을 닫았다. 우산을 꺼내 쓰며 아파트 쪽으로 걸어가던 지영은 뒤를 돌아보며 도경의 자동차가 갔는지 확인했다. 지영은 핸드백을 코트 안으로 집어넣으며 서둘러 버스 정류장으로 몸을 틀었다.

4.

"덕분에 아주 새 가방이 됐네. 이래서 젊은 사람한테 배워야 한다니까."

핸드백을 꺼내 본 송 여사는 완전히 새것이 되어 돌아온 샤넬

백을 보고 만족스러운 표정이었다.

얼마 전 지영은 송 여사를 도와 드레스룸에 걸려 있는 무거운 옷들을 내려 정리하고 여름옷들을 꺼내 걸었다. 송 여사가 건네주는 겨울옷들을 서랍에 집어넣던 지영은 진열장에 있는 핸드백도 손질해야 할 것 같다고 조언했다. 지영의 말을 들은 송 여사는 서랍장에 넣어 둔 가방들도 꺼냈다.

"세상에나 이건 곰팡이가 생겼나 보네. 어쩜 좋아?"

"샤넬은 램스킨이나 카프스킨으로 만들어진 경우가 많아서 특별히 더 관리를 해 줘야 해요."

"가죽 클리너로 한 번씩 닦아 주긴 했었는데…."

"가죽 에센스도 발라 주셨어요?"

"에센스? 그런 게 있어요?"

"그래야 흠집 나는 거나 갈라짐을 막을 수 있어요. 습기 제거제를 넣어 두면 너무 건조해져서 오히려 가죽이 갈라질 수 있다고 해요. 신문지를 넣으면 습기 조절도 되고 형태도 잡아 줘서 좋아요."

전남편에게 받았던 핸드백을 집 안에 모셔 두며 보살피던 때의 정보가 도움이 되었다.

"곰팡이 생긴 건 어떻게 하지? 닦으면 얼룩질 것 같은데."

"서비스를 받을 수 있는지 연락해 볼게요."

그렇게 10개가 넘는 가방이 드레스룸에서 나왔다. 구입한 지 오래된 가방이라 본사 서비스는 이용할 수 없어 사설 수선집을 찾아 가방을 맡겼다. 수선비만 해도 상당한 금액이라 송 여사에게 연락하니 개의치 않아 했다. 가방이 많고 수선 기간이 길다 보니 수선이 끝난 가방은 그때그때 연락이 올 때마다 찾아오기로 했다.

거짓말의 발톱

지영은 가방 중 하나를 따로 빼 두었다가 친구들과의 모임에 나갈 때 가져다 썼다. 인스타그램에 사진을 올린 뒤 그 가방이 얼마인지 알았다. 지영의 원룸 보증금으로도 살 수 없는 가격이었다. 비를 맞아서 조금 걱정이 되었지만, 다행히 수선이 깔끔하게 되어 새것 같았다.

　핸드백 정리를 도와주고 주방으로 나와 점심을 하기 위해 냉장고에서 식재료를 꺼내고 있는데 송 여사가 지영을 불렀다. 고개를 돌려보니 송 여사가 봉투 하나를 들고 다가오고 있었다. 지영은 영문도 모른 채 송 여사가 건네는 봉투를 받았다. 아직 월급날은 멀었는데.

　"이게 뭐예요?"

　"보너스예요. 옷 정리랑 가방 수선하는 심부름도 다 해 주고 해서."

　"아, …고맙습니다."

　"그리고 앞으로 두세 달 정도 안 와도 돼요."

　"네?"

　"바깥양반이랑 미국에 있는 딸 보러 가요. 간 김에 아들 사는 곳도 둘러보고 좀 있다가 오려고."

　그러고 보니 얼핏 전화 통화를 들었던 기억이 난다. 몇 번이나 딸이 놀러 오라는 얘기를 했고 그때마다 거절했다. 건강 때문에 장거리 비행은 못 한다고 했었는데 이번에는 어쩐 일인가 싶었다.

　"뉴욕이면 열두 시간도 넘게 비행기 타셔야 할 텐데 괜찮으시겠어요?"

　"손주들이 보고 싶다고 하니 안 갈 수가 없네. 더 나이 들면 못 갈 것 같기도 하고."

지영은 당장 두세 달 수입을 어쩌나 하는 생각보다 그동안 인스타그램은 어떡하나 하는 생각이 먼저 들었다. 아무리 못해도 이틀에 하나씩은 올려야 하는데. 이제야 팔로워가 늘고 있는데, 볼거리가 사라지면 안 된다.

"걱정하지 말아요. 돌아오면 다시 연락할 테니까."

지영은 그제야 송 여사가 보너스라는 명목으로 봉투를 준 이유를 깨달았다. 아니야, 이걸로는 안 돼. 난감한 채 고개를 돌리던 지영의 눈에 베란다가 보였다. 회장님이 아끼고 아끼는 화분들.

"저 화분들은 어떻게 해요? 누가 물을 줘야 하는데. 더구나 여름이라 자주 줘야 할 텐데."

"저걸 생각 못 했네. 화분은 회장님 몫이라."

송 여사는 생각난 듯 휴대폰을 들고 걸음을 옮기며 전화를 걸었다. 지영은 양파를 까면서도 온통 통화 소리에 신경을 기울였다.

"…여보세요, 영주야 언니다."

동생을 부르는 것 같았다. 소리가 점점 작아졌다. 지영은 양파를 내려놓고 송 여사가 있는 방으로 가서 전화 통화를 듣고 싶은 걸 간신히 참았다.

잠시 후 송 여사가 방에서 나왔다. 속이 타는지 지영에게 손짓을 했다.

"나 물 좀."

"네."

지영은 얼른 잔에 물을 따라 송 여사에게 건넸다. 송 여사는 또 다른 전화번호를 찾고 있었다. 물을 마신 송 여사는 통화 버튼을 눌렀다. 지영은 자연스럽게 곁에 서서 통화하는 소리를 들었다.

거짓말의 발톱

"여보세요. 김 여사 잘 지냈어?"

상대의 얘기를 듣던 송 여사의 표정이 깜짝 놀라는 눈치다.

"아니, 몇 달씩이나? …맞아요. 우리는 진짜 조심해야 한다니까. …아니 그냥 생각나서 안부 전화하던 참이에요. 푹 쉬세요."

"못 오신대요?"

"넘어졌대요. 엉덩이뼈가 나가서 앉지도 못한다네. 우리 나이에는 밖에 나가는 것도 겁난다니까. …아이참 누구한테 맡기나…."

"저…, 제가 올까요?"

다른 전화번호를 찾던 송 여사가 지영의 얼굴을 올려다봤다. 지영은 조심스럽게 말을 이었다.

"말씀처럼 다들 연세가 있으신데 두세 달씩 부탁을 하는 게 어렵지 않나 싶어서요. 저한테 물 주는 거 알려 주시면 제가 할게요. 그게 좋을 거 같아요."

"아니, 일부러 오라고 하기가…."

"괜찮아요, 제가 와야 가끔 환기도 시키고 먼지도 털고 하죠."

"나도 그게 좋기는 한데…."

"보수는 안 주셔도 돼요. 옆 동네 일하러 올 때 들여다보면 돼요. 일주일에 한두 번 정도면 되겠죠?"

"…그럼 부탁 좀 할게요."

망설이던 송 여사는 아무리 생각해도 지영에게 맡기는 게 낫겠다 싶었는지 결국 화분을 부탁했다. 지영은 그제야 마음이 놓였다.

주방으로 돌아와 설거지한 그릇을 정리하는데 갑자기 가슴이 두근거렸다. 두세 달 이 집이 비게 된다고? 머릿속으로 여러 가지 계획이 그려졌다. 두 달 동안 아예 여기로 옮겨 오는 건 어떨까? 늘 이 한강의 야경을 바라보며 술을 마시고 싶었지. 월풀 욕조에서 거품 목욕을 하는 상상도 했었어. 이 집 노인네들은 이 근사한 욕조를 욕실 물건을 넣어 두는 용도로만 쓰고 있다. 주방 한편에 진열된 양주와 와인도 세월에 그 향기가 사라지고 있다.

내 집이라면 이렇게 내버려두지 않아. 우선 저 베란다는 폴딩 도어를 달아서 온실처럼 열고 닫게 할 거야. 오후가 되면 욕조에 입욕제를 넣고 거품 목욕을 하며 와인을 마셔야지.

지영은 혼자서 보낼 몇 달을 상상하자 기분이 좋아졌다. 주방으로 돌아가 점심에 먹을 반찬들을 만들며 자신도 모르게 콧노래를 부르고 있었다.

5.

시간은 순식간에 지나갔다.

지영은 송 여사가 미국으로 떠나고 며칠 되지 않아 바로 이 집에 들어앉았다. 어차피 드나들던 곳이라 누구도 지영이 왜 이곳에서 지내는지 묻지 않았다. 아니, 지영이 이곳에 거주하는 것에 관심을 보이는 사람도 없었다. 지영은 하루 만에 자신의 집인 양 편하게 지내기 시작했다.

처음엔 조심스러웠지만 날이 갈수록 점점 더 대담해졌다. 송 여사의 방을 뒤져 보석함을 찾아냈다. 열어 보니 안에는 다양한 색의 반지와 금팔찌, 진주 목걸이 등이 들어 있었다. 지영은 진주 목걸이를 목에 걸어 보았다. 어둠 속에서 먼지만 쌓여 가던 진주 목걸이는 이제야 주인을 만난 듯 반짝거렸다. 애석한 건 목걸이와 어울릴 만한 옷이 없다는 것이다. 송 여사의 옷은 지영이 입기에 너무 오래되고 디자인도 안 어울렸다.

지영은 검은색 티에 진주 목걸이를 하고 창가에 서서 사진을 찍었다. 처음으로 얼굴 사진을 인스타그램에 올렸다. 얼굴을 공개하니 '좋아요'와 '댓글'이 폭발적으로 늘었다. 팔로워 수도 확 늘었다. 지영은 수시로 휴대폰을 보며 '좋아요' 숫자가 올라가는 것을 확인했다. 어느새 희경의 게시물에 달리는 '좋아요'를 확인하는 일도 잊어버렸다. 페이스북과 인스타그램 세상은 전혀 다른 분위기이기도 하고 희경의 페이스북 팔로워 수를 넘어서자 페이스북이 시시하게 느껴졌다.

지영은 월풀 욕조에 거품 입욕제를 넣고 아로마 향을 피우고 와인 잔을 든 사진을 찍어 올렸다. 거품 사이로 살짝 다리를 드러낸 사진은 '좋아요' 1000개를 넘겼다. 집의 인테리어와 전망에 대한 댓글은 어느새 지영의 외모에 대한 찬사로 바뀌었다.

'언니, 이렇게 넓은 집에서 혼자 사는 기분은 어때요?'라는 댓글에 구구절절 지금의 기분을 알려 주고 싶었다. 하지만 댓글은 달지 않았다. 얼굴 사진을 공개한 뒤로 많은 남자들이 DM을 보내왔지만 답하지 않았다. 지영은 그저 지금 이 순간을 오롯이 즐기고 싶을 뿐이었다.

느지막이 침대에서 일어난 지영은 커피를 한 잔 내려 소파에 앉아 오랜만에 희경의 게시물을 살폈다. 오늘은 어쩐 일인지 아침 루틴인 게시물이 올라오지 않았다. 아들의 도시락 사진만 올라오고 그 뒤는 조용했다. 지영은 마지막 게시물에 '좋아요'를 누르고 앱을 닫았다. 모임을 가진 뒤 한동안 떠들썩하던 단톡방도 며칠 전부터 조용하기만 하다. 지영은 전화를 해볼까 하다가 그만두었다. 지금은 무엇보다 62평 아파트에서 혼자만의 완전한 시간을 누리고 싶었다.

석양이 지는 시간이 되자 지영은 거실 창을 활짝 열고 위스키 잔을 들고 베란다로 나가 술을 마셨다. 이제는 한강의 전망을 오래 보고 있어도 시간에 쫓기지 않았다. 해가 지고 어둠이 내리며 수시로 변하는 한강의 모습을 오래 지켜보는 시간이 너무 좋았다.

아, 지영은 불현듯 자신이 왜 이 풍경에 마음을 빼앗겼는지 생각났다. 그래, 거기에 올라가서 바라보던 야경이 꼭 이랬지.

대학에 입학하면서 자리를 잡은 곳은 옥수역에서 멀지 않은 산동네였다. 작은 원룸의 답답함을 근처에 있는 매봉산에 오르는 것으로 풀었다. 산 정상에 올라 아래를 내려다보면 한강과 한강을 가로지르는 다리가 한눈에 보였다. 매봉산은 일몰이 예쁘기로 유명한 곳이라 지영은 가슴이 답답할 때마다 산에 올라 야경을 보곤 했다.

"저 불빛들 중 하나라도 내 거면 좋겠다."

강 건너 아파트 단지의 불빛을 보며 그런 생각을 하곤 했다. 언젠가 대학을 졸업하고 사회에 나가서 돈을 벌면 저런 집을 살 수 있겠지, 희망을 품었다. 아주 잠깐 힘들게 뻗은 손에 살짝 그 꿈이 닿았던 적도 있었다. 하지만 지금은….

지금은 아무 생각도 하고 싶지 않다. 이 시간을 방해받고 싶지 않다. 지영은 어느새 빈 술잔을 확인하고 자리에서 일어났다. 이 집에 들어온 첫날 딴 위스키병은 어느새 바닥을 보였다. 어차피 손도 대지 않는 병이다. 보리차를 끓여 넣어둔다고 해도 아무도 모를 것이다. 선물 받은 것이라는 양주병들은 지영이 이 집에서 일하기 전부터 자리를 차지하며 먼지만 쌓이고 있었다.

거짓말의 발톱

주방으로 가 위스키병을 꺼내 술을 따르는데 휴대폰이 울렸다. 미란이었다. 지영은 희경의 일을 물어볼 심산으로 얼른 전화를 받았다.

"어, 미란아."

"너 내일 시간 있어?"

미란은 다짜고짜 시간을 물었다.

"왜?"

"내일 같이 전시회 가자고. 다들 오기로 했어."

"희경이도?"

"응. 너도 시간 되면 와. 내가 약속 시간이랑 주소, 문자로 보낼게. 내일 보자."

전화를 끊고 나서 지영은 무슨 일인가 싶었다. 무슨 전시회인지도 묻지 않았지만 갑자기 마음이 분주해졌다. 얼른 술잔을 내려놓고 드레스룸으로 갔다. 여기저기 서랍을 열어 옷들을 뒤적였다. 어딘가에 나이와 상관없는 디자인이 있을 거란 생각이 들었다.

찾았다. 진주 목걸이와 잘 어울리는 검은색 원피스. 유행도 나이도 상관없는 심플한 디자인이라 지영이 입어도 괜찮을 것 같았다. 옷을 갈아입은 지영은 진주 목걸이를 하고 전신거울 앞에 섰다. 자라에서 산 2만 원짜리 티셔츠를 입었을 때와는 전혀 다른 사람이 서 있었다.

지영은 홀리듯 자신의 모습을 바라보았다. 내일 친구들이 어떤 반응을 보일지 궁금해졌다.

삼청동의 갤러리 앞에 도착한 지영은 자동차에서 내리는

도경과 미란을 마주쳤다.

"세상에, 이게 누구야?"

미란이 호들갑스럽게 지영에게 다가와 주위를 돌며 과한 반응을 보였다. 도경은 힐끗 둘을 보다가 아무 말 없이 갤러리로 걸음을 옮겼다. 미란은 서둘러 지영을 잡아끌며 갤러리로 들어갔다.

"무슨 전시회인데?"

"가 보면 알아."

미란을 따라 단조로워 보이는 3층 건물로 들어간 지영은 그제야 입구에 붙은 포스터와 현수막을 보았다. '그리다'라는 수묵 작가들의 단체 전시회였다. 현관에 가슴에 꽃을 달고 서 있는 진숙이 보였다.

"어서 와, 와 줘서 고마워."

지영은 그제야 진숙의 전시회라는 것을 깨달았다.

"드레스코드를 맞춰 입고 왔네? 수묵화 전시회라고 얘기했어?"

지영은 진숙의 낯선 모습에 머릿속이 멍해졌다.

"그림 그렸었어? 언제부터?"

"몇 년 됐어. 취미로 배우고 싶어서 화실을 찾아갔는데 어쩌다 보니 전시회까지 하게 됐네."

"뭔 소리야, 미술대전에서 상도 받은 작가님이."

뒤를 돌아보니 희경이 꽃바구니를 들고 서 있었다. 진숙이 꽃을 받으며 농담처럼 말했다.

"너도 페북 적당히 하고 취미 생활을 좀 가져."

"이게 내 취미라니까 그러네."

희경은 웃으며 핸드폰을 흔들어 보였다.

지영은 친구들을 따라 전시장으로 들어가 그림들을 둘러보기 시작했다. 누군가 지영의 곁에 다가와 브로슈어를 내밀었다. 지영이 건네받은 브로슈어를 넘기며 걸음을 옮기자 도경이 곁으로 다가와 속삭였다.

"저 여자, 돈 냄새는 기가 막히게 맡는다고 하더니 진짠가 보네."

"무슨 소리가 하고 싶은 거야?"

지영은 약간 날이 선 목소리로 물었다. 도경은 지영의 모습을 위아래로 쳐다보며 말했다.

"그사이 많이 변했다. 지난번에도 그렇고 오늘도 원피스며 진주 목걸이, 그리고 그 백. 꽤 비싸 보이네."

또 뭔 시비를 걸고 싶은 건가 싶어 지영의 표정이 굳어졌다. 도경은 지영의 안색이 변하는 걸 보자 어깨를 툭 치며 지나가듯 말했다.

"잘 사는 것 같아 다행이란 얘기야."

도경은 지영을 지나 친구들이 있는 곳으로 걸어갔다. 희경이 힐끗 지영을 쳐다보며 친구들과 뭐라고 속닥거렸다. 그러고 보니 조금 전 지영과 마주쳤을 때도 가벼운 눈인사만 하고 별말이 없었다. 평소와 다른 희경의 모습에 지영은 은근히 신경이 쓰였다.

그림을 둘러보고 전시회장을 나오는데 희경이 친구들을 불러 세웠다.

"우리 다음 모임은 지영이네 집에서 하는 게 어때?"

희경의 갑작스러운 제안에 지영은 숨이 턱 막혔다. 미란이 옆에서 손뼉을 쳤다.

"좋네, 그렇지 않아도 어떻게 사는지 궁금했는데."

"괜찮지? 다들 돌아가면서 집에서 했는데 넌 오랜만이니까 뺄 생각 하지 마."

희경이 지영을 보며 말했다. 무슨 속셈인지 모르지만 거절할
수가 없었다. 지영은 고개를 끄덕였다.

"그럼 보름 후에 지영이 집에서 모이는 걸로 하자."

전시장에서 나와 삼청동에서 유명하다는 한정식집에 가서
식사를 하고 차를 마시다 헤어졌다. 그동안 지영은 대화에 집중하지
못하고 어떻게 그날을 피해 갈 수 있을까만 골똘히 생각했다.
아프다고 할까? 심한 감기에 걸렸다고 하면 다른 날로 미룰 수 있지
않을까? 아니다 오히려 병문안을 온다고 할지도 모른다.

아파트로 돌아온 지영은 방법을 궁리하다 오히려 지금이
기회라는 것을 깨달았다.

집주인이 없을 때 이 아파트에서 한다면 아무도 모를 것이다.
1000만 원이 넘는 샤넬 가방을 들고 다녔으면서 지하 원룸으로
친구들을 불러들일 수는 없다. 아파트 앞에서 내려 줬으니 도경도
당연히 여길 지영의 집으로 생각할 것이다. 해야 한다면 가급적
빨리, 이 집에 있을 때 하는 게 좋다. 송 여사는 40여 일 후에
돌아온다. 잘 쓰고 원래대로 돌려놓으면 된다. 누구에게도 나쁘지
않다. 그제야 꽉 막혔던 머리가 풀리는 느낌이었다.

지영은 집 안을 둘러보며 바꿔 놓아야 할 것들을 하나씩
살펴보았다. 친구들이 의심하지 않게. 우선 거실과 화장실,
드레스룸은 무조건 바꿔야 한다.

조금 전과 달리 가슴이 두근거리기 시작했다. 마치 정말 내 집을
꾸미는 것 같았다. 지영은 집 안을 걸어 다니며 노인네들의 물건을
하나씩 치웠다. 며칠 살았다고 모든 것이 내 집처럼 익숙했다.

거짓말의 발톱

6.

　지영은 식탁을 노려보며 신중한 손길로 중앙에 접시를
내려놓았다. 근처 마트에서 장을 봐 온 음식들을 접시에 담아 하나씩
차리는 중이다. 시계를 보니 한 시간 뒤면 친구들이 올 시간이다. 그
전에 식사는 대충 준비가 될 것 같다. 식탁 위는 잡지 화보에 나오는
사진처럼 꽃과 화려한 접시들로 꾸며졌다. 지영은 핸드폰을 꺼내
사진 찍는 것을 잊지 않았다. 이제 옷을 갈아입고 머리 손질을 좀
해야겠다 싶었다. 반지도 낄까? 손가락이 조금 아프기는 하지만 알이
큼지막한 걸 끼고 있으면 이 집과 더 어울릴 것 같다.

　하지만 식탁에서 몸을 돌리던 지영은 그대로 얼어붙고 말았다.

　송 여사가 중문을 열고 들어오다 말고 놀란 얼굴로 서 있었다.
천천히 집 안을 둘러보던 송 여사의 얼굴이 뻘겋게 달아올랐다.

　"이, 이게 도대체 뭐 하는 짓이야?"

　평소답지 않게 목소리가 높고 날카로웠다.

　지영은 뭐라 말을 못 하고 머뭇거렸다. 오늘이 며칠인지 다시
한번 떠올렸다. 분명 앞으로 한 달은 더 있어야 돌아올 날짜인데, 왜
지금 눈앞에 송 여사가 있는지 이해되지 않았다. 지영은 가장 궁금한
것부터 물었다.

　"왜 벌써 오셨어요?"

　송 여사는 어이가 없다는 듯 혀를 차더니 지영에게 다가왔다.

　"지금 내 집에서 뭐 하고 있는 거야?"

　지영은 집 안을 둘러보며 뭐라고 대답해야 할지 궁리해 봤지만
딱히 떠오르는 말이 없었다. 곧 친구들이 올 텐데, 이 노인네를
어떻게 내보내지? 하는 생각뿐이었다.

"사정이 있어서 그래요. 여사님 그러니까 오늘 하루만 어디 있다가 오시면 안 돼요?"

송 여사는 기가 막힌 듯 지영을 보다가 버럭 소리를 질렀다.

"이게 미쳤나? 당장 내 집에서 나가. 어쩐지 집 봐 준다고 할 때부터 이상했어. 그래도 믿거라 했는데."

"아니, 정말 사정 좀 봐 달라고요. 어디 호텔이라도 잡아 드릴게, 제발요, 네?"

지영은 자신이 얼마나 터무니없는 부탁을 하는지는 외면한 채 노인네를 이 집에서 내보낼 궁리만 했다. 정 안 되면 묶어서 어디 넣어 두던지, 하는 생각이 머리를 스치자 발끝이 저릿해졌다.

송 여사는 손을 부들부들 떨더니 주위를 두리번거렸다. 이내 근처에 장식되어 있던 조각품을 들었다. 유명한 조각가 누구의 작품이라고 했던가? 송 여사는 기형적으로 생긴 조각품을 무기 삼아 지영을 위협했다.

"당장 나가라고. 나가! 내 집에서 나가!"

"악, 소리 좀 지르지 말아요. 귀청 떨어지겠네!"

지영이 비명을 지르자 송 여사는 위협을 느꼈는지 조각품을 던지고 얼른 핸드백을 뒤져 휴대폰을 찾았다.

"뭐 하려구?"

"경찰 부를 거야. 이 미친년아. 어쩨 느낌이 싸하더라니."

지영은 휴대폰을 붙들고 전화를 거는 송 여사에게 달려들었다. 휴대폰을 빼앗아 집어 던졌다. 무언가 깨지는 소리가 들렸다. 하지만 둘 다 돌아보지 않았다. 송 여사를 노려보던 지영은 아일랜드 식탁 쪽으로 걸음을 옮겼다. 식탁 위에 놓인 식칼로 시선이 갔다. 지영은 가지런히 꽂혀 있는 식칼 중 하나를 뽑아 들었다. 조금 전까지

거짓말의 발톱

기세등등하던 송 여사의 얼굴에 경련이 일었다.

"뭐, 뭐 하는 짓이야?"

"내가 힘든 부탁을 하는 것도 아니잖아? 한 달 뒤에 돌아온다고 했잖아? 그때까지 내 집이야."

송 여사는 지영의 얼굴로 보며 나지막이 중얼거렸다.

"…미쳤네, 제대로 돌았어."

"뭐라고? 크게 말해."

"그거 내려놔. 칼은 왜 집어 들어?"

송 여사는 지영을 어르는 듯 달래는 듯 손짓하며 천천히 뒤로 물러났다. 지영은 송 여사를 향해 식칼을 내밀고 한 걸음씩 다가갔다. 현관 쪽으로 뒷걸음치던 송 여사는 재빨리 인터폰으로 손을 뻗어 경비실 호출 버튼을 눌렀다.

놀란 지영은 식칼을 집어 던지고 송 여사에게 달려들어 힘껏 바닥으로 밀쳤다. 송 여사는 다가온 지영의 머리채를 잡았다. 지영은 두 눈을 질끈 감고 손에 잡히는 대로 물건을 집어 송 여사에게 휘둘렀다.

퍽, 둔탁한 소리가 들렸다. 지영은 머릿속이 하얗게 비워졌다. 눈을 뜬 지영은 멍하니 서 있는 송 여사를 향해 몇 번 더 물건을 휘둘렀다. 송 여사의 몸이 바닥에 쓰러졌다. 지영은 거친 숨을 내쉬며 헝클어진 머리를 추슬렀다.

"…지금은 내 집이야. 방해하지 말라고."

송 여사의 머리에서 피가 흘러나왔다.

"네, 사모님, 무슨 일이신가요?"

경비실 아저씨 목소리가 인터폰에서 흘러나왔다. 지영은 얼른 인터폰 앞으로 달려가 목소리를 다듬었다.

"아니에요, 청소하다가 버튼을 잘못 눌렀어요. 일 보세요."

경비실과의 통화가 끊어지자 지영은 한숨을 내쉬었다. 지영은 손에 든 물건을 내려다보았다. 조금 전 송 여사가 들었던 조각품이었다. 붕긋하게 튀어나온 곳에 송 여사의 머리카락과 피가 엉켜 있었다. 지영은 싱크대로 가서 물로 조각품에 묻은 피를 씻어 내며 중얼거렸다.

"…방해하지 말라고, 오늘은 집들이하는 날이야."

마른행주로 조각품의 물기를 닦아 원래 있던 자리에 놓는 순간 휴대폰이 울렸다. 지영은 발신자를 확인하고 태연하게 전화를 받았다.

"응, 희경아. 10분 후면 도착한다고? 다들 같이 오는 거지? 그래 알았어. 도착하면 현관에서 벨 눌러."

지영은 휴대폰을 끄고 잠시 집 안을 둘러보다 짧은 한숨을 내쉬었다. 하지만 더 이상 머뭇거릴 시간이 없다. 친구들이 오고 있어, 지영은 서둘러 침실로 가서 이불을 가져왔다. 바닥에 이불을 펴고 송 여사의 몸을 굴려 이불 위에 눕혔다. 이불 끝을 잡아끌어 침실로 가져가던 지영은 동작을 멈추었다. 괜한 헛수고를 하기 전에 확인할 필요가 있다. 침실에 들어가 보니 다행히 돌침대의 아래 공간이 떠 있다. 송 여사를 밀어 넣기에 충분해 보였다.

지영은 끙끙거리며 거실에 있는 송 여사를 끌고 와 침대 아래 공간으로 밀어 넣었다. 이불 때문인지 잘 들어가지 않았다. 지영은 바닥에 앉아 두 발로 송 여사의 몸을 침대 아래 깊숙이 구겨 넣었다. 이불까지 집어넣으니 송 여사의 모습을 감쪽같이 숨길 수 있었다.

지영은 얼른 다른 이불을 꺼내 침대를 덮고 침구를 정리했다.

'시간이 얼마 없어.'

거짓말의 발톱

지영은 황급히 거실로 나가 바닥을 확인했다. 희미하게 침실로 이어진 핏자국이 보였다. 지영은 서둘러 걸레를 찾아 바닥을 닦았다. 송 여사가 들고 온 캐리어가 중문 앞에 그대로 있었다. 지영은 다급하게 캐리어와 핸드백을 드레스룸으로 가져가 옷장 안에 집어넣었다. 숨도 제대로 못 쉬고 움직이고 있는데 인터폰이 울렸다.

지영은 희경의 얼굴을 확인하고 열림 버튼을 눌렀다. 다시 한번 집 안을 둘러보았다. 친구들은 1~2분이면 엘리베이터를 타고 올라올 것이다. 얼른 확인해야 해. 몇 번이나 거실을 점검하는데 벨이 울렸다. 친구들이 문밖에 있다.

중문을 열고 서둘러 나가던 지영은 현관에 놓인 송 여사의 신발을 발견했다. 재빨리 신발장을 열어 구두를 넣고 태연하게 현관문을 열었다.

지영은 아무 일 없었다는 듯 미소를 지으며 친구들을 맞았다.

"어서 와, 우리 집에 온 걸 환영해."

인사말이 끝나기도 전에 친구들이 시끌벅적 소리를 내며 집 안으로 들어왔다.

식사 대접을 하는 동안은 친구들을 식탁에 묶어 놓을 수 있었다. 하지만 어느 정도 식사를 하고 나자 다들 멋대로 자리에서 일어났다. 그때마다 지영은 심장이 오그라드는 기분을 느끼며 친구들의 뒷모습을 쳐다보았다.

화장실에 다녀오던 진숙이 벽 한쪽에 세워 둔 조각품에 관심을 보였다.

"이거 어디서 본 것 같은데? 누구 작품이야?"

"나는 몰라. 무슨 작가라고 하던데, 시부모님이 산 거라."

진숙이 다시 식탁으로 돌아와 앉았다.

"근데 참 대단하다. 시부모를 모시고 살다니. 왜 소식이 없었는지 알겠네. 어디 네 시간이나 있겠어?"

"이런 집이면 나라도 같이 살겠다. 같은 집에 있어도 모를 것 같은데?"

미란이 집 안을 둘러보며 말했다. 빤히 지영을 보던 희경이 입을 열었다.

"괜찮아? 아까부터 안색이 안 좋아."

"그래? 너희들 온다고 긴장해서 그런가 봐."

"그런데 시부모님은?"

"우리 불편할까 봐 외출하셨어."

혼자 살고 있는 집으로 보이고 싶었지만 그건 불가능했다. SNS처럼 사진 한 장으로 꾸밀 수 있는 게 아니었다. 결국 지영은 시부모님과 함께 사는 집이라는 설정으로 바꾸고 집 안을 정리했다. 그러니 크게 바꿀 것도 없었다.

"좋으신 분들이네. 밥도 먹었고, 이제 집 좀 구경시켜 줘. 나 이런 평수는 처음 와 봐."

미란이 자리에서 일어나 침실로 향했다. 지영도 얼른 일어나 다가갔다. 다른 친구들도 자리에서 일어났다.

미란이 침실 문을 열어 보더니 안으로 들어가 침대에 앉았다.

"어머, 돌침대네."

뒤따라 들어온 지영은 얼른 친구들 곁으로 다가섰다.

"시어머니 취향이셔, 건강에 좋다고 하니."

침대 말고는 딱히 볼만한 게 없어서인지 미란은 방 안을 두리번거리다 밖으로 나갔다. 방안에 들어왔던 친구들이 우르르

나가자 한숨을 내쉬며 뒤를 따라 방을 나오던 지영은 자신도
모르게 침대 밑에서 시선이 멈추었다. 침대 아래에서 피가 천천히
흘러나오고 있었다.

"네 방은 어디야?"

밖에서 들리는 미란의 목소리에 지영은 얼른 침대에 있던
베개로 바닥에 흐르는 피를 가렸다. 방 구경을 했으니 다시 들어올
일은 없겠지만 만약을 대비해 방문을 잠갔다.

"아, 거긴 별거 없어. 옷방이야."

재바른 걸음으로 친구들 곁으로 다가간 지영이 얼른 옷방 문을
막아섰지만, 친구들은 막무가내로 문을 열고 안으로 들어갔다.

"세상에, 이게 다 뭐야?"

미란은 감탄사를 연발하며 한쪽 벽에 진열된 핸드백들을
살펴보았다. 지영은 안절부절못하며 친구들 곁을 서성거렸다.

"다 네 거야?"

"아니야, 어머니 것도 있고, 내 건 몇 개 없어. 그냥 같이 진열하는
게 나을 것 같아서."

"서로 빌려 쓰는 거지 뭐."

"그만 나와. 지영이 불편해하잖아."

문 앞에 서 있던 희경이 다시 거실로 걸음을 옮기자 다들
드레스룸을 나왔다. 지영은 크게 한숨을 내쉬고 옷방 문을 닫았다.

거실로 나온 희경이 갑자기 가방을 챙기기 시작했다.

"왜, 벌써 가게?"

미란이 다가와 물었다.

"어떻게 사는지 봤으니 그만 가자. 우리 애 학원에서 올
시간이야."

"너 좀 이상하다. 오자고 할 때는 언제고 이제는 가자고 난리네."

도경이 팔짱을 끼고 희경을 쳐다보았다. 희경은 떨떠름한 표정으로 도경을 보다가 말했다.

"시댁 부모님이랑 같이 사는 집이잖아, 알았으면 나도 오자고 안 했을 거야. 계속 안절부절못하는 거 안 보여? 그만 가자고."

"그래도 차는 한잔 마시고 가자."

미란이 아쉬운 듯 창밖을 쳐다보며 중얼거렸지만, 희경을 지켜보던 진숙도 따라서 핸드백을 챙겼다.

"나도 그만 가야겠다. 차는 다음에 마시자."

결국 미란도 가방을 챙겨서 현관으로 향했다.

지영은 어서 빨리 친구들이 가 주었으면 싶기도 하고, 이렇게 간다고? 하는 아쉬운 마음이 들기도 했다. 하지만 침대 밑에서 흘러나오던 피를 생각하자 어서 혼자 있고 싶어졌다.

현관문을 나선 희경이 잠깐 지영과 할 얘기가 있다며 미란과 진숙, 도경에게 먼저 내려가 있으라고 말했다. 심상치 않은 분위기를 느꼈는지 서로 눈길을 주고받더니 다들 엘리베이터를 탔다. 희경은 현관문 앞에 서서 잠시 지영을 바라보았다. 지영은 희경의 시선에서 차가운 바람이 등줄기로 스치는 기분을 느꼈다.

"나, 다 알아. 봤어."

지영은 파르르 떨리는 손을 뒤로 감추고 희경을 쳐다보았다.

"뭐, 뭘 봤다는 거야?"

"네 인스타그램, 레이첼. 누가 너인 것 같다고 알려 줘서 봤어. 네 계정 맞더라."

지영은 입술을 깨물었다. 이래서 얼굴을 공개하지 않으려 했다. 그놈의 팔로워가 문제다. 팔로워를 늘리는 방법을 검색하니

거짓말의 발톱

가장 효과가 좋은 건 반려동물 혹은 얼굴 공개라고 했다. 슬쩍 창문에 비친 모습을 올렸더니 반응이 달랐다. 친구들 중 SNS에 진심인 건 희경뿐이었다. 희경은 페이스북에서 놀고 있다. 그래서 인스타그램이라면 괜찮을 거라고 안심했다. 아니, 아니다. 지영은 보여 주고 싶었다. 언젠가 알게 될 거라는 것도 예상했다. 멋진 집과 한강이 내려다보이는 전망, 진주 목걸이를 한 모습. 그렇게 살고 있다고 말하고 싶었다.

"…그래서 뭐, 너도 하잖아?"

"그래, 나도 하지. 하지만 이건 아니잖아. 네가 들고나왔던 핸드백. 이 집. 다 거짓이잖아."

"무, 무슨 말을 하는 거야? 거짓이라니."

"지영아, …나도 처음부터 눈치챈 건 아니야. 경동시장에서 봤던 너와 서촌에서 만난 너, 그리고 전시회장에서의 너. 뭔가 어긋난 느낌이었지. 여기 와 보고 확실히 알았어. 뭔지 모르겠지만 거짓말은 그만 끝내."

"거짓말이라니, 아니야. 오해야."

"그럼 하나만 물어보자. 네 침대는 어디 있어? 시부모님 침대는 있는데 왜 너와 남편이 쓰는 방은 없어? 사진은? 여기에 네 흔적이 있는 물건은 뭐가 있어?"

"너, …너도 그랬잖아, 보여 줄 것만 보여 준다고."

희경은 물끄러미 지영을 쳐다보다가 낮은 한숨을 쉬고 말을 이었다.

"나도 그만해야겠어. 행복한 척해 봐야 …비참하기만 해."

희경도 뭔가 복잡한 사정이 있는 표정이었다. 말을 마친 희경은 엘리베이터 쪽으로 걸음을 옮겼다. 희경이 엘리베이터에 타는 것을 본 뒤에야 지영은 문을 닫았다.

　집 안은 다시 조용해졌다. 거실로 들어와 잠시 멍하니 서 있던 지영은 어디선가 들려오는 휴대폰 벨 소리에 정신이 들었다. 소리가 나는 곳으로 걸음을 옮기던 지영은 그 자리에 멈췄다. 무언가 발바닥을 파고들었다. 발을 들어 보니 유리가 박혀 있다. 천천히 피가 새어 나오기 시작했다.

　지영은 그대로 바닥에 주저앉았다.

　살을 파고드는 발톱을 자르고 거짓말을 끝냈어야 했다. 거짓말을 끝내지 못해 발톱이 자라고 살을 파고들어 안이 곪았다. 지영은 자신이 지금 왜 이 집에 앉아 있는지 이해가 되지 않았다. 바닥에 찍힌 핏자국을 보니 그렇게 간절히 원하던 집이 갑자기 무서워졌다. 미묘하게 집의 공기가 달라졌다. 집이 지영에게 묻는 것 같았다.

　'이제 완전히 네 집이야. 만족해?'

　지영은 인스타그램에 미쳐서 자신이 무슨 짓을 했는지 그제야 실감했다. 헛웃음이 터져 나왔다. 계속 울리는 송 여사의 휴대폰을 쳐다보며 전화를 받을까 하다가 그냥 내버려두었다. 이제 더는 거짓말을 할 여력이 남아 있지 않았다.

　지영은 시체를 어떻게 치울까 하는 생각보다, 도대체 송 여사는 왜 한 달이나 먼저 혼자 돌아왔는지, 그게 궁금했다.

거짓말의 발톱

술래의 역습과 피 흘리는 다수

송시우

1. 행동

나는 술래다. 응징하는 술래다.

주문처럼 되뇌었다. 변기 뚜껑을 내리고 앉아 양손에 라텍스 장갑을 낀 다음 오른손에 칼을 쥐었다. 나는 무시당하고 천대받고 온통 빼앗기기만 하면서 살았다. 칼 손잡이와 손을 붕대로 동여맸다. 그래, 나는 내 소설 속 주인공이다. 나는 소설을 썼고, 소설은 나를 썼다. 나는 분노하고 실천하는 약자다. 문밖의 녀석은 나를 업신여겼고, 부당한 세상의 질서를 당연한 규칙이라고 말하며 나를 경멸했다. 붕대에 매듭을 짓고 이빨로 한쪽 매듭 끝을 물어 당겼다. 혹시라도 칼을 놓치거나 칼의 방향이 틀어지지 않도록 단단히 묶었다. 마음속 결의도 단단해졌다.

문밖에서 서성이는 기척이 들렸다.

"괜찮으십니까?"

편의점이 물었다. 불안과 의심이 묻어나는 말투였다. 나를 집에 들여놓은 걸 후회하는 것이다. 낯선 사람에게 괜히 호의를 보이는 바람에 귀찮아졌다고 생각하고 있겠지. 친절한 시민 흉내를 낸 것도

다 너의 업보다.

"네. 나갑니다."

나는 오른손을 등 뒤로 감추고 화장실 문을 열었다. 편의점이
문 앞에 서 있었다. 더 이상의 말은 필요 없었다. 나는 왼손으로
편의점의 어깨를 잡고 배에 칼을 찔러 넣었다.

편의점은 무슨 일이 생긴 건지 모르겠다는 표정으로 피가 뚝뚝
흐르는 배를 내려다보았다. 비명은 그 뒤에 터져 나왔다. 나는 좀 더
위쪽을 노리고 칼을 휘둘렀다. 편의점이 양팔을 들어 머리를 감쌌다.
팔뚝이 썰리는 느낌이 났다. 나는 편의점의 배와 옆구리에 칼을 두
번 박았다가 뺐다.

편의점은 배를 움켜쥐고 침대 옆에 쓰러졌다. 그르렁거리는
이상한 소리를 내며 몸을 뒤틀었다. 크고 건장한 몸이 벌레처럼
짜부라들었다.

나는 벽을 짚고 한 발짝 옆으로 걸어가 가쁜 숨을 내쉬었다.
사람을 칼로 찌른 건 처음이었다. 이렇게까지 힘들 줄은 몰랐다.

숨을 고르며 몸을 일으키다 문득 앞에 놓인 책상에 시선이
닿았다. 두툼한 수험서 같은 것이 펼쳐져 있었고 그 옆의 노트에는
색색의 글씨가 가득 차 있었다. 인터넷 강의를 듣는 용도인
듯 화면이 꺼진 채 놓여 있는 작은 노트북. 책상 곳곳에 붙은
포스트잇과 특정 날짜에 동그라미가 쳐진 탁상달력. 편의점은
뭔가를 준비하고 있었다. 편의점 주제에 편의점을 나와 뭔가 되려고
했던 거다. 보이지 않는 사이 이미 수천수만의 경쟁자가 제 팔뚝에
찍혀 떨어져 나갔다는 사실을 모르고, 알려고도 하지 않고, 저
수험서가 가리키는 제목의 경쟁이 공정하다는 착각으로 무장하고,
저 혼자 나아가고 있었다. 편의점에게 편의점은 그저 열심히 사는

청춘이라는 이미지를 보여 주기 위해 잠시 머무른 정거장이었을 뿐이다.

울컥 뜨거운 감정이 치솟았다. 이 사이가 시큰했다. 얼굴에 튄 피가 여러 줄기로 흘러내리는 것이 느껴졌다.

그때였다. 우당탕 소리와 함께 몸이 앞으로 쏠렸다. 넘어지며 침대 모서리에 얼굴을 박았다. 눈앞이 번쩍하며 강한 타격감이 정신을 압도했다.

방심한 사이 기습을 당해 버렸다.

편의점이 그때 그런 짓을 하지 않았더라면.

나는 이후 수십 번 생각하고 또 생각했다. 나는 당시 매우 지쳐 있었으며, 공격을 멈춘 상태였다. 편의점이 아무것도 하지 않고 가만히 있었다면 나 역시 더 이상 아무것도 하지 않았을 수도 있다. 치명상을 입혔으니 그냥 두어도 곧 죽겠거니 생각했을 수도 있고 죽지 않아도 상관없다고 여겼을 수도 있다. 편의점과 나 사이에는 남 보기에 아무런 접점이 없다. 편의점이 살아남아 내 얼굴을 기억한다고 해도 경찰은 나를 찾지 못할 것이다. 나는 철저한 계획을 세웠다. CCTV로도 나를 추적하는 건 불가능하다.

살고자 하는 욕구에 섣불리 행동하는 바람에 편의점은 죽음을 재촉하고 말았다. 어리석은 짓이었다. 나는 흥분한 상태였고, 칼을 들고 있었다. 붕대로 동여맨 칼자루는 내 손아귀에 단단히 들어차 있었다. 반면 편의점은 이미 너무 많이 찔렸고, 너무 많은 피를 흘렸다. 편의점은 현관문을 코앞에 두고 쓰러졌다. 이렇게 된 이상 다른 방법은 없었다. 나는 쓰러진 편의점의 몸을 덮쳤다. 망설임 없이 목과 등을 찔렀다. 두 번의 반격은 허락하지 않았다.

편의점은 제 행동에 대한 대가로 죽었다.

나는 오해를 풀어 주려고 했던 것뿐이다. 술래잡기 놀이의
본질에 대한 크나큰 오해를 말이다.

사람들은 간과하고 있다. 사람들은 잘 모르고 술래를
업신여긴다.

술래잡기는 술래에게 잡히면 죽는 게임이다.

2. 현장

"면식범일까요?"

이규영은 조 팀장에게 다가가 물었다. 조 팀장은 시신에서 한
발짝 떨어져 서서 감식팀의 작업을 지켜보는 중이었다. 현장은 5평
남짓한 원룸이었다. 감식 요원을 피해 돌아다니는 것이 쉽지 않았다.

조 팀장은 굳은 얼굴로 보일 듯 말 듯 고개를 끄덕였다. 애매한
응답이었다. 초동수사이니만큼 모든 가능성을 열어 두려는
태도였다. 이규영 역시 현장을 살펴본 첫 느낌이 그러했을 뿐
단정하는 건 아니었다.

피해자는 24세 남자였다. 이름은 이성빈. 대학 휴학생으로 빌라
원룸에서 혼자 살고 있었다. 이틀 전부터 여자 친구와 연락이 닿지
않았고 어제는 다니는 편입학원 수업에도 출석하지 않았으며 학원
수강생들과 만든 공부 모임에도 참석하지 않았다. 이상하게 생각한
여자 친구가 오늘 오후 피해자의 집을 방문했다가 참상을 발견하고
신고했다.

피해자는 현관문 근처에 쓰러져 있었다. 현관문 쪽으로 머리를
향하고 엎드린 자세였다. 시신 밑으로 피 웅덩이가 고였다. 시신도

현장도 온통 피투성이였다.

"여기가 첫 번째 공격 지점으로 보이는데…."

조 팀장이 손가락으로 화장실 앞 바닥을 가리켰다. 원룸 안쪽 오른편에 화장실이 있고 싱글 침대가 화장실 문을 마주 보고 놓여 있었다. 화장실과 침대 사이 바닥에 동그란 낙하 혈흔이 여러 개 보였다. 벽과 침대 발치에는 빗금 모양의 비산 혈흔이, 벽과 침대 사이의 공간에는 고인 혈흔이 관찰됐다.

"범인은 화장실 문 쪽에, 피해자는 침대 앞에서 범인을 마주 보고 서 있는 상태였겠네요. 범인은 첫 번째 공격에서 피해자의 오른쪽 배와 옆구리 부분을 찔렀어요. 피해자의 오른 팔뚝에 자창이 있던데, 방어흔이겠죠."

이규영이 말했다. 이규영이 관할 경찰서의 유일한 강력계 여형사로 근무를 한 지도 1년이 넘었다. 피가 낭자한 사건 현장에 출동한 경험도 여러 차례 있었다. 그러나 아직도 현장에 오면 형사 자격시험을 치르는 기분이었다. 범죄 심리와 피의자신문이 특기였지만, 현장에서도 쓸모 있는 형사라고 인정받고 싶었다.

이규영은 신중히 침대 주변을 살폈다.

"피해자는 공격을 받고 저기에 쓰러졌던 것 같습니다. 쓰러진 채로 피를 많이 흘렸고요. 무척… 고통스러웠겠네요."

이규영은 침대와 벽 사이 공간을 가리켰다. 고인 혈흔이 이리저리 밀려 넓게 퍼져 있었다. 피를 흘리며 바닥에 누워 몸으로 피를 바른 흔적이었다.

"하지만 피해자는 스스로 일어나 현관 쪽으로 달려간 듯해요."

고인 혈흔과 시신 사이를 잇는 낙하 혈흔을 눈으로 따라가며 이규영이 말했다. 혈흔의 경로를 따라 피해자의 피 발자국도 일부

찍혀 있었다. 낙하 혈흔의 간격이나 피 발자국의 간격으로 보아 피해자는 빠른 속도로 이동했다. 마지막 힘을 내어 탈출을 시도한 듯했다. 하지만 현관에 닿기 전 범인의 2차 공격을 받았다. 이때 범인은 피해자의 목과 등을 찔렀다. 죽여야겠다는 의도가 명확했다. 피해자는 그 자리에서 사망에 이르렀다.

"왜지?"

조 팀장이 입을 뗐다.

"네?"

"왜 면식범 같냐고."

수염이 돋아난 턱을 긁으며 조 팀장이 말했다.

이규영은 현관문을 바라보았다.

"일단 외부에서 강제로 침입한 흔적이 없고⋯."

현관문은 별다른 손상 없이 깨끗했다. 도어록은 문이 닫히면 저절로 잠기는 타입이었다. 피해자의 여자 친구가 도어록 비밀번호를 알고 있었기에 열고 들어왔다가 현장을 눈으로 보고 말았다. 또한 피해자의 집은 4층이었다. 창문은 안에서 잠겨 있었고 외부에 보안 창이 설치되어 있었다. 창문으로 침입하는 건 불가능했다.

이규영은 피해자의 시신으로 시선을 옮겼다. 감식 요원이 시신을 뒤집어 몸 전면을 촬영하는 중이었다.

"피해자의 옷차림이요. 집에서 입는 편한 옷이잖아요."

피해자는 검은색 운동복 바지에 스포츠 브랜드의 로고가 박힌 하늘색 티셔츠 차림이었으며 맨발이었다.

"그리고⋯."

이규영은 주방 쪽을 가리켰다. 현관을 바라보고 오른편에 분리형 주방이 있었다. 방과 주방을 분리하는 미닫이문이 열려 있는 상태였다. 조리대에 하얀 비닐봉지가 놓여 있었다. 봉투 입구는 묶여 있었고 계산서로 보이는 종이가 봉지 밖에 붙어 있었다. 봉지 하단에 '복성반점'이란 상표가 보였다.

"배달 음식. 중국요리를 시키고 포장을 풀어 보지도 않았어요."

범인과 같이 먹을 생각이었을까. 봉지는 2인분의 음식을 시킨 것으로도 볼 수 있을 만한 크기였다. 편한 옷차림으로 맞아 집에서 같이 음식을 시켜 먹을 만한, 그런 친밀한 상대에게 당한 것일까.

살인은 배달 음식을 받은 직후에 벌어졌을 가능성이 컸다.

조 팀장도 생각에 빠진 얼굴로 주방을 바라보았다.

"여자 친구가 이제 진정이 됐으려나…."

피해자의 여자 친구는 참고인 진술을 위해 경찰서로 동행했다.

"이 형사가 가서 진술받아 봐."

박지연은 대학 4학년생이었고 피해자 이성빈과는 5개월 전에 친구 소개로 만나 사귀게 된 사이라고 했다. 이틀 전 오전 11시 30분경 둘은 카카오톡 메시지를 주고받았다.

"방금 운동 끝나고 헬스장에서 집으로 가는 중이라고 했어요. 오늘은 집에서 공부할 거라고 했고요."

박지연은 카카오톡 채팅창을 띄운 휴대전화를 내밀었다. 이규영은 휴대전화를 받아 스크롤을 내려 보았다. 과연 11시 30분경의 메시지를 끝으로 이성빈은 여자 친구가 보낸 메시지를 읽지 않았다. 점점 그 내용이 다급하고 초조해지는 박지연의 연속된 메시지 옆에 1이라는 숫자가 불길하게 남아 있었다.

"그날 누구를 만날 거라는 얘기는 없었나요?"

이규영은 박지연의 표정을 조심스레 살피며 물었다. 박지연은 아직 살인 사건 현장을 목격한 충격이 가시지 않은 듯 공포에 질린 얼굴로 손을 떨었다. 용케 정신을 차리고 경찰의 청취에 응해 주고 있는 것만 해도 감사했다.

이성빈의 집에 음식이 배달된 시각은 이틀 전 오후 12시 47분으로 밝혀졌다. 배달 기사는 이성빈이 배달 애플리케이션에 남긴 메모에 따라 문 앞에 음식 봉지를 내려놓고 바로 떠났다. 이성빈은 짬뽕 1개, 새우볶음밥 1개, 탕수육 소짜 1개를 시켰다. 복성반점의 2인 세트 메뉴였다. 최소 주문액을 맞추기 위해 2인 메뉴를 시켰을 가능성도 배제할 수는 없었다.

"아니요⋯."

박지연은 카디건 소매 끝을 입으로 잘근잘근 씹었다.

"그냥 혼자 집에서 공부할 거라고 했어요. 학원 안 가는 날이니까⋯."

이성빈은 대학 2학년을 마치고 군대에 다녀온 뒤 휴학을 연장하며 다른 대학 편입을 준비하고 있었다. 경기도 소재 대학 인문학부에 재학 중이었는데, 서울 소재 대학으로 옮기고 전공도 취업에 유리한 실용적인 학과로 바꾸고 싶어 했다고 한다. 이성빈은 편입 준비에 열심이었다. 시험이 얼마 남지 않아 공부에 전념하기 위해 지난주에는 편의점 아르바이트도 그만두었고 개인적인 약속도 다 정리한 상황이었다. 만약 약속이 있었다면 자기에게 얘기하지 않았을 리가 없다고 박지연은 말했다. 둘은 서로의 일정을 시시콜콜하게 공유하는 연인 사이였다.

"어제부터 제가 아는 성빈이 친구들에게는 다 연락해 봤어요. 다들 성빈이를 만나지 않았다고 했고요."

박지연은 울먹이며 양손에 얼굴을 묻었다. 왜소한 체구 때문인지 카디건 소매가 손 밖으로 길게 빠져나왔다. 짙은 남색 카디건이었는데 소매 부분에 삼색 선을 두른 디자인이 눈에 띄었다. 흰색, 주황색, 흰색. 이규영은 소매의 선 색깔을 속으로 읊으며 박지연에게 잠시 시간을 주었다.

"혹시 이성빈 씨와 사이가 안 좋은 사람이 있었나요? 어느 정도든 간에요. 갈등을 겪은 사람이 있었을까요?"

박지연은 세차게 고개를 저었다. 이성빈은 누구와 갈등을 빚는 성격이 아니라고 했다. 가족 간에 사이도 좋았고, 밝고 다정한 친구였다고 말하며 박지연은 결국 울음을 터트렸다.

사건 현장에 없어진 금품은 없는 것으로 보였고 무언가 찾으려고 뒤진 듯한 흔적도 없었다. 자취하는 20대 남학생이 가지고 있는 가장 값나가는 물건이라고 해 봤자 컴퓨터 같은 전자기기일 텐데, 이성빈의 노트북이나 태블릿피시, 휴대전화 모두 고스란히 남아 있었다. 지갑과 신용카드도 그대로였다. 이성빈은 군에서 제대한 직후부터 지난주까지 5개월 동안 편의점 아르바이트를 했다. 월급을 받아 모은 돈도 은행에 그대로 있었다.

금전적인 목적을 배제하고 나니 남는 건 개인적 원한이나 우발적인 분노에 의한 살인이었다. 이규영은 이성빈의 주변 인물들의 이름과 연락처를 받고 박지연을 귀가시켰다.

3. D+1

올해의 장르 픽션 웹문학상 본심 결과가 올라왔다. 나는 마우스에서 손을 떼고 바지에 손바닥을 문질러 땀을 닦아 냈다. 예심 심사평을 봤을 때는 분명 승산이 있었다. 출품작은 내가 지금껏 쓴 작품 중 최고의 작품이었다. 스스로에게 확신을 주며 천천히 게시글 제목을 클릭했다.

젠장.

입 밖으로 욕이 비어져 나왔다. 대상에서 우수상까지 총 7편이나 되는 당선작에 이름이 없었다. 대상까지 기대했던 마음이 우스워졌다. 약속을 어기고 발표 날짜를 질질 끌더니 이것들이 나를 우습게 만들었다. 마우스를 잡은 손으로 책상을 내리쳤다. 마시던 콜라 캔이 책상에서 떨어져 바닥에 검고 끈끈한 액체를 쏟았다.

당선작 제목을 보니 심사위원들의 수준이 한심할 뿐이었다. 재벌남과의 사랑 타령과 짝짓기 놀이가 전부인 로맨스물, 화성 탐험이나 시간여행 따위의 소재를 곰탕처럼 우려먹고 있는 SF물, 온라인게임의 세계관보다 못한 썰을 구질구질 풀어놓는 판타지물 일색이었다. 뇌가 빈 루저들의 방구석 자위 같은 배설물들만 줄지어 놓았다.

"에라이, 씨발 새끼들!"

바닥의 콜라 캔을 집어 들고 방문을 박차고 나왔다. 몸속의 혈액 한 방울 한 방울, 세포 하나하나가 분노로 들끓는 기분이었다. 응징을 행한 지 하루밖에 지나지 않았는데 세상은 도무지 나와 화해하려 하지 않는다. 이번이 기회일 수 있었다. 만연한 부조리에 대해 수없이 호소하고 목소리를 내도 들어 처먹는 귓구멍이 없다.

"집에 있었네?"

거실 벽에 콜라 캔을 박아 주려고 팔을 쳐든 순간, 싸늘한 목소리가 주방 쪽에서 들려왔다. 흠칫 놀라 팔을 내리고 주방을 보았다. 넙데데한 얼굴에 화장품을 대충 처바른 중년 여자가 식탁에 앉아 뭔가를 입에 넣고 있었다. 내 엄마라는 여자다. 못생기고 천박하고 돈도 없는 이혼녀.

나는 주방으로 갔다. 재활용 쓰레기를 모아 놓는 상자에 콜라 캔을 던져 넣었다. 엄마는 냉장고에서 꺼낸 반찬을 반찬 통째 늘어놓고 된장찌개만 겨우 끓여 점심인지 저녁인지를 먹는 중이었다. 엄마야말로 기척도 없이 언제 들어왔을까. 명색이 개인사업자라고 낮에도 틈나면 집에 들어와서 밥을 먹거나 뭔가를 하고 다시 나간다. 그래 봤자 보험 아줌마다. 한때는 마트 계산원이기도 했고 야쿠르트 아줌마이기도 했다.

엄마가 밥통을 열고 새 밥을 펐다. 지겨워하는 기색이 역력한 표정이었다.

싸질러 놓기만 했지 뭐 하나 해 준 것도 없으면서 보는 족족 자존감을 깎아내리는 데는 아무튼 일등이다. 이 집으로 이사 오고 나서는 나를 맘껏 경멸해도 좋다는 허가라도 받은 듯 정도가 한층 심해졌다. 어처구니가 없었다. 앞집 남자가 당한 자동차 사고에 내가 관련되어 있다고 앞서서 몰아간 것도 엄마였고, 도망치듯 이사를 결정한 것도 엄마였다. 선택은 다 자기가 하고 이제 와 내 탓을 한다.

나도 지겹다. 나도 하필이면 당신 자식으로 태어난 게 싫다.

속으로 쏘아 주고 돌아서려 하는데 엄마가 식탁에 밥공기와 수저를 소리 나게 내려놓았다.

"차려 줄 때 먹어. 먹고 치우지도 않을 거."

배가 고프긴 했다. 지난 이틀 동안 식사라고는 새벽에 피시방에서 라면 하나 시켜 먹은 게 다였다. 나중에 혼자 뭘 꺼내 먹자니 그것도 귀찮았다. 자리에 앉아 젓가락을 손에 쥐었다. 어제는 칼을 쥐었던 손이다. 손안에 가득 찼던 칼자루의 촉감, 사람의 배에 칼날을 넣고 뺄 때 손에 전해지던 질감이 아직 생생했다. 그에 비해 젓가락을 잡은 손은 허전해서 웃음이 나올 정도였다.

밥을 한가득 떠서 입에 밀어 넣었다.

"얼굴은 그게 뭐야! 넘어졌어?"

엄마가 물었다.

"어디 좀 부딪쳤어."

나는 손등으로 얼굴을 쓸며 대수롭지 않은 듯 말했다. 얼굴에 든 멍이 남 보기에도 눈에 띌 줄은 몰랐다. 걱정이 돼서가 아니라 그냥 눈에 보이니까 하는 말일 테니 신경 쓸 필요는 없었다. 엄마의 관심은 같이 사는 아들보다, 전남편과 같이 사는 잘난 딸에게 있다. 교사가 되어 매달 아빠에게 용돈을 두둑이 던져 주며 효도하고 산다는 내 누나 말이다. 엄마는 이혼할 때 딸이 아닌 아들을 선택한 것을 후회하며, 이렇게 될 줄 알았다면 팔자라도 고치게 두 아이 다 전남편에게 떠밀고 나왔어야 했다고 생각한다. 혹처럼 달린 백수 아들 때문에 보험 영업을 하며 만난 놈팡이와 재혼에 성공하지 못했다고 여기고 나를 미워한다. 지난 시절 밤마다 술을 홀짝이며 어린 아들을 안주 먹듯 두드려 팼던 일은 없었던 것처럼 군다. 혼자 몸으로 모든 걸 희생해서 아들을 키워 낸 모범적인 어머니 흉내를 낸다. 아마 〈인간극장〉 같은 프로그램에서 불러 주기만 한다면 나가서 눈물을 찍어 낼 기세다. 누나는 페미니즘인지 페미나치즘인지 여성을 특별 대우하는 엿 같은 시류에 올라타서 또래 남자들을 밑에 깔고 잘나가는 것뿐이다. 이런 현실을 엄마는 알려고 하지 않는다. 메갈과 틀딱이 판치는 세상. 태어날 때 가진 것으로 모든 게 정해지는 조선 땅에서 물려받은 게 없으니 펼쳐 낼 것도 없는 부조리를 모른다. 내 처지가 한심하다면 그 이유는 바로 당신이 한심해서인 것을 알지 못한다.

"이제 아예 내키면 나가고, 내키면 들어오기로 했어?"

엄마가 비아냥거렸다. 대꾸 없이 된장찌개만 떠먹었다. 집에 있거나 없거나 신경도 쓰지 않으면서 잔소리는 왜 하는지 모르겠다. 피시방에서 밤을 새우고 겨우 하루 안 들어왔을 뿐이다. 어제 낮에 내가 무슨 일을 했는지도 모르면서. 하긴 알면 나를 이렇게 계속 업신여기지는 못할 테지.

빈 그릇을 두고 일어나는 찰나 질문이 날아왔다.

"그 옷 뭐야?"

엄마가 늘어진 눈꺼풀 사이의 가느다란 눈으로 내가 입고 있는 카디건을 쏘아보았다.

"옷이 뭐?"

"샀어?"

"흥! 살 돈이 어딨어? 있던 거잖아."

콧방귀와 함께 말을 뱉어 줬다. 미처 옷을 갈아입지 않고 있었다니 아차 싶었다. 평소엔 둔한 엄마가 오늘따라 쓸데없이 눈썰미가 좋은 게 짜증 났다.

"그래, 뭐 이날 이때껏 돈을 벌어 봤어야지…."

엄마의 푸념은 방 안까지 따라왔다. 일자리를 소개해 줘도 일주일도 못 버티고 도망가는 놈이 무슨 일을 하겠냐는 둥, 때려치우는 건 때려치우더라도 제 엄마 얼굴에 먹칠을 한 건 어떻게 할 거냐는 둥, 또 2절, 3절까지 이어질 기세였다. 보험 영업하며 만난 놈팡이 중에 편의점을 차렸다는 놈을 꼬드겨 고작 아르바이트 자리 얻어 준 걸로 1년 내내 유세를 떨어 댄다. 진상 쓰레기들에게 영혼을 팔며 굽신거리지 않았다고 저 난리다.

"아 씨! 그만해!"

진저리를 치며 방문을 꽝 닫았다.

엄마라는 여자는 모른다. 아니, 아무도 모른다. 내가 어제 무엇을 했고 앞으로 무엇을 더 할 수 있는지.

오른손을 펼쳐 눈앞에 가져다 댔다. 손바닥에 밀착됐던 칼자루의 감촉을 기억했다. 어제 낮, 편의점의 방 안 풍경이 머릿속에 펼쳐졌다. 숨 막히던 결행과 단죄의 순간들. 부글거리던 속이 진정되며 은은한 만족감이 피어올랐다.

나는 성공한 응징자다.

4. 난항

7일째 사건 수사는 정체 중이었다. 수사팀 모두 당황스러운 기색을 숨기지 못했다. 처음 사건을 접했을 때만 해도 피해자 주변인 수사로 쉽게 풀릴 사안이라고 생각했다. 수사팀은 3일 안에 범인을 체포하겠다는 결의를 다졌으나 실패로 돌아갔다. 어쩐 일인지 수사를 하면 할수록 나오는 게 없었다.

"짬뽕이 불게 그냥 놔뒀을 리가 없다. 다른 건 몰라도."

선배 형사가 내뱉은 말에 이규영도 고개를 끄덕였다. 이성빈은 배달 음식을 받아 주방 조리대에 올려놓고 포장을 풀어 볼 시간도 없이 당했다. 음식이 배달된 그날 오후 12시 47분경 이성빈과 같이 있었던 사람을 찾기 위한 수사가 이루어졌다. 이성빈의 휴대전화 통신 내역을 먼저 뒤졌으나 그날 오전에 여자 친구와 주고받은 카카오톡 메시지 외에는 별다른 게 없었다. 경찰이 파악한 이성빈의 지인 모두 그날 이성빈을 만나지 않았다고 했다. 특별히 가까웠던 사람들에 대해서는 알리바이 조사도 마쳤다.

수사팀 형사들은 이성빈이 살던 빌라 주민들과 이웃집 주민들을 상대로 목격 진술을 받으러 다녔다. 평일 낮이라 범행 시간에 집에 있던 사람이 별로 없었다. 맞은편 빌라에 사는 한 남성이 그날 오후 12시쯤 빌라 주차장에 있다가 이성빈이 집으로 들어가는 모습을 봤다고 말했다. 이성빈은 청바지에 밝은색 티셔츠 차림이었고 한쪽 어깨에 스포츠 가방을 메고 있었다고 했다. 헬스장에서 운동을 마치고 집에 돌아오는 모습을 본 것이다. 그밖에는 그날 이성빈을 봤다는 사람도, 범인으로 보이는 사람을 목격했다는 사람도 없었다.

다만 주민 세 명이 그날 오후 1시 또는 2시경 이성빈이 사는 빌라에서 남성이 소리치는 소리를 들었다고 말했다. 의미를 알 수 없는 고성이 두세 차례 들리고 끊어졌다고 했다. 범행 당시 이성빈이 지른 비명이었을 것으로 추정됐다. 소란이 계속 이어지지는 않아서 누구도 신고를 하거나 상황을 알아보려는 시도는 하지 않았다.

이제 믿을 건 CCTV뿐이었다. 안타깝게도 이성빈이 사는 빌라 입구에는 CCTV가 설치되지 않았고, 빌라가 있는 골목을 비추는 CCTV도 없었다. 빌라로 진입할 수 있는 골목은 2개였다. 편의상 A, B 골목이라고 이름 붙이면, A 골목에는 골목 어귀를 비추는 CCTV가 있어서 드나드는 사람을 확인하는 게 가능했다. 그날 아침 이성빈이 헬스장을 오가는 모습도, 이성빈이 주문한 음식을 배달한 배달 기사가 오가는 모습도 이 CCTV에 찍혔다.

그러나 B 골목의 경우 상황이 달랐다. B 골목으로 접어드는 큰길을 비추는 CCTV는 있었으나 B 골목에 닿기 전에 끊어졌다. 범인이 B 골목을 통해 이성빈의 집에 접근했다면 그 CCTV에 찍혔을 가능성은 있으나 아닐 수도 있었다.

수사팀은 2개 조로 나뉘었다. 한 조는 눈이 짓무르도록 CCTV를 보면서 수상하다 싶은 행인의 동선을 추적했고, 다른 한 조는 이성빈의 주변을 점점 범위를 넓혀 가며 뒤졌다. 대학 친구, 고등학교 동창, 군대 동기, 아르바이트 동료와 사장, 편입학원 수강생 중에서 이성빈과 조금이라도 유의미한 관계가 있었던 사람의 알리바이를 확인하고 다녔고 혹시나 가족에게 원한 관계가 있는지도 조사했다. 그사이 사건 현장에 대한 감식도 두 차례 더 이루어졌다.

이규영은 CCTV조였다.

"여기 이 남자 어때요, 선배?"

이규영은 볼펜 끝으로 CCTV 화면을 찍으며 옆에 앉은 장 형사에게 물었다.

"뭐가?"

장 형사가 핏발 선 눈으로 이규영의 모니터 화면을 흘깃 보았다.

"여기 갈색 맨투맨 입은 사람이요. 주변을 슬쩍 기웃거리는 것 같지 않아요?"

"야, 내가 배제한 사람이잖아. 옆 동네까지 2킬로미터도 넘게 추적했다고 내가 말했냐 안 했냐. 정신 안 차려?"

장 형사가 눈살을 찌푸리며 면박을 주었다.

이규영은 한숨을 쉬며 화면을 다시 앞으로 돌렸다.

봤던 장면을 보고, 보고, 또 보고, 또 보았다. 이제 누구를 의심스럽게 봐야 할지 모를 지경이었다. 사건의 특성상 남성의 단독범행으로 추정하고 혼자 다니는 남자를 유심히 살펴보았지만 특별히 수상해 보이는 남자를 찾기 어려웠다. 현장 진입로 두 곳이 통행량이 많은 곳인 데다가, 다른 한 곳의 CCTV 기록은 중간에 끊어져 있는 게 큰 문제였다. CCTV에 찍힌 모든 사람의 동선을 추적하는 건 물리적으로 불가능했다. 의심스러운 사람을 추려내서 인근 CCTV 기록을 싹 다 뒤져 가며 동선을 추적하고 신원을 확인한 뒤 배제해 나가야 했다. 한 사람을 추적하는 데 하루가 넘게 걸리기도 했다.

과학수사팀도 연일 한숨을 지었다. 현장 감식을 세 차례나 했지만 범인의 흔적은 아무것도 나오지 않았다. 쌀알만 한 혈흔까지 죄다 채취하여 DNA 검사를 했으나 모두 피해자의 피로 밝혀졌다. 범인은 지문도 족적도 남기지 않았다. 현장에 직접증거가 남아 있지 않으니 이대로는 용의자를 특정해도 혐의를 입증할 수 있을지 걱정될 정도였다.

이규영은 지금껏 보고 있던 A 골목의 영상을 끄고 B 골목으로 접근하는 큰길을 비추는 CCTV 영상을 재생했다. 0.3배속으로 놓고 넉넉잡아 그날 오후 2시 반경까지 오간 행인의 모습을 한 명 한 명 곱씹어 보는 작업을 이어 갔다.

지루한 시간이 흘러갔다. 잠시 쉬며 커피라도 마시려고 일어서던 때였다.

"어, 뭐지?"

이규영은 화면을 멈추고 소리쳤다. 옆에 앉은 장 형사는 거들떠보지도 않았다.

이규영은 방금 스친 화면을 재생했다. 화면 밑에서 등장해 걸어가는 뒷모습이 잡힌 남자에게서 정체를 알 수 없는 기시감이 느껴졌다. 남자는 체격이 왜소했고 느낌상 20대로 보였다. 검은 모자를 눌러썼고 상의는 카디건, 하의는 블랙진을 입었다. 한쪽 어깨에 내용물이 불룩하게 든 천 가방을 멨다.

'어디선가 봤는데. 어디지?'

이규영의 시선은 남자가 입고 있는 카디건에 꽂혔다. 남색 카디건이었다. 남자는 천 가방을 메지 않은 쪽 팔을 흔들면서 걸었다. 카디건 소매 부분에 세 가닥 줄무늬가 보였다. 이규영은 화면을 정지시켜 놓고 미친 듯이 기억을 더듬었다.

흰색, 주황색, 흰색.

"찾았다!"

이규영은 자리에서 벌떡 일어났다.

"우 씨, 왜 이래?"

기세에 놀란 장 형사가 몸을 한쪽으로 피했다.

"피해자의 여자 친구에게 전화해 봐야겠어요!"

이것이 우연이 아니길 기대하며 이규영은 수화기를 들었다.

5. D-94

눈 뜨자마자 집을 나왔다. 오늘도 동네 아줌마들이 쳐들어올 기세라 집에 붙어 있을 수가 없었다. 사고가 난 앞집 남자의 부인과 빌라 2층 아줌마가 작당하여 동네를 들쑤시고 다녔다. 둘은 형사라도 된 듯이 동네 CCTV 파일과 블랙박스 파일을 모으고 분석했다. 요 며칠 그들은 나를 표적으로 삼아 뭔가를 얻어 낼 작정을 한 것 같았다. 짜증 나는 암컷들이다. 무엇보다 그들의 말에 휩쓸리는 엄마에게 가장 짜증이 났다.

"네가 그랬니?"

지난밤 엄마는 화가 잔뜩 난 표정으로 물었다. 내가 그랬다고 이미 결론을 낸 표정이었다. 묻는 게 아니라 비난하는 거였다.

"타이어 펑크 내고 다니는 사람이 CCTV에 찍혔다더라. 2층 여자가 그러던데. 너야?"

앞집 남자가 사고 난 것도 너 때문이냐고 엄마는 물었다. 곰같이 둔한 앞집 남자가 타이어에 펑크가 난 것도 모르고 차를 몰고 나갔다가 가드레일을 들이박은 걸 말하는 거였다. 보닛이 좀 우그러졌다고 들었다. 앞집 남자는 다친 곳 하나 없이 멀쩡했는데 대단한 사고라도 난 듯 동네가 시끄러웠다. 이때구나 하고 할 일 없는 여자들이 뭉쳤다. 동네 여자들이 경찰에 신고해서 콩밥을 먹이겠다고 난리를 치고 있다며 엄마는 이 일을 어떻게 수습할 거냐고 소리쳤다.

"씨발! 누가 그래!"

나는 고함을 치며 거실 탁자에 놓인 화분을 들어 던졌다. 화분은 엄마의 머리 위를 지나 거실 벽에 부딪쳐 질퍽한 흙을 뿌리며 부서졌다. 엄마는 그 자리에서 얼어붙었다. 앵앵거리는 소리가 멎고 조용해졌다. 그제야 좀 살 것 같았다. 역시 앵앵대는 것들에게는 매가 약이다.

낮 시간 내내 피시방에서 게임을 하며 시간을 보냈다. 가진 돈은 줄어 가고 화는 사그라들지 않았다. 아줌마들이 무서워서 피한 게 아니다. 집에 있다가 2층 아줌마를 마주치기라도 하면 찔러 죽일 것 같아서 피해 준 것이다. 따지고 보면 이 모든 일이 자기 때문인 것도 모르고 사람들을 선동하고 다니는 천박한 암컷. 따발총처럼 모욕적인 말을 쏟아 놓는 그 입을 패 주고 싶었다. 그냥 집에서 기다리고 있다가 패 줄 걸 그랬나.

문제는 더위에 삭아 끊어진 에어컨 배수 호스에서 비롯됐다. 3층 베란다에 내놓은 우리 집 에어컨 실외기의 배수 호스가 끊어져 주차장에 세워 둔 2층 SUV 천장으로 물이 떨어졌던 모양이다. 2층 아줌마는 엄마에게 두어 차례 에어컨 호스를 교체하라고 말했다고 했다. 그럼 둘 사이에 해결했어야 할 일이다. 보험을 팔러 다니느라 바빴는지 놈팡이를 만나느라 바빴는지 엄마는 호스 교체를 하지 않았고, 2층 아줌마는 벌건 대낮에 아무것도 모르는 나에게 따지러 왔다.

"301호! 이 집 아들 안에 있는 거 다 알아! 나와 봐!"

벨을 누르고 현관문을 두드리며 2층 아줌마는 소란을 떨었다. 내가 집에 있는 걸 어떤 식으로든 확인했는지 물러나지 않을 기세였다. 하는 수 없이 나와 문을 열었다.

"이봐 301호 아들! 집에 에어컨 호스 안 고칠 거야? 이래서 이웃을 잘 만나야 한다지만 너무들 하네 정말! 남에게 피해는 주고 살지 말아야지! 차 천장에 물이 고여 곰팡이가 피잖아! 이게 무슨 민폐냐고!"

내 얼굴을 보자마자 2층 아줌마는 빌라 주민들 모두 들으라는 듯이 말을 쏟아 냈다. 나는 가만히 있다가 당했다. 2층 아줌마는 길쭉한 면상을 들이대며 나를 아래위로 훑었다. 내 꼴을 보니 하찮게 대해도 된다고 안심했는지 혀 차는 소리와 함께 훈계를 시작했다.

"301호 아들도 말이야. 그 정도 나이 됐으면 엄마에게 미루지 말고 이런 문제는 알아서 좀 해야지! 일도 안 나가고 집에 있다며? 응? 엄마도 엄마지만 다 큰 아들이 더 문제네. 집에 있으면서 이런 것도 조치를 안 하고 뭐 해?"

집에 있던 빌라 주민들이 하나둘 나와 수군거렸다. 똥물을 뒤집어쓴 기분이었다. 2층 아줌마는 끝내 나를 주차장으로 끌고 가 우리 집 에어컨 배수 호스에서 2층 아줌마의 SUV 천장으로 물이 떨어지는 모습을 보게 했다.

그날 밤 나는 잠들지 못했다. 눈을 퍼렇게 뜨고 밤새도록 생각했다.

1층부터 5층까지 빌라 전체를 불 질러 버릴까. 불을 지르고 나도 죽을까.

그렇게 할 수도 있었다. 대신 자동차 타이어에 구멍을 내는 것으로 내가 받은 치욕을 조금이나마 되돌려주었다. 받은 건 갚아야 하니까. 기껏 자동차 한 대 굴린다고 유세를 떠는 것들은 안 그래도 혼이 좀 나야 했다. 2층 SUV 타이어만 구멍 내는 것으로는 성이 차지 않았다. 이 골목에 차 세우고 다니는 놈들은 다 똑같이 당해야 마땅했다. 차 가진 놈들은 다 같은 생각일 것이다. 모두 내가 모욕을 당하는 걸 보고도 모른 척했을 뿐 아니라 오히려 재밌어하며 구경했다. 차 천장에 물 좀 떨어지는 게 뭐가 그렇게 대수라고 다들 입을 모아 나를 비난했다.

그나저나 CCTV에 찍혔다니. 조심한다고 했는데 내가 모르는 CCTV가 있었던 걸까? 아니면 사각지대를 잘못 읽었나? CCTV가 아니라 누군가의 블랙박스에 찍힌 걸까?

나는 커지는 불안감을 물리치려 고개를 휘휘 저었다. CCTV든 블랙박스든 거기에 누군가 찍혔다고 해도 그게 나라는 증거가 어디 있단 말인가. 나는 먼저 나를 건드리지 않는 한 누군가를 공격하는 사람이 아니다. 문제를 일으킨 건 내가 아닌데 왜 내가 이런 궁지에 몰려야 하는 걸까. 왜 항상 이런 식일까.

엄마는 돈으로 해결할 모양이었다. 어젯밤 여기저기에 돈을 빌리려고 전화하는 소리를 들었다. 한동안 돈타령이 늘어지게 생겼다. 돈, 돈, 그놈의 돈. 돈이면 몸도 팔고 영혼도 팔고 아들도 팔 여자. 공모에 낸 소설이 당선되고 상금을 받는다면 당장 다음 날 이 집구석을 나와 버리겠다. 그때까지만 참자고 생각하며 피시방을 나왔다. 집에 들어가긴 아직 이른 시간이었다. 인근을 돌아다니다가 눈에 보이는 편의점에 들어갔다.

"어서 오세요."

냉동식품을 정리하고 있던 아르바이트가 허리까지 숙이며 인사했다. 느닷없는 환대에 가볍게 잽을 맞은 느낌이었다. 나는 말없이 매장 가장 안쪽으로 도망쳤다.

물건을 고르며 진열대 뒤에서 관찰했다. 아르바이트는 내 또래로 보이는 남자였고 키가 컸다. 운동으로 단련한 듯 어깨가 벌어졌고 가슴이 두툼했다. 편의점. 무슨 이유에서인지 마음을 불편하게 하는 그놈을 나는 편의점이라고 부르기로 했다. 편의점은 손님이 들어올 때마다 하던 일을 멈추고 허리를 숙이며 인사했다. 시원하게 미소 지으며 활력 넘치는 목소리로 외쳤다. 넓은 이마에 곱슬머리가 굽이쳤다. 여자애들이 보면 잘생겼다고 말할 만한 얼굴이었다.

그래 그놈을 닮았다. 대학 시절 여자애들의 시선을 모조리 거둬 가던 그놈. 열등한 사내에게 남아 떨어지는 여자조차 없게끔 주변을 관리하던 놈. 그놈과 편의점의 얼굴이 합쳐졌다. 오래 묵은 적의가 한꺼번에 살아나 가슴속에 펄떡거렸다.

작년에 엄마의 성화에 못 이겨 3일간 편의점 아르바이트를 했던

때가 떠올랐다. 파란 조끼를 입고 계산대 앞에 서자 모두가 나를
편하게 업신여겼다. 소주를 사러 온 노숙자도, 코 묻은 돈을 쥐고
과자를 사러 온 코흘리개도 나를 자기보다 아래로 봤다.

일한 지 3일째 되던 날이었다. 50대 남자가 오전부터 술 냄새를
풀풀 풍기며 나타났다. 주정뱅이 남자는 계산대로 물건을 던졌다.
참치캔과 플라스틱 막걸릿병이 내 몸에 부딪혀 계산대 안쪽 바닥에
떨어졌다. 막걸릿병은 통통통 소리를 내며 바닥을 굴렀다. 모멸감에
얼굴이 굳었다.

"뭐 해? 안 주워?"

주정뱅이 남자가 시비조로 말을 던졌다. 술 냄새가 섞인 지독한
구취가 주정뱅이 남자의 입에서 뿜어져 나왔다.

"…왜 던지십니까?"

나도 반말을 뇌까리고 싶은 걸 겨우 참고 물었다. 말끝이 떨려
나왔다. 자신감 없는 모습으로 보일 것 같았다. 수치스러웠다.

"뭐라고? 이 새끼가?"

주정뱅이 남자는 턱주가리를 쳐들고 눈을 부라렸다.
시빗거리를 찾고 있었는데 잘 만났다는 듯한 표정이었다.

"째려봐? 어쭈, 이거 봐라! 알바 새끼가 손님을 째려보네.
대가리에 피도 안 마르는 새끼가? 어쩔 건데 새끼야!"

그때 점장이 들어왔다. 엄마의 보험 고객이라는 점장은
지방 공기업을 다니다 퇴직하고 퇴직금을 털어 편의점을 차린
중늙은이였다. 점장은 분위기를 읽더니 대뜸 주정뱅이 남자에게
다가가 왜 그렇게 화를 내시는 거냐고 물었다. 주정뱅이 남자가
손가락으로 나를 가리키며 알바가 건방지게 손님을 위협한다고
고래고래 소리를 질렀다. 점장은 주정뱅이 남자를 어르고 달래며

어서 손님께 사과드리라고 나를 채근했다. 이것이 점장이 내게 가르쳐 주겠다고 한 '사회생활'인 모양이었다.

나는 조끼를 벗어 손으로 뭉친 다음 바닥에 내팽개쳤다. 입에서 나오는 대로 욕을 내뱉었다. 점장이 눈을 동그랗게 떴다. 주정뱅이 남자가 주먹을 치켜들었다. 점장이 주정뱅이 남자의 한쪽 팔을 잡고 말렸다.

그길로 편의점을 나왔고 다시 돌아가지 않았다. 엄마는 그 후로 나를 쓰레기 취급한다. 엄마가 나를 쓰레기로 보니 이제 동네 아줌마들까지 나를 쓰레기로 보고 범죄자로 만들지 못해 안달이 났다. 모두 죽어 버렸으면 좋겠다.

"아 씨! 어이! 알바! 내가 먼저 왔잖아. 무시하는 거야 뭐야!"

누군가 외치는 소리에 상념이 깨졌다. 등산복을 입고 수염을 덥수룩하게 기른 남자가 계산대 앞에서 편의점에게 항의하고 있었다. 현실에서도 때맞춰 진상이 출연했다. 계산을 마친 손님이 물건을 들고 도망치듯 사라졌다.

앞으로 벌어질 일이 뻔히 보이는 듯했다. 나는 컵라면과 삼각김밥을 손에 들고 한 발짝 뒤에 섰다.

"죄송합니다, 손님! 대신 제가 빨리 계산 도와드리겠습니다. 무엇이 필요하신가요, 손님?"

편의점이 말했다. 전혀 동요하지 않은 표정이었고 자신감 있는 말투였다. 심지어 조금 웃기까지 했다. 등산복 남자는 품에서 찌그러진 담뱃갑을 꺼내 계산대에 툭 던졌다.

"사람을? 응? 순서를 제대로 봐야 할 거 아냐!"

등산복 남자는 담뱃갑을 손가락으로 꾹꾹 눌렀다. 타르에 까맣게 찌든 폐 사진이 남자의 손가락 힘에 밀려 우그러들었다.

술래의 역습과 피 흘리는 다수

등산복 남자는 잔뜩 찌푸린 얼굴로 손가락 2개를 던지듯이
내밀었다.

"네, 손님. 마일드세븐 두 갑 드리겠습니다."

편의점은 담배를 찾아 들고 바코드를 찍었다. 등산복 남자는
담배 사는 사람은 사람이 아니냐고 중얼거리며 계속해서 기분
나쁘게 굴었다. 상대도 마음이 상해야만 직성이 풀리겠다는
태도였다.

"죄송합니다, 손님. 일하다 보면 어떤 손님이 먼저 오셨는지
확인을 못 할 때가 있거든요. 계산 끝났습니다, 손님. 안녕히 가세요."

편의점은 상대와 눈을 맞추면서 말했다.

등산복 남자의 말투는 어느새 투덜거림으로 변했다. 남자는
담배 두 갑을 등산복 주머니에 쑤셔 넣고 사라졌다.

"…손님?"

정신을 차려 보니 편의점이 나를 부르고 있었다.

"네?"

편의점이 내 앞으로 컵라면과 삼각김밥을 슬그머니 밀었다.
잠깐 허둥댔다. 포스기 뒤 액정 화면에 결제해야 할 금액이 떠
있었다. 나는 주머니를 뒤져 현금 3000원을 내밀었다.

편의점 전면 창에 면한 스툴에 앉아 맛도 모르고 컵라면을
먹었다. 전면 창으로 편의점이 일하는 모습이 비쳤다. 편의점은
손님을 보면 인사했고, 싹싹하게 웃었고, 상품을 진열하며 쉬지 않고
일했다.

왜 너는 웃을 수 있는가. 나는 속으로 질문하고 스스로 답했다.
그것은 너와 내가 같지 않기 때문이다. 너의 부모는 이혼하지
않았다. 너는 이혼한 엄마의 인생 화풀이용으로 밤마다 얻어맞지

않았다. 너는 가난하지 않았다. 사랑과 지원을 받았고 존중을 받았다. 너는 40평대 이상의 아파트에서 비슷한 수준의 이웃 친구들과 어울리며 자랐다. 학원도 가고 과외도 받았다. 주말에는 가족들과 캠핑을 갔고 방학에는 어학연수도 갔다. 너는 잘생기게 태어났고 키도 크고 어깨도 벌어졌다. 여자애들은 너와 연애하고 싶어 한다. 몰려다니며 너를 보면 쿡쿡 웃고 볼을 붉힌다. 너는 가진 게 많아서 남에게 줄 줄도 안다. 얼마 안 되는 자기 것을 뺏길까 봐 전전긍긍할 필요가 없다. 그래서 사람들은 너를 좋아한다. 사람들이 좋아하므로 너는 더 잘할 수 있다.

가장 참을 수 없는 것은 네가 가진 모든 것을 너는 네 노력의 결과라고 생각한다는 것이다. 그리고 네가 가진 걸 가지지 않은 사람은 노력하지 않은 사람이라며 비웃고 무시한다는 점이다. 너는 나를 하등 생물로 취급한다. 너는 잠깐 사이에 내가 자기보다 열등한 인간이라는 판단을 내리고 선을 그었다. 무리에서 언제나 술래 역할을 도맡는 또래. 너는 나를 술래로 본다. 소설 속에서 내가 처단하려고 했던 사회악이 바로 너다.

컵라면은 식어서 고춧가루와 기름이 둥둥 떴고 한 입 베어 물은 삼각김밥의 밥알도 굳어 갔다. 나는 젓가락으로 식은 면발을 뒤적였다. 뒤에서 휴대전화의 진동음이 울렸다. 편의점이 전화를 받았다.

"어, 밥 먹었지. 아까 1시쯤에. 자기는?"

다정한 말투로 속삭이며 말한다. 마치 내게 들으라는 듯 전화기 너머의 상대와 저녁 데이트 약속을 잡는다.

누굴까. 몇 번째일까. 마음속에 불꽃이 일었다. 불꽃은 내 안에 간신히 버티고 있던 모든 걸 태웠다. 두 뺨이, 양 눈이 뜨겁게 달아올랐다. 저건 내게는 한 번도 주어지지 않았던 기회였다. 계집애들은 나만 보면 못 볼 거라도 본 것처럼 피해 갔다. 대학 시절 밀림의 포식자처럼 여자애들의 시선과 관심을 끌어모아 거느리던 그놈의 얼굴과 편의점의 얼굴이 다시 한번 겹쳤다.

편의점을 나올 무렵 나는 편의점을 절대로 용서할 수 없게 되었다.

6. 추적

남색 카디건을 쫓아 이규영은 장장 3일 동안 눈물의 CCTV 추적기를 썼다. 남색 카디건은 좁은 골목만 골라 다녔다. 이만 포기하려고 하면 흔적이 나타나기를 몇 차례 거듭한 끝에 사건 현장에서 2.3킬로미터 떨어진 골목까지 남색 카디건을 따라잡는 데 성공했다. 낡은 상가와 주택이 촘촘히 들어선 골목이었다.

이규영은 그중 4층짜리 상가 건물 앞에 섰다. 지은 지 30년은 족히 넘어 보이는 낡은 건물이었다. 1층과 2층에는 카페와 식당이 있었고, 3층에는 피시방, 4층에는 필라테스 학원과 노무사 사무실이 있었다. 여기서 범인이 갈 만한 곳은 한 군데뿐이었다.

"피시방?"

이규영과 짝을 이루어 탐문을 나온 장 형사가 말했다.

"올라가시죠."

이규영이 앞장서 계단을 올랐다.

사건이 발생한 날 오후 2시 40분경, 남색 카디건이 이 골목으로 들어가는 모습이 CCTV를 통해 확인됐다. 그런데 골목에서 나오는 모습은 좀처럼 찾을 수 없어 이규영은 또 포기할 뻔했다. 끈질기게 CCTV 녹화 화면을 돌려 본 끝에 무려 15시간이 지난 다음 날 새벽 5시 30분경 골목을 빠져나오는 남색 카디건의 모습을 찾았다. 그러나 가늘게 이어지던 운도 그게 끝이었다. 그 뒤로는 CCTV 기록이 완전히 끊어져 버렸다.

어쨌거나 남색 카디건이 그날 오후 2시 40분부터 다음 날 새벽 5시 30분까지 이 골목 어딘가에 머물렀다는 건 밝혀졌다. 지인의 주거지거나 사무실, 아니면 피시방 같은 24시간 운영하는 가게였을 것이다.

이규영과 장 형사가 피시방에 들어섰다. 입구 계산대에 앉아 있던 남자가 몸을 일으켰다. 머리가 반쯤 벗어진 남자는 40대로 보였고 피시방 사장인 듯했다. 남자는 이규영과 장 형사가 보통 손님이 아니라는 걸 눈치챘는지 무슨 일로 오셨느냐고 물었다.

장 형사가 용건을 말하는 동안 이규영은 천장을 훑어봤다. 매장을 비추는 실내 CCTV가 여러 대 설치되어 있었다.

"11일 전 녹화 파일이요? 없는데요. 저희 가게는 7일이 지나면 삭제되거든요."

피시방 사장의 말에 이규영은 힘이 빠졌지만 그렇다고 모든 게 끝난 건 아니었다. 이규영은 남색 카디건의 사진을 내밀었다. 여기까지 남색 카디건을 추적해 오는 동안 확보한 CCTV 화면을 캡처한 사진이었다. 모자를 눌러쓴 데다 검은 마스크를 써서 얼굴은 확인되지 않았으나 개중 가장 잘 나온 걸로 골랐다.

피해자의 여자 친구가 소매에 삼색 선이 있는 남색 카디건이 커플 옷이라고 말했을 때 이규영은 속으로 브라보를 외쳤다. 즉각 피해자 이성빈의 집을 확인했다. 옷장과 빨래 건조대, 빨래 바구니 어디에도 남색 카디건은 없었다. 피해자의 블랙진도 없어졌다. 범인은 상하의 모두 피해자의 옷으로 갈아입고 현장을 떠난 것이다.

범인이 이성빈을 살해하고도 사건 현장에 한동안 머물렀던 흔적이 있었다. 범인은 화장실에서 몸에 묻은 피를 씻는 등 뒤처리를 한 것으로 보였다. 그러나 범인이 피해자의 옷으로 바꿔 입었을 가능성은 미처 생각하지 못했다. 남색 카디건이 어깨에 멘 천 가방이 예사롭게 보이지 않았다. 천 가방은 꽤 불룩했다. 범행 당시 입었던 옷과 범행 도구를 챙겨 나온 것이었다.

이규영은 이 사건이 치밀하게 계획된 살인이라고 생각을 굳혔다. 이 사건에서 범인은 오직 살인만이 목적이었고 현장에 흔적을 남기지 않았다. CCTV 추적을 피하는 방법도 고심했다는 느낌이 들었다. 이 골목까지 추적해 온 것도 개인 소유 CCTV까지 물색해서 동원한 결과 운이 따라 준 것이었다.

피시방 사장은 사진을 받아 들고 유심히 보더니 고개를 저었다.

"잘 모르겠는데… 저기, 잠시만요."

매장에 있던 종업원 둘이 불려 왔다. 두 직원 모두 남색 카디건을 모르겠다고 했다. 그중 한 명은 범행이 있던 날 근무했던 직원이었다. 이규영은 실망감을 드러내며 피시방 매장을 크게 둘러보았다. 평일 낮인데도 좌석이 3분의 2 정도 들어차 있었다. 등을 보이고 앉아 게임에 열중하고 있는 젊은 남자 손님들은 다 비슷해 보였다. 특별히 기억에 남을 행동을 했거나 단골이 아닌 이상 11일 전에 왔던 손님을 기억하기가 어려울 것 같기는 했다.

꼭 이 건물, 이 피시방이 아닐 수도 있었다. 이 골목에는 24시간 운영하는 스터디카페도 있었고 개인 주거지도 여러 개 있었으며 공실로 남아 있는 사무실도 있었다. 다른 조의 탐문 결과도 취합해 봐야 했다.

이규영은 마지막으로 물었다.

"혹시 11일 전 오후 2시 40분쯤부터 다음 날 새벽 5시 30분쯤까지 이곳을 이용한 사람이 있는지는 확인 가능합니까?"

피시방 사장은 카운터 테이블에 놓인 컴퓨터로 다가가 뭔가를 조회했다. 이규영과 장 형사는 기대감을 품은 눈으로 사장의 행동을 지켜봤다.

"있네요, 하나."

피시방 사장이 말했다. 거듭 실망을 시킨 게 미안했다는 듯 표정이 밝았다.

"오후 2시 44분에 접속해서 새벽 5시 21분에 나간 손님이 한 명 있네요. 그날 그 시간에 나가고 들어온 사람이 딱 한 명이에요. 23번 부스요."

피시방 사장은 지금은 비어 있는 23번 부스를 손으로 가리켰다. 데스크톱 세트가 어둠 속에 탐스럽게 놓여 있었다.

7. D+14

"잠깐 들어가서 얘기 나눌 수 있습니까?"

검은색 가죽점퍼를 입은 남자 형사가 손에 든 수첩으로 문 안쪽을 가리키며 말했다. 경찰서로 진술하러 오라는 걸 거절했더니 형사 둘이 집까지 들이닥쳤다.

나는 고개를 저었다.

"안 되는데. 무슨 일인데요?"

심장이 두방망이질 쳤다. 불안감을 억누르며 표정을 굳혔다. 속마음은 내색하지 않으면 절대로 모른다. 차라리 까칠하게 굴기로 마음먹고 밖으로 나와 현관문을 닫았다. 경찰을 집에 들일 생각은 추호도 없었다.

남자 형사가 수첩 귀퉁이로 머리를 긁적거리며 전화로도 말씀드렸듯 인근에서 벌어진 살인사건 때문에 탐문 중이라고 말한 다음 물었다.

"혹시 말이죠. 2주 전 수요일 오후 1시나 2시쯤에 2동 주민센터 근처에 가신 적 있습니까?"

"2주 전이요?"

2주 전 무엇을 했냐는 질문에 금방 술술 답하는 것만큼 의심스러운 건 없다. 고개를 몇 번 갸웃거리며 시간을 끌었다. 머릿속은 시끄럽게 돌아갔다. 편의점의 집 근처에 간 적이 있느냐고 묻는다는 건 CCTV에 내 모습이 잡혔다는 것이다. 하지만 CCTV에 찍혔더라도 어떻게 날 추적한 걸까. CCTV가 연결되지 않는 후미진 골목으로만 다녔고 중간중간 시간 간격을 두고 움직였다. 휴대전화도 집에 두고 나갔으니 기지국 수사로 찾은 것도 아니다. 어디서 꼬리를 잡힌 걸까.

"모르겠는데요. 아마 집에 있었겠죠."

시큰둥하게 대꾸했다. 남자 형사 뒤에 선 젊은 여자 형사의 눈빛이 거슬렸다. 화장기 없는 얼굴에 긴 머리를 하나로 묶은 여자 형사는 20대 후반 또는 30대 초반으로 보였다. 말없이 서서 나를 뜯어보는 눈길이 집요했다. 기분 나빴다.

형사에게 나는 지금 직업이 없는 상태라 대부분 집에 있으므로 그날도 집에 있었을 거라고 했다. 남자 형사가 어떤 남자 이름을 말하며 아는 사람이냐고 물었다. 편의점의 이름인 모양이었다. 모른다고 답했다. 남자 형사가 몇 명의 이름을 더 댔다. 모두 모른다고 말했다. 모두 모르는 게 사실이었다. 편의점은 편의점일 뿐이다.

"가끔 피시방도 가고 그러십니까?"

남자 형사의 질문에 느낌이 왔다. 경찰은 내가 그날 피시방에 간 것까지 알고 있다.

하지만 피시방에서는 아무것도 건지지 못했을 것이다. 나는 모자와 마스크로 내내 얼굴을 가렸고 눈에 띌 만한 행동은 하지 않았다. 나와 비슷하게 생긴 남자는 세상에 얼마든지 있다. CCTV 속 사람과 내가 동일인이라고 확신할 방법은 없다. 그날 내가 사용했던 피시를 뒤져도 나와 관련된 건 아무것도 나오지 않을 것이다.

"가끔 가죠. 왜요?"

"2주 전에 오렌지피시방이라고. 저기 나루공원 근처 골목 3층에 있는 피시방인데요. 거기 가지 않았습니까?"

"아뇨. 내가 거길 왜 가요. 동네 피시방 많은데."

어느새 떨리는 마음이 가라앉고 자신감이 붙었다. 이들은 하수다. 떠보는 말에 넘어가지만 않으면 된다. 어차피 직접적인 증거는 하나도 없다.

"이제 됐죠?"

현관 도어록 키패드에 손을 올리며 형사들에게 이만 꺼지라는 신호를 줬다.

"저기, 잠시만요. 마지막으로 하나 협조 좀 부탁드리겠습니다."

여자 형사가 처음으로 입을 떼며 한 발짝 앞으로 나섰다.

"뭐죠?"

"DNA 검사에 응해 주실 수 있겠습니까?"

여자 형사가 옆으로 둘러멘 가방의 지퍼를 열고 한쪽 손을 넣었다.

"DNA요?"

"사건 관련해서 만나는 분들의 DNA를 채취하고 있습니다. 그냥 용의선상에서 배제하기 위한 거라고 생각하시면 되는데요. 괜찮으시다면…."

"싫은데요."

내 안의 본능이 경찰의 요구에 절대 응해서는 안 된다고 외쳤다. 필요하면 영장을 받아 오라고 강경한 태도로 못을 박았다. 멀쩡한 사람을 범죄자 취급하지 말라고 쏘아 주었다. 형사 둘이 곤란하다는 듯한 눈길을 주고받았다.

여자 형사가 별수 없다는 듯 어깨를 으쓱하더니 말했다.

"저기, 어머님은 집에 안 계시죠?"

"일 나가셨는데요. 왜요?"

"그럼 어머님 계실 때 뵈러 한 번 더 오겠습니다. 실례 많았습니다."

문을 닫고 들어와 방으로 내달렸다.

안도의 한숨과 함께 식은땀이 펄펄 흘러나왔다. DNA라니? 그럴 리 없었다. 현장에 내 DNA 따위가 남았을 리 없다. 나는 현장에 피나 땀을 흘리지 않았다.

혹시?

나는 후다닥 웃옷을 벗고 거울 앞에 섰다. 앞뒤로 거울을 비춰 가며 상처가 있는지 확인했다. 혹시 편의점이 나도 모르게 내 몸을 할퀸 건 아닐까. 편의점의 손톱 밑에서 내 피부 조각이 발견된 건 아닐까.

몇 번을 몸을 이리저리 틀어 가며 살폈지만 조그만 상처 하나 발견되지 않았다. 나는 무너지듯 자리에 주저앉았다.

혹시 옷과 범행 도구가 발견된 건 아닐까. 새롭게 들어선 의문에 불안감이 다시 치솟았다. 그날 입었던 옷, 손에 감았던 붕대, 라텍스 장갑은 아파트 단지를 돌아다니며 쓰레기 버리는 곳에 따로따로 버렸다. 칼은 지하철을 타고 나가 한강에 빠뜨렸다. 경찰이 아파트 쓰레기장과 한강에서 그것들을 건져 올리는 장면을 상상하니 미칠 것 같았다. 자리에서 일어나 방 안을 뱅글뱅글 돌았다.

잠시 뒤, 경찰이 옷과 칼을 발견했다면 바로 나를 체포하지 그냥 가지는 않았을 거라는 생각에 이르렀다. 여자 형사가 내뱉은 DNA라는 말이 평정심을 휘저어 이성을 마비시켜 버렸다. 차분해질 필요가 있었다. 침대에 앉았다. 숨을 크게 내쉬며 천천히 상황을 복기했다.

두 달 전, 퇴근하고 집에 가는 편의점의 뒤를 밟았다. 사는 곳을 알아 뒀다. 후미진 골목에 세워진 빌라였다. 딱 보기에도 원룸 빌라였으므로 혼자 사는 게 분명했다. 내겐 시간이 많았다. 거의 매일 근처를 오가며 CCTV의 위치를 익혔다. CCTV 때문에 또 덜미를 잡히고 싶지는 않았다.

최근 편의점에 들렀다가 편의점이 그만둔 걸 알고 초조해졌다. 편의점의 삶에 생긴 변화가 이사로 이어질지도 몰랐다. 편의점이 사는 빌라를 비스듬히 마주 보는 빌라의 옥상 문이 평소 열려 있다는 걸 알게 됐다. 칼과 라텍스 장갑, 붕대, 작게 접은 천 가방을 점퍼 속에 품고 맞은편 빌라 옥상에서 편의점의 빌라를 내려다보며 때를 기다렸다. 3일째 되던 날 기회가 왔다. 오전 10시경, 편의점이 집을 나서는 모습을 봤다. 복장을 보니 운동하러 가는 것 같았다. 편의점은 두 시간 정도 뒤에 돌아왔다.

이제 편의점이 시킨 택배나 배달 음식이 도착하기를 바라면 됐다. 한 시간쯤 지나 음식 배달 오토바이가 편의점의 빌라 앞에 멈추는 것을 보고 바로 움직였다. 계단을 내려오는 배달 기사와 엇갈려 편의점이 사는 4층으로 올라갔다. 편의점의 집 앞에 배달 음식 봉투가 놓여 있는 것을 보고 속으로 환호했다.

음식 봉투를 들고 차임벨을 눌렀다. 편의점이 문을 열었다가 나를 보고 놀란 표정을 지었다.

"그냥 두고 가시면 되는데… 감사합니다."

"저, 잠시만요."

편의점이 문을 닫으려다 멈췄다.

"제가 화장실이 급해서. 잠깐 화장실 좀 써도 될까요? 너무 급한데…."

아랫배에 손을 얹고 다급한 표정을 지어 보였다. 편의점은 친절한 사람이었다. 남이 자기를 친절한 사람으로 봐 주길 원하는 사람이기에 이 방법이 먹힐 거라 예상했다. 역시나 편의점은 2초 정도 망설이다 문을 열며 방 안쪽을 가리켰다.

"비닐봉지!"

여기까지 그날의 상황을 복기하다 말고 나는 입 밖으로 소리치며 자리에서 일어섰다.

그날 내가 맨손으로 만진 게 있었다. 음식을 포장한 비닐봉지였다. 당시 긴장감에 손의 땀이 묻었을지 모른다. 비닐봉지 손잡이에 내 땀이 묻었고 거기서 DNA가 검출된 걸까. 현장에서 내 DNA가 나왔다면 그것밖에는 없다. 나는 그날 화장실로 들어간

이후로는 계속 라텍스 장갑을 끼고 있었다.

생각이 엎치락뒤치락했다. 몇 분 뒤 나는 비닐봉지에서 DNA를 채취하는 건 불가능하다는 생각에 이르렀다. 그냥 편의점의 집에서 편의점의 것이 아닌 DNA가 나왔을 뿐이라고 스스로를 달랬다. 경찰은 편의점의 집에서 발견된 누군가의 DNA를 범인의 DNA라고 생각하고 접박하고 있는 것뿐이라고. 그러나 정말 그럴까? 안심이 되지 않았다.

여자 형사가 남긴 마지막 말이 신경을 건드렸다.

엄마에게 뭘 물으러 온다는 걸까. 엄마는 그날 내가 외박한 것을 기억할지도 모른다. 얼굴에 멍이 들었다는 것도 그 전엔 본 적 없는 카디건을 입고 있었다는 것도 귀신같이 기억하고 경찰에 고해바칠지 모른다.

위기다. 위험이 턱밑까지 다가왔다.

경찰은 다음에는 압수수색영장을 들고 올 것이다. 시간이 별로 없었다.

8. 덫

"너 어쩌려고 그랬냐? 미리 상의도 없이?"

장 형사가 껌을 씹으며 말을 툭 던졌다. 비난이 실린 말투였다.

"DNA 검사한다고 하면 어떻게 나올지 반응을 보고 싶더라고요. 갑자기요."

이규영은 망원경에서 눈을 떼고 싱긋 웃었다. 두 형사는 지금 용의자가 사는 빌라 입구가 내려다보이는 상가 건물 옥상에서 잠복

중이었다. 어스름하게 날이 졌다.

"키트도 없었잖아? 하겠다고 하면 어쩌려고 그랬냐고?"

"안 할 거라고 확신했거든요."

용의자는 과하게 방어적이었다. 형사를 집에 들이지도 않고 복도에 세워 둔 채 얘기했다. 대화를 최소화하려는 시도였다. 신경질적인 태도도 꾸며 낸 듯한 느낌이었다. 자연스럽지 못했다.

드디어 유력한 용의자가 나타나자 수사팀에는 활기가 돌았다. 용의자는 사건 현장에서 2킬로미터 떨어진 곳에 사는 20대 남자였다. 주민등록상 친모와 함께 거주하는 것으로 나왔다. 주민등록증 사진을 입수해서 살펴봤는데, CCTV에 찍힌 남색 카디건 남자와 인상착의가 일치하는 것 같았다. 의외로 전과는 전혀 없었다.

"그냥 압색 먼저 하는 게 안 낫겠냐?"

장 형사가 옥상 난간에 팔꿈치를 얹고 서서 무심히 물었다. 낮에 용의자를 만나고 나오자마자 두 형사는 잠복에 돌입했다. 조 팀장은 용의자를 추적하는 데 가장 큰 공을 세운 이규영의 의견을 따라 줬다. 이미 영장까지 받아 놓은 압수수색을 뒤로 미루고 용의자의 집 주변에 잠복 형사를 배치했다.

"지금 굉장히 흔들리고 있을 거예요."

이규영이 말했다.

용의자와 접촉하기 전 이규영은 용의자와 이성빈과의 접점을 탐색했다. 놀랍게도 전혀 없었다. 둘은 가까운 곳에서 살기는 했지만 생활 반경이 겹치는 지점이 없었다. 같은 학교를 나오지도 않았고, 같은 학원이나 소모임에 속해 있던 적도 없으며, 가족 간에도 관련성이 보이지 않았다. 집주인과 이웃을 상대로 조심스럽게

탐문해 보니 용의자는 뚜렷한 직업 없이 집에만 있는 것 같다고
했다. 이성빈과 이어질 만한 사회적 관계라고 할 것이 거의 없는
것이다. 범행 일자에 용의자의 휴대전화 신호가 잡힌 기지국 위치도
알아봤다. 주소지 근처 기지국이 잡혔고 범행 일자와 그다음 날 내내
움직임이 없었다.

　사건이 발생한 지 2주가 지났다. 범행 증거를 은폐하고도 남을
시간이었다. 이규영은 용의자가 범행을 부인한다면 사건 해결이
쉽지 않을 거란 생각을 했다. 용의자는 범행 동선에 대한 직접
증거를 남겨 놓지 않았다. 피해자와의 접점도 찾을 수 없다.

　용의자의 심리를 흔들어 자발적으로 움직이게 해야 했다.

　"나도 모르는 사이에 사건 현장에 DNA를 남긴 건 아닐까,
머릿속이 복잡할걸요. 형사가 가까운 시간에 또 찾아올 거라는 거,
게다가 그때는 형사들이 엄마를 만날 거라는 걸 생각하면 심란할
거예요. 엄마가 무슨 쓸데없는 소리를 하는 건 아닐까. 과연 엄마만
만나러 올 것인가. 뭔가를 더 갖고 오는 건 아닐까."

　"아무 행동도 안 하면?"

　순간 이규영은 입술로 쉿, 소리를 내며 눈에 망원경을 들이댔다.
장 형사도 입을 닫고 난간 너머를 내려다봤다.

　"나왔어요."

　이규영이 속삭였다. 용의자가 집 밖으로 나왔다. 주변을
둘러보더니 발걸음을 옮겼다. 작은 배낭을 메고 있었다.

　장 형사가 근처 골목에 대기하고 있는 형사에게 전화해
용의자의 위치를 알렸다. 이제부터는 골목 곳곳에 대기해 있는
형사들이 용의자를 미행할 것이다. 도주를 시도하면 적절한 시점에
긴급체포하고, 그렇지 않으면 행동을 지켜볼 계획이었다. 이규영과

장 형사는 용의자의 집 근처에 남아 연락을 기다리기로 했다.

이규영은 긴장감 가득한 숨을 토했다. 범인의 체포를 목전에 둔 시점에 수사 과정에서 겪은 감정이 한꺼번에 몰려왔다. 피시방 23번 부스 데스크톱에 대한 포렌식 결과에서 용의자를 특정해 낸 것이 개중 가장 극적인 경험이었다.

포렌식 결과는 실망스러웠다. 그날 이용자의 정체를 알려 줄 만한 것은 하나도 나오지 않았다. 이용자는 무려 15시간 동안 피시방에 있으면서 회원 가입이 되어 있는 사이트에는 단 한 차례도 로그인하지 않았고 온라인게임도 하지 않았다. 주로 무료 웹툰과 웹소설, 유튜브 콘텐츠를 보며 15시간을 보냈다. 그러기도 쉽지 않았을 것이다. 이규영은 디지털포렌식팀으로부터 그날 23번 부스의 이용자가 들른 웹사이트 목록과 검색어 기록만 잔뜩 받았다.

복수. 응징. 보복 살인. 묻지 마 살인. 불공정 사회 범죄 동기. 이상 동기 범죄. 강남 묻지 마 살인. 무차별 범죄. 또래 살인. 인천 또래 살인 동기. 무동기 범죄. 응징자. 응징하는 살인자. 응징자가 나오는 영화. 부조리 응징. 불공정 사회 복수 범죄. 복수 범죄 영화. 복수 범죄 웹소설. 부조리를 응징하는 웹소설….

도돌이표가 달린 것 같은 단어들을 읽어 나가며 이규영은 23번 부스 이용자가 범인이라고 확신했다. 사건의 실체는 무차별 범죄, 이상 동기 범죄다. 물론 범인 나름의 동기는 있을 것이다. 이규영은 범인의 동기가 몹시 궁금했다.

범인은 최근 강남과 인천에서 발생한 무차별 칼부림 사건의 동기와 수사 상황을 알고 싶어 했다. 검색어를 조금씩 바꿔

가며 두 사건에 대한 정보를 좇았다. 자신이 저지른 살인사건이 발각되었는지 범행 장소와 피해자에 대한 정보를 조합하여 검색한 흔적도 보였다.

범인은 부조리한 세상에 심한 박탈감을 느끼고 있으며, 살인으로써 응징하고 싶어 한다. 그렇다면 왜 강남이나 인천 사건의 범인처럼 길거리를 지나는 아무에게나 칼을 휘두르지 않고 특정 대상을 노려 계획적으로 살해한 걸까. 하필이면 왜 이성빈을 살해 대상으로 점찍은 걸까. 검색어들을 봐도 미스터리는 풀리지 않았다.

범인이 15시간 동안 조회한 검색어는 모두 156개였다. 그중 유독 이규영의 시선을 잡아끄는 단어가 있었다.

'올해의 장르 픽션 웹문학상 본심 결과'

이규영은 포털사이트에 같은 검색어를 입력하고 조회했다. 대형 웹소설 플랫폼과 영상 콘텐츠 제작사가 협업하여 만든 상으로 이미 본심 결과가 나와 있었다. 이규영은 본심 결과 발표일에 주목했다. 이성빈 살인사건이 발생한 다음 날이었다. 발표문 서두에는 주최 측의 사정으로 결과 발표일이 하루 지연된 것을 사과하는 내용이 있었다. 그렇다면 본래는 사건 발생일이 본심 결과 발표일이었다는 것이 된다.

특정 문학 공모전의 결과를 궁금해할 수는 있어도 '본심 결과'를 궁금해할 만한 사람은 누가 있을까.

본심 수상을 기대하는 사람. 예심 통과자가 아니라면 그렇게까지 구체적인 검색어를 넣어 검색해 볼 일은 없을 거라는 직감이 들었다. 이규영은 이전 공고문을 뒤져 예심 결과 발표를 찾았다. 약 두 달 전의 공지에 예심을 통과한 작품들의 제목이 올라와 있었다. 무려 37개나 됐다.

이규영은 발표문 하단에 나타난 공모전 담당자에게 전화를 걸었다. 신분을 밝히고 사정을 설명했다.

공모전 담당자는 전화상으로 응모자의 개인정보를 말해 줄 수는 없다고 하며 곤란해했다. 예상했던 일이었다. 이규영은 정식으로 수사 협조 공문을 보낼 예정이며 그 전에 한 가지만 물어보겠다고 했다.

"예심을 통과한 작품 중에 묻지 마 살인을 소재로 한 범죄물이 있습니까?"

"묻지 마 살인이요? 구체적으로 어떤⋯."

이규영은 나름대로 프로파일링한 범인의 모습을 떠올렸다.

"이를테면⋯ 은둔 청년이 사회적 고립이나 실패에 따른 누적된 분노를 해소하기 위해 무차별 살인을 저지르는 내용이요. 그걸 '응징'이나 '복수'라고 표현하면서요."

공모전 담당자는 잠시 생각하는 듯하더니 하나 떠오르는 게 있다고 했다. '술래의 역습과 피 홀리는 다수'라는 제목의 작품이었다. 독특한 제목이었다. 이규영은 소설의 대략적인 내용을 물었다. 자신을 '술래'라고 칭하는 일인칭 화자가 자신을 부당하게 대한 사람들에게 복수하는 내용이라고 공모전 담당자는 답했다. 작품 안에서 술래는 또래 사이에서 가장 열등하고 하찮게 취급당하는 인물을 상징하는 말이라고 했다.

"본심에선 떨어졌어요."

공모전 담당자는 예심 통과 작품들을 꼼꼼하게 읽어 본 듯했다. 담당자 나름대로 평가를 해 본 건지 묻지도 않았는데 덧붙였다.

"잔인하기만 하고, 개연성이 너무 떨어졌거든요. 예심에서도 사실 좋은 점수를 받은 건 아니었어요."

정식 수사 협조를 통해 이규영은 술래의 정체를 알아냈다.

지금 형사들이 술래의 뒤를 쫓고 있었다.

30분쯤 지났을까, 장 형사의 휴대전화로 미행조의 전화가 걸려 왔다.

"인근 아파트 단지로 들어가서 배낭에서 뭔가를 꺼내 쓰레기통에 버리고, 집 쪽으로 가는 것 같다고 하네."

통화를 마치고 장 형사가 말했다.

"뭘 버렸는지 확인한 다음 다시 연락 주기로 했으니까 기다려 보자."

드디어 체포의 순간이 다가온 것 같았다. 이규영은 침을 꿀꺽 삼켰다.

범행 동기를 추정하기 위해 이규영은 다양한 노력을 기울였다. 용의자는 약 4개월 전 지금의 집으로 이사 왔다. 이웃들은 용의자에 대해 아는 게 별로 없었다. 이규영은 그렇다면 용의자의 이전 이웃들에게 뭔가 들어 볼 수 있지 않을까 생각했다.

용의자가 이전에 살았던 빌라의 202호에 사는 여자에게 흥미로운 이야기를 들었다. 202호 여자는 용의자가 동네에 주차된 자동차 타이어에 구멍을 내고 다녔다고 말했다. 피해를 당한 차주 중 한 명이 타이어가 펑크 난 것도 모르고 운행했다가 대물 사고까지 냈다. 용의자가 타이어에 구멍을 내는 모습이 어떤 가게의 외부 CCTV에 찍혔다. 얼굴은 드러나지 않았고 화면 구석에 신체 일부만 살짝 찍혔지만 용의자의 소행이 틀림없다고 202호 여자는 말했다. 피해자들이 뭉쳐 용의자의 엄마에게 따졌다. 그러자 용의자의 엄마가 피해자들을 찾아다니며 보상을 해 주고 급히 이사를 갔다는 것이 이야기의 전말이었다.

술래의 역습과 피 흘리는 다수

이규영은 용의자가 왜 동네 자동차 타이어를 펑크 내고 다닌 거냐고 물었다. 202호 여자는 모르겠다고 했다. 거의 집에만 틀어박혀 있고 어쩌다 복도에서 마주쳐도 인사도 안 나누는 사람이었는데 동네 사람들에게 왜 그런 해코지를 한 건지 알 수가 없다는 것이었다. 202호 여자도 용의자와 직접 얼굴을 보고 얘기했던 적이 딱 한 번밖에 없다고 했다. 용의자의 집 에어컨 배수 호스가 끊어져 물이 떨어지길래 낮에 한 번 찾아가 교체해 달라고 부탁했던 것 말고는 없다는 것이었다. 혹시 그 일로 조그마한 앙심이라도 품었나 생각도 해 봤지만 펑크 사건이 일어나기 몇 달 전의 일이었고 자동차 펑크로 피해를 본 다른 사람들은 아예 용의자와 말 한마디 나눈 적이 없다고 하는 것을 볼 때 그건 아닌 것 같다고 했다.

"체포하자."

장 형사가 다시 걸려 온 전화를 받아 통화를 마치고 말했다.

"뭐래요? 뭘 버렸대요?"

"남색 카디건."

장 형사가 고르지 못한 치아를 드러내며 미소 지었다.

용의자에게 미처 은멸하지 못한 증거가 남아 있었다. 그것도 무려 살인 피해자의 옷이었다. 이 사건을 수사하면서 겪은 최고의 행운이라고 이규영은 마음속으로 환호했다. 탐문을 통한 압박이 통했다. 짜릿했다.

골목 끝에서 용의자가 걸어오고 있었다.

경찰이 기다리고 있는 걸 눈치채지 못한 듯 바지 주머니에 양손을 찌르고 터벅터벅 걸어오고 있었다.

동기가 뭐야. 왜 죽인 거야.

이규영은 속으로 말을 걸었다.

한 발짝 한 발짝 용의자와의 거리가 가까워질수록 조바심이 났다.

알고 싶었다. 좁은 조사실 내에 용의자와 일대일로 마주 앉아 이유를 캐묻고 싶었다. 은근한 흥분감이 전신에 퍼졌다. 피의자신문은 이규영의 전문 분야였다.

심상치 않은 기운을 느꼈는지 용의자가 고개를 들었다. 용의자의 눈과 이규영의 눈이 정통으로 마주쳤다. 용의자는 그 자리에 얼어붙었다.

이유가 뭐냐고.

이규영은 심연을 꿰뚫을 듯 눈을 부릅뜨고 용의자를 향해 걸어갔다.

원해

정해연

1.

또 실수해 버리고 말았다.

책상에 앉아 업무를 보던 가은은 창밖으로 보이는 사람의
얼굴을 보고 어깨를 흠칫 떨었다. 요즘 들어 실수가 잦았는데 또
자신이 한 건 했다는 걸 그 얼굴만 보고도 알았다. 50대 중반 정도로
보이는 여자는 잔뜩 인상을 찡그리고 물류 분류소를 가로질러
사무실 쪽으로 왔다. 그녀가 무슨 일 때문에 왔는지 가은은 금방
알아챘다.

"언니….”

가은은 자기도 모르게 SOS를 치는 심정으로 옆에 앉은 수옥을
불렀다. 사무실 장부를 정리하고 있던 수옥이 왜 그러냐는 듯 미소
띤 얼굴로 가은을 보았다. 맨 끝에 앉아 있는 예련도 무슨 일인지
궁금해 고개를 들고 뭔가 말하려던 순간 문이 활짝 열렸다. 창밖의
여자가 쿵쿵거리는 걸음으로 사무실 문턱을 넘었다. 온 마음이
쪼그라들어서 차마 슬리퍼를 갈아 신고 들어오라는 말도 못 했다.

가은이 벌떡 일어서자 수옥도 의아한 얼굴로 문을 향해 돌아앉았다. 예련이 호기심 가득한 얼굴로 눈을 빛냈다.

"어서 오세요."

기어들어 가는 목소리로 가은이 인사했다. 여자의 인상이 한껏 구겨졌다.

"어서 오세요? 지금 사람 오가게 해 놓고 그런 인사가 나와요?"

"무슨 일이야?"

수옥이 두 사람 사이에 끼어들며 가은에게 물었다. 예련도 어느새 일어나 옆에 다가와 있었다.

"이분… 지난번에 꿀병 파손 건 손님이세요."

"기억은 하나 보네요? 그런데 전화 한 통 안 주고 지금 뭐 하는 거예요?"

가은이 일하는 곳은 택배 회사였다. 약 2주 전, 택배 운송 과정에서 손님의 꿀병이 파손되었다. 꿀병은 깨진 채로 가은이 일하는 영인지점으로 내려왔다. 사고 건의 경우 보고서와 청구서를 올려 진행하는 것은 발송 지점의 몫이기 때문이다. 깨진 꿀병 박스가 되돌아왔을 때 지점장은 이런 물건을 누가 받았느냐고 신경질을 냈다. 파손의 우려가 있는 물건을 집화받을 때는 포장 상태를 확인해야 했는데, 이 물건은 상태가 영 불량했다. 가은은 어쩔 줄 몰랐다. 직접 접수한 물건이었기 때문이다.

"안에 뽁뽁이 잘 채워 넣었고 신문지로 단단히 고정했으니까 절대 안 깨져요."

손님의 말을 그대로 믿은 것이 잘못이었다. 손님이 채워 넣었다는 뽁뽁이는 유리병을 살짝 휘감았을 뿐이었고 신문지도 구겨서 바닥에 조금 넣은 게 다였다. 사고 보고서를 본사에 올려도

100퍼센트 보상이 안 될 게 분명했다. 본사는 손님의 책임도 일부 있다고 판단할 것이다.

그 말을 전하자 여자는 당장 대거리를 해 왔다. 제대로 확인 안 한 저 여직원의 잘못이라고 했다. 자신을 가리키는 여자의 손가락 끝을 보며 가은은 한마디도 하지 못했다. 그 말은 틀리지 않았다. 자신이 박스를 열어 확인했다면 이런 일은 없었을 것이다. 결국 사장님과의 면담 후에 본사의 보상금을 제외한 차액을 사무실에서 물어 주기로 했다.

그런데 문제는 아직도 본사 측의 보상이 처리되지 않았다는 거였다. 보상이 늦어지면 본사에 전화를 걸어 확인하고 그 결과를 고객에게 안내했어야 했는데 가은은 창문 너머로 여자가 씩씩거리며 걸어 들어올 때까지 그 일을 까맣게 잊고 있었다.

"아직 처리 안 됐어?"

수옥이 물어 왔다. 가은은 손끝을 떨면서 대답했다.

"지금 확인해 볼게요."

가은은 의자에 앉지도 못한 채 모니터 앞에서 허리를 숙여 마우스를 잡았다. 떨리는 손으로 프로그램의 사고 조회 카테고리로 들어갔다. 날짜를 입력하고 조회를 눌렀을 때 그녀의 눈이 휘둥그레졌다. 커진 눈을 깜박이며 마우스를 몇 번 눌러 보았지만 접수 내역이 아무것도 뜨지 않았다.

"뭐야? 접수를 안 한 거야?"

예련이 가까이 다가와 새된 목소리로 물었다. 가은은 아랫입술을 깨물었다. 조용히 물어봐도 될 것을 예련은 꼭 손님이 듣도록 말했다. 하지만 지금 그런 걸 원망할 때가 아니었다. 가은의 머릿속이 순식간에 뒤엉켰다.

"보고서 썼는데… 아닌데, 올렸는데…."

목소리에는 명백히 힘이 없었다. 보고서를 쓴 것도 기억이
나고 스캔한 것까지도 기억이 나지만 프로그램에 업로드한 기억이
확실하지 않았다. 눈앞이 깜깜해졌다. 전액 보상이 안 된다는 말에도
대거리를 했던 사람인데 아직 보고서도 올라가지 않았다는 걸
알면 어떻게 나올지 뻔했다. 하지만 아무 말도 안 하고 서 있을 수는
없었다.

"저 사모님, 그게…."

그때 수옥이 가은의 팔목을 쥐더니 앞으로 나섰다.

"오늘 처리해 드릴게요."

가은이 놀란 눈으로 수옥을 보았다.

"어떻게요?"

예련이 묻는데도 수옥은 쳐다보지 않았다.

사고 건은 선처리하기 어렵다. 본사가 몇 퍼센트를 배상할지
정하지 않았을 때는 더하다. 본사에서 정한 보상액은 곧장 고객의
계좌로 지급된다. 그래야 본사에서도 비용 처리를 할 수 있다. 그
금액이 정해져야 차액도 알 수 있는 것이다. 수옥이 어떻게 할
생각인지 가은 역시 알 수 없었다.

"아니, 대체 여태껏 뭘 하고, 찾아오니까 이제 해 준대요?"

수옥이 살갑게 말했다.

"조금 더 일찍 전화 드렸어야 했는데 죄송해요. 요즘
김장철이잖아요. 김치 통 터지고 다른 데 물들고 아유, 사고 건이
좀 많아야죠. 일이 밀리다 보니 연락이 늦어졌어요. 정말 죄송해요.
바로 입금해 드릴게요. 조금만 이해 부탁드려요."

"아니, 내가 이해를 못 한다는 게 아니라…."

"어우, 이렇게 힘들게 오셨는데 음료수도 한 잔 못 드렸네요. 앉으세요. 저희 이번에 손님께 한라봉 주스 받은 게 있거든요? 제주도에서 직접 짜서 보내 주신 거예요. 100퍼센트로."

워낙에 싹싹하게 응대하자 여자는 화낼 타이밍을 놓쳐 버린 듯했다. 여자가 100퍼센트 한라봉 주스를 마시고 사무실을 나갈 때까지 수옥은 그녀의 옆에서 잠시도 쉬지 않고 말을 걸었다. 여자가 나가자마자 가은이 수옥에게 얼른 다가섰다.

"언니! 정말 죄송해요!"

"괜찮아. 실수할 수도 있지."

말은 그렇게 하면서도, 수옥의 미소 띤 얼굴은 조금 피곤해 보였다.

"그런데 언니, 어떻게 선처리를 해 주시려고요?"

예련이 다시 물었다.

"지점 돈으로 미리 처리해 줘야지. 본사 직원은 내가 구워삶으면 돼."

이곳에서 일한 지 12년 차인 수옥은 본사 직원들과 친분이 꽤 있었다. 본사 직원들 중엔 그녀보다 경력이 짧은 사람이 대부분이었다.

"정말 죄송해요."

"정말 언니 아니었으면 가은 씨 큰일 날 뻔한 거 알지? 요즘 대체 왜 그래?"

예련의 말에 가은은 아랫입술을 다시 한번 꾹 깨물었다. 이번 달만 해도 죄송하다는 말을 몇 번이나 했는지 모른다. 며칠 전에는 정산 내역을 잘못 뽑아 영업소장들에게 정산을 잘못해 준 일도 있었다. 그때도 수옥이 수습하는 걸 도와주었다.

"괜찮다니까."

수옥이 잔뜩 오그라든 가은의 어깨를 부드럽게 두드려 주었다.

"너 요새 정신없는 거 그놈 때문이지?"

그 말을 듣자 가은의 머리에 그놈 얼굴이 떠올랐다. 그래, 이건 다 그놈 때문이었다.

2.

김민석과 사귄 기간은 3개월 남짓이었다. 친구들과 호기심에 갔던 헌팅 포차에서 만나 호감이 생겨 사귀었다. 처음에는 친구들에게 자랑하지 않을 수 없을 정도로 김민석은 가은에게 지극정성이었다. 아무 날이 아니어도 꽃 배달을 보냈고, 가은의 회사로 매일 차를 끌고 데리러 왔다. 뭔가 이상하다고 생각한 것은 사귄 지 한 달이 넘었을 때였다. 우연히 같은 부서 대리님과 같이 커피를 사러 가는 장면을 민석이 보게 됐다. 같은 부서고 커피를 사러 간 것뿐이라고 설명했을 때는 민석이 충분히 납득한 줄로 알았다. 그러나 그 이후부터 민석의 행동이 달라졌다. 시도 때도 없이 전화를 하고 누구와 같이 있는지를 계속 물었다. 영상통화도 자주 걸어 왔다. 회식이 있는 날이면 회식 장소를 물어 근처를 어슬렁거렸다. 가은의 핸드폰을 몰래 보려다 걸린 적도 있었다. 결정적으로 헤어지자고 다짐한 것은 민석이 가은에게 손을 댔던 날이었다. 야근이 있어 늦게 귀가하는 가은을 민석이 집 앞에서 기다리고 있었다. 자신이 내린 택시를 굳이 다시 잡아 동승자가 없는지 확인하는 모습을 보고 가은은 기가 막혔다.

"너 의처증 있는 것 같아!"

그렇게 소리쳤을 때 민석은 손을 들어 가은의 뺨을 내리쳤다. 그 순간 가은은 민석과 더는 만나지 못하리라는 것을 깨달았다. 그동안 지치기도 했지만 손찌검을 하는 남자와는 더 만날 수 없었다.

하지만 헤어지자고 통보한 날부터 민석의 집착은 더욱 심해졌다. 수없이 전화를 걸어 오는 것은 물론이고 한번은 회사 안까지 들어왔다. 다른 사람들 앞에서 무릎을 꿇고 눈물을 보인 적도 있었다. 그 모습에 가은은 더욱더 질렸다. 회사에서 고개를 들 수가 없었다.

민석은 매일같이 집으로 찾아왔다. 밤에 느닷없이 문을 두드리기도 했고, 술에 취해 집 앞에서 고래고래 소리를 지른 적도 있었다. 주로 가은이 다른 남자가 생겨 자신을 버렸다는 내용이었다.

빌라 사람들이 시끄럽다며 가은에게 항의했고 회사에서도 직원들에게 은근히 눈총을 받았다. 물론 누구보다 가은이 제일 힘들었다. 집에 갈 때는 민석이 있을까 봐 가슴이 두근거렸고, 민석이 올까 봐 밤에도 잠이 오지 않았다.

그러던 어느 날이었다. 야밤에 또 초인종이 울렸다. 민석일 것이 분명했다. 빌라 사람들에게 더는 민폐를 끼칠 수가 없어 가은은 현관으로 나갔다. 걸쇠를 건 다음 문을 빼꼼히 열었다. 궁금해할 것도 없이 민석이었다. 민석은 한 손을 등 뒤로 숨기고 문을 열어 달라고 말했다. 문을 열어 주지 않자 다른 손을 문 안으로 집어넣어 어떻게든 걸쇠를 열려고 했다. 가은은 문을 닫으려 하고 민석은 힘으로 문을 열려고 했다. 그러는 와중 뒤로 돌린 민석의 손에 공구가 들린 게 보였다. 걸쇠를 자르려던 게 분명했다.

가은은 곧장 경찰에 신고했다. 민석은 경찰에 연행되었다.

그걸로 안심할 수 없었다. 가은은 다음 날 경찰에 전화를 걸었다. 그리고 기가 막힌 이야기를 들었다. 민석이 풀려났다는 것이었다. 경찰은 민석을 불구속 입건했다고 했다. 결국 그가 받은 처벌은 벌금형이 다였고, 민석은 다시 가은을 찾아왔다.

가은은 거의 도망치다시피 이사를 했다. 본가와도 거리가 먼 영인시를 택했다. 자신과는 전혀 접점이 없는 지방 도시이니 민석도 찾아올 수 없을 거라 여겼다. 실제로 이사 오고 1년간 가은은 전에 없이 편안한 생활을 했다.

그런데 근래 들어 예전의 불안감이 다시 가은을 엄습해 오고 있었다.

어느 평범한 아침 출근길이었다. 가은은 현관문 바깥 손잡이를 잡았던 손을 인상을 쓰며 내려다보았다. 뭔가 진득한 것이 불쾌하게 손에 묻어났다. 붉은 기가 도는 그것은 홍시였다.

'너 홍시 좋아하잖아.'

언젠가 민석이 했던 말이 머릿속을 강하게 내려쳤다. 아니라고, 고개를 저었다. 민석이 여기까지 찾아올 수 있을 리 없었다. 이곳의 주소는 부모님 말고는 아무에게도 알리지 않았다. 그냥 옆집 아이들의 고약한 장난일 거라고, 마음을 다잡으며 두근거리는 심장을 가라앉혔다.

그런데 며칠 후 사무실로 꽃 배달이 왔다. 보내는 사람의 이름은 없었지만 가은은 꽃을 보자마자 민석을 떠올렸다. 민석이 자주 보내던 리시안서스였기 때문이었다.

그 뒤로 가은은 제대로 일상생활을 할 수 없었다. 수시로 주변을 두리번거렸고, 밤길을 걸을 때는 누가 따라오지 않나 뒤를 돌아보았다. 업무에 집중을 못 하고 자주 실수를 저질렀던 것도 다

그 때문이었다.

　"넌 예쁘니까 매달리는 남자라도 있지. 나는 누가 건드리지도 않아."

　예련의 말에 가은은 벌컥 화가 치밀었다. 그걸 지금 위로라고 하고 있느냐는 소리가 목구멍까지 치고 올라왔다. 하지만 예련과 싸움을 벌이고 싶지 않았다. 지금은 다른 곳에 신경 쓸 여유가 없었다. 가은은 대답 없이 묵묵히 앉아 있었다.

　"안 가?"

　갑자기 책상 앞의 창문이 열리면서 한 남자가 얼굴을 불쑥 들이밀었다. 가은은 반사적으로 몸을 움츠리며 의자를 뒤로 물렸다.

　"놀랐어? 미안."

　어색하게 웃으며 뒷머리를 긁고 있는 사람은 은파동을 담당하는 영업소장이었다. 택배 회사는 지역별로 지점이 있고 그 아래에 동별로 영업소를 두고 있다. 영업소장들은 다들 개인사업자로 일하고 있고 물량이 많은 지역의 영업소장은 그 아래에 기사를 두었다. 가은은 시계를 올려다보았다. 퇴근 시간인 6시가 조금 지나 있었다. 은파 영업소장인 김 소장은 오늘 일을 일찍 마친 모양이었다.

　"아니에요. 잠깐 다른 생각 좀 하느라."

　김 소장이 활짝 웃었다.

　"우리 지점 새 에이스가 다른 생각 할 때가 다 있어? 다른 생각은 집에 가서 해. 늦게까지 일한다고 누가 상 안 줘. 데려다줄 테니까 같이 나가자."

　넓은 부지가 필요한 택배 회사의 물류센터는 대부분 외곽에 있었다. 그래서 퇴근 시간이 맞으면 기사나 영업소장들이 차가 없는 사무실 직원들을 버스 정류장까지 데려다주었다.

"저도요, 저도 같이 갑시다!"

예련이 장난스럽게 말하며 일어섰다. 김 소장이 너스레를 떨었다.

"아유, 오늘은 예쁜 아가씨랑 둘이 가 보려고 했는데 떨거지가 또 따라붙네."

가은은 자기도 모르게 미간을 좁혔다. 그 말이 귀에 거슬렸다. 그러나 정색하고 따질 수 없었다. 예련이 까르르 웃었기 때문이었다.

"누구 좋으라고. 자, 갑시다."

가은은 자신이 너무 예민한 건지도 모르겠다고 생각했다.

예련은 아직 앉아 있는 수옥을 억지로 일으켰다. 수옥은 버스를 타고 가겠다고 했지만 예련이 억지로 김 소장의 승용차 뒷좌석에 앉혔다.

"우리 여왕님이야 내가 모셔다드려야지."

김 소장이 웃으며 말했다. 이곳에서 오래 일한 수옥과 예련은 소장들과 사이가 좋았다. 그것이 일에 도움이 되기도 했다. 고객의 불만이 있을 때마다 소장들과 사이가 좋은 수옥이 중간 역할을 했기 때문이었다. 그걸 알기에 가은은 목구멍까지 올라왔던 말을 꾹꾹 내리눌렀다.

그날 김 소장은 세 명을 버스 정류장까지 데려다주었다. 둘은 먼저 내렸고 집까지 태워다 준다는 것을 가은은 정중히 거절했다. 집 주소를 말하는 것도, 오랫동안 차를 얻어 타는 것도 부담스러웠다.

그리고 잠시 뒤 버스 정류장에서 내렸을 때, 가은은 김 소장의 말을 들을걸, 하고 후회했다. 누군가 가은의 뒤를 따라오고 있었다.

3.

가은은 발걸음을 빨리했다. 그러자 뒤에서 들려오는 발소리도 빨라졌다. 가은은 갑자기 우뚝 멈춰 섰다. 발소리도 사라졌다. 심장이 조여 왔다. 혈류가 빠르게 돌았다. 숨이 가빠졌다. 불쾌할 정도의 공포가 가은을 휘감았다. 주변을 돌아보았다. 늦은 시간대의 주택가에는 사람이 없었다. 두려움이 벌컥 쏟아졌다. 가은은 거의 달리다시피 걸음을 빨리해 골목길을 돌았다.

발소리의 주인 역시 그녀를 따라 골목길을 돌았다. 그런데 아무도 없었다. 분명 이쪽으로 돌았는데, 하는 얼굴로 뒤돌아섰을 때 바로 앞에 가은이 서 있었다.

"김민석."

가은이 이를 갈듯 그의 이름을 말했다. 두 번 다시 보고 싶지 않은 얼굴이었다. 두 번 다시 입 밖으로 이 인간의 이름을 뱉는 일이 없길 바랐다. 그가 자신의 인생에서 완전히 사라져 주기를 바랐다. 이 자식 때문에 꿈을 키우며 살았던 서울을 떠나 영인까지 내려왔다. 도망치듯 내려오면서도 두 번 다시 만나지 않을 수 있다면 무슨 일이든 하리라고 생각했었다.

가은은 한 손에 휴대폰을 들고 있었다. 이미 112번을 찍어 놓은 상태였다. 여차하면 통화 버튼을 바로 누를 심산이었다. 민석은 가은의 손을 흘끗 보고는 여유 있게 웃었다.

"맞네. 정가은."

"뭐?"

가은은 눈을 부릅떴다. 민석은 여유 있는 웃음을 잃지 않았다.

"혹시 내가 잘못 봤나 했어. 오랜만이다, 정가은."

가은은 아랫입술을 꾹 깨물었다.

"내가 여기 있는 거 어떻게 알았어?"

민석은 여유 있게 휘파람을 불었다.

"너 이 동네 살아?"

무슨 속셈인지 알 수 없었다. 가은은 날 세운 눈을 민석에게서 떼지 않았다.

"난 누구 좀 만나러 왔어. 근데 네가 지나가잖아. 네가 맞는지 궁금해서 따라와 봤어."

"개수작 부리지 마."

이곳에 아는 사람이 있을 인간이 아니었다. 김민석은 친구도 거의 없었다. 조금이라도 자신을 무시하는 듯한 말을 들으면 크게 화를 내거나 폭력을 저질렀다. 집요하기까지 해서 말꼬리를 잡기 일쑤였다. 옆에 사람이 붙어 날 수가 없는 인간이었다.

"그게 아니면 내가 어떻게 알고 여기에 왔겠어. 이렇게 만나니까 반갑다."

"꺼져."

가은은 그를 스쳐 지나려 했다. 순간 민석이 가은의 손목을 잡았다. 온몸이 뻣뻣해지면서 소름이 돋았다. 가은은 힘껏 민석의 손을 뿌리쳤다.

"이거 놔! 한 번만 더 건드리면 경찰에 신고할 거야!"

"신고? 뭐로? 내가 너한테 뭘 했다고? 접근금지명령은 이제 만료되고도 한참 지나지 않았나?"

민석이 빙글거렸다.

"스토킹으로 신고할 거야."

"우연이라고 말했잖아. 우, 연."

원해

속에서 뜨거운 것이 치받혔다. 민석은 지금 가은이 신고해도
아무런 위협이 되지 않는다는 것을 잘 알고 있는 듯했다. '우연'이
아니라는 근거를 가은은 댈 수 없었다.

"우연히 만난 거면 그냥 꺼져. 반갑게 인사할 사이 아니니까."

가은은 민석을 지나쳐 걸어갔다. 여기서 더 잡으면 정말로
신고할 생각이었다. 스토킹으로 처벌이 되든 아니든 간에 지금은
어떻게든 그와 떨어지고 싶었다. 경찰이 출동하면 어쨌든 당장은
분리 조치될 수 있을 터였다.

그걸 아는지 민석은 더 따라오지 않았다. 대신 목소리를 높여
말했다.

"아까 그놈 누구야?"

순간 가은은 걸음을 멈출 뻔했다. 누굴 말하는지 얼른 생각나지
않았다. 곧 머릿속으로 김 소장의 얼굴이 스쳤다. 김 소장이 버스
정류장까지 데려다주는 것을 본 모양이었다. 대체 어디서부터
따라온 걸까? 설마 회사에서부터? 가은은 눈앞이 깜깜해지는 것
같았다. 그래도 계속 걸었다. 아무 사이 아니라고 변명할 가치도
없었다. 그래야 할 이유를 느끼지 못했다.

"벌써 다른 놈이 생겼냐, 이 화냥년아!"

얼굴에 열이 확 올랐다. 하지만 상대해 봐야 자신만 손해였다.
더 자극해 봐야 좋을 게 없을 거라는 생각도 있었다. 걸음을 멈추지
않았다.

얼마나 걸었을까? 뒤를 돌아보았지만 민석은 보이지 않았다.
가은은 안도의 한숨을 내쉬었다. 목구멍을 뜨거운 것이 막고 있는
것 같았다. 눈물이 차오르면서 눈가가 후끈해졌다. 조금 전의 공포가
사라진 자리에 서러움이 남았다. 가은은 자신의 손을 내려다보았다.

핸드폰을 얼마나 꼭 쥐고 있었는지 땀이 흥건했다.

　　그대로 옆 동네까지 걸었다. 처음 보는 아파트 단지로 들어가
한 바퀴 돌아보기도 했다. 중앙 현관문이 없는 아파트여서 안까지
들어갔다. 누가 따라오는 기색은 없었다. 혹시 민석이 뒤를 밟아
자신의 집까지 찾아올까 봐 겁이 났다.

　　이사를 결심했을 때 가은은 스스로를 지킬 수 있는 건
자신뿐이라는 사실을 알았다. 아무리 접근금지명령을 신청하고
신고를 해도 민석은 다시 제 앞에 나타났다. 그녀는 매일같이 악몽을
꾸었다. 민석이 자신을 해치는 꿈이었다. 가은은 민석이 자신을 죽일
것 같아 두려웠다. 경찰은 민석을 완전히 분리시켜 주지 못했다.
그가 어느 선을 넘지 않았기 때문이었다.

　　"이 정도로는 스토킹으로 구금하기 힘들어요. 정 그러면 일단
고소를 해 보세요."

　　고소 같은 게 쉬울 리 없었다. 증거를 모아야 했고, 재판정에서
민석을 만나야 했다. 재판 과정이 얼마나 길어질지 알 수 없었고,
재판 결과가 이익이 될 거라는 확신이 없었다. 그런 식으로 민석을
자극해 봐야 좋을 게 없었다.

　　밖을 내다보았지만 민석은 없었다. 집을 알아내기 위해 자신을
따라오지는 않은 것 같았다. 가은은 안도의 한숨을 내쉬었다. 도로로
나가 택시를 잡아탔다. 정신없이 얼마나 걸어온 건지 택시 요금이
기본요금을 훌쩍 넘었다.

　　가은은 택시 기사에게 부탁해 빌라 정문 앞에 차를 세웠다.
요금을 계산하고는 곧장 빌라 안으로 들어갔다. 자신의 집인
3층까지 뛰어 올라가 몸으로 가리고 비밀번호를 눌렀다. 복도에
아무도 없는 것을 확인하고 안으로 들어갔다. 도어록으로 문이

잠기는 것을 확인하고도 손잡이의 열쇠 부분을 잠그고 걸쇠까지
걸었다. 그녀는 불을 켜지 않은 채 거실을 가로질러 커튼이 가려진
창 쪽으로 재빨리 걸었다. 커튼을 살짝 걷고 거리를 확인했다.
민석의 모습은 보이지 않았다.

가은은 갑자기 온몸에 힘이 빠져 그 자리에 주저앉았다. 양손에
얼굴을 묻었다. 눈물이 왈칵 쏟아졌다. 언제까지 이런 두려움을 안고
살아가야 할까.

그 이후로 일에 집중하지 못했다. 가은은 오늘도 김민석이
있을까 봐 주변을 두리번거리며 두려움 속에 집으로 돌아갔다.
다행히 김민석은 없었다. 이대로 포기해 준 거라면 고마워서
절이라도 할 것 같았다. 하지만 그건 섣부른 기대였는지도 모른다.

그날 밤, 가은의 집 초인종이 울렸다.

4.

처음엔 잠결에 잘못 들은 걸로 생각했다. 두 번째로 초인종이
울렸을 때 가은은 완전히 잠에서 깨어났다. 반사적으로 핸드폰을
집어 들고 시간을 확인했다. 새벽 1시가 조금 지나 있었다.

원룸인 그녀의 집은 침대 맞은편이 바로 현관문이었다. 가은은
머리를 들고 현관문 쪽을 보았다. 이 시간에 올 사람은 없었다. 혹시
술 취한 누군가가 집을 잘못 찾아온 걸까? 그런 생각을 하는 사이 세
번째로 초인종이 울렸다. 곧장 철컥거리는 소리가 이어졌다. 누군가
문을 열려고 손잡이를 돌리고 있었다. 전신에 소름이 돋았다.

그렇다고 그대로 있을 수만은 없었다. 가은은 침대에서 몸을

일으켜 천천히 현관문으로 다가갔다. 그사이에도 현관문 손잡이는 자꾸 움직이며 철컥철컥 소리를 냈다.

"누구세요?"

현관문 앞에 선 가은은 긴장한 채 두려움에 사로잡혀 있었다. 신발장 옆에 세워 두었던 소화기를 집어 들었다. 문은 잠겨 있었지만 당장에라도 벌컥 열릴 것만 같았다.

"나야, 강군."

밖에서 들려오는 목소리는 낮고 은밀했다. 목소리를 낮춘 것이 밤이라서만은 아닌 것 같았다. 처음 들어보는 목소리였다. 강군이라는 이름이나 별칭은 들어 본 적도 없었다. 가은은 안도의 한숨을 내쉬었다. 잘못 찾아온 거라는 확신이 들었다. 온몸을 조이던 긴장이 한순간에 풀렸다.

"잘못 찾아오셨어요."

그렇게 말한 가은이 몸을 돌렸을 때였다.

"나라고, 가은아."

가은은 심장이 쿵, 내려앉았다. 목소리는 정확히 자신의 이름을 말하고 있었다. 머릿속으로 민석의 얼굴이 지나갔다. 속삭이는 목소리라 민석인 줄 몰랐던 건 아닐까. 재빨리 현관문 렌즈 구멍에 눈을 붙였다. 낯선 남자의 모습이 어른거렸다. 키가 큰지 목 아래쪽이 보였다. 그것만 봐도 민석이 아니었다. 민석도 키가 크지만 체형이 완전히 달랐다.

그렇다고 문을 열 수는 없었다. 민석이 아니고, 자신의 이름을 알고 있는 남자라 하여 안심할 수는 없었다.

"누구신데요?"

가은의 목소리에는 잔뜩 겁이 실려 있었다.

또다시 현관문 손잡이가 거칠게 돌아갔다.

"짜증 나게 왜 이래."

남자가 신경질적으로 나왔다.

"전 모르는 분이에요. 돌아가세요."

"가은이 아니에요?"

남자가 물어 왔다. 인정할 수도, 그렇지 않다고 할 수도 없었다.

"잘못 찾아오신 것 같아요."

그 말과 동시에 쾅, 하고 엄청난 소리가 났다. 가은은 순간적으로 몸을 움츠렸다. 남자가 현관문을 발로 걷어찬 것 같았다. 가은은 문손잡이를 꽉 잡았다. 어쩌면 문이 부서질지도 모른다는 생각에 반사적으로 한 행동이었다. 거친 발걸음 소리가 났다. 소리는 점점 멀어져 갔다. 다리에 힘이 풀렸다. 손잡이를 잡은 채로 가은은 자리에 주저앉았다.

대체 지금 무슨 일이 일어난 걸까. 여러 사람이 사는 건물이니까 누군가 잘못 찾아올 수는 있었다. 예전에 살던 곳에서도 술 취한 사람이 문을 열려고 했던 적이 있었다. 하지만 지금은 그렇게 생각하기엔 완전히 상황이 달랐다. 이번에는 상대가 명확히 자신의 이름을 알고 있었다. 우연이라고 생각할 수는 없었다.

온몸에 힘이 풀린 채로 거의 기다시피 하여 가은은 침대로 돌아갔다. 침대에 걸터앉은 채로 조금 전 일을 생각했다. 그 사람은 어떻게 자신의 집과 이름을 알고 있었을까? 용기를 내어 남자를 만나 봐야 했던 건 아닐까? 아니, 그건 너무 위험하다. 경찰에 신고를 했어야 했을까? 그러기에 남자는 자신에게 아무 짓도 하지 않았다. 어느새 잠은 완전히 달아나 있었다.

쿵쿵거리는 심장이 아무리 해도 안정되지 않았다. 차라도 한잔 마실까. 뜨거운 차를 마시면 마음이 조금 가라앉을 것 같았다. 싱크대 문을 열고 차통을 꺼냈다. 물을 끓이고 차망에 차를 넣어 우렸다. 숙성된 녹차의 묵직한 향기가 거실 안을 채웠다. 선 채로 찻잔을 들어 천천히 한 모금을 마셨다.

철컥철컥.

"꺅!"

가은은 비명을 질렀다. 찻잔이 떨어지며 뜨거운 물이 다리에 튀었다. 하지만 그런 것 따위는 가은에게 고통도 아니었다. 알 수 없는 공포가 다시 가은을 휘감았다. 가은은 온몸이 오그라드는 것 같았다.

누구냐고 묻는 것도 할 수 없었다. 주저앉은 채로 숨을 죽였다.

"가은아."

속삭이는 목소리. 그러나 아까와는 다른 목소리였다.

"나야. 레이브."

역시 처음 들어 보는 이름이었다.

그때 갑자기 이런 비슷한 뉴스를 본 것이 떠올랐다. 혼자 사는 여성의 집에 알 수 없는 남자들이 새벽마다 찾아와 문을 두드린다는 보도였다. 경찰에 신고하고 보니 누군가 성매매 글을 장난으로 올렸던 것이었다. 성매매를 하기 위해 찾아온 남자들로 그 집에 살던 사람은 고통을 받았다.

그런 일일지도 몰랐다. 그렇다면 이렇게 주저앉아 있을 수만은 없었다. 손끝이 차가웠다. 꾹 주먹을 쥐었다. 아랫입술을 깨물었다. 두 다리에 힘을 주어 침대에서 일어났다. 침대 옆에 있는 핸드폰을 쥐고 112로 출동 요청 문자를 보내면서 문 앞으로 다가갔다.

원해

문 앞에 이상한 남자가 와 있어요. 빨리 출동해
주세요. 은파동 선경빌라 203호.

"누구세요?"

"나라고. 레이브."

경찰이 출동할 때까지 남자를 잡아 놓을 필요가 있었다.

"누구신지 모르겠는데요. 무슨 일이세요?"

"가은이 아니에요?"

"제가 가은이건 아니건 간에 이 주소를 어디서 보셨죠?"

문 너머가 잠시 조용해졌다.

"장난치지 마."

나직한 목소리가 경고하듯 들려왔다.

"정말 몰라서 그래요. 무슨 일인지 저한테 설명해 주세요."

입안이 바짝 말랐다. 가은은 태어나 시간이 이렇게 안 간 적이
있었나 싶었다. 이 순간이 영원처럼 길었다.

자신을 레이브라고 말한 남자는 잠시 침묵을 지키고 서
있었다. 무슨 생각을 하는지 알 수 없었다. 가은은 바짝 타는 입술을
입안으로 말아 넣고 혀로 핥았다.

발소리가 들렸다. 아무래도 뭔가 이상하다고 생각한 남자가
발길을 돌린 것 같았다. 가은은 재빨리 거실을 가로질러 도로로 나
있는 창문을 활짝 열었다. 상체를 내밀고 도로 반대편을 보았다.
경찰차가 경광등을 번쩍이며 다가오고 있었다. 상체를 아래쪽으로
더 내려 길가를 보았다. 남자가 빌라 계단을 내려가 도로로 섰다.
경찰들이 차에서 내렸다.

"저 남자예요!"

온 힘을 다해 가은이 소리쳤다.

남자가 달리기 시작했다.

5.

남자는 26세로 군대를 다녀와서 복학을 준비 중이라고 했다.
키는 컸으나 몸은 눈에 띄게 마른 체형이었다. 얼마나 펑퍼짐한 옷을
입고 있는지 허수아비처럼 보이기도 했다. 경찰과 대화를 나누며
그는 몇 번이나 한 손으로 얼굴을 쓸어내렸다. 버릇일 수도 있었고,
맘대로 되지 않는 상황에 대한 짜증일 수도 있었다.

몇 걸음 떨어진 곳에 몸을 조금 비틀고 선 가은은 입고 있던
점퍼를 한 번 더 여몄다. 조금 전까지 온몸을 사로잡았던 공포가
한기로 남아 있었다.

남자는 내내 억울하다고 했다.

"자기 집이라고 했어요. 인증사진까지 찍어서 보냈다고요."

남자는 샤워가운을 입고 있는 여성의 사진을 내밀었다. 사진 속
여자는 거울 앞에 서서 젖은 머리를 늘어뜨린 자신의 모습을 찍고
있었다. 얼굴은 나오지 않았다. 가은은 경찰에게 자신이 아니라고
말했다. 가은은 샤워가운을 가지고 있지도 않았다. 실내의 전경도
자신의 집이 아니었다.

"주민등록번호와 이름 대세요."

"전 진짜 억울하다니까요."

"그러니까 말씀해 보시라고요."

잠깐의 실랑이 끝에 남자의 신원조회를 할 수 있었다. 신원에는 별다른 이상이 없는 것 같았다.

"정말이에요. 채팅 앱으로 대화를 했고, 이 주소도 찍어 줬어요."

"그거 보여 줄 수 있어요?"

"앱은 보여 줄 수 있죠."

남자는 핸드폰을 열어 앱을 실행해 보여 줬지만 여자와의 채팅은 볼 수 없었다. 채팅방을 나오면 대화 내용이 모두 사라지는 것 같았다. 경찰은 남자와 몇 마디를 더 나누었다. 잠시 후 남자가 고개를 숙이더니 가은을 힐끔 보고는 주뼛거리며 반대 방향으로 걸어갔다. 건널목을 건넌 남자는 마침 달려오는 택시를 잡아타고 가 버렸다.

"이렇게 그냥 보내는 거예요?"

가은이 묻자 경찰은 어쩔 수 없다는 듯한 표정을 지었다.

"신원도 확실하고, 채팅을 했다는 것도 맞아요. 상대 주소를 저장하려고 캡처한 채팅 화면 사진까지 보여 줬어요. 성매매를 시도한 것도 아니고 저 사람도 속은 거니까 더 이상 붙잡아 둘 수는 없어요."

가은은 남자가 사라진 길 건너를 보았다. 그도 속아서 온 거라는 경찰의 말을 못 믿는 건 아니지만 불안감이 사라지지는 않았다. 저 남자는 이제 자신의 집과 얼굴을 알고 있었다. 그 점이 불안을 키웠다. 저 남자와 채팅을 한 사람의 정체도 아직 몰랐다.

"짚이는 사람이 있어요."

가은이 말했다. 경찰이 가까이 다가왔다.

"누구죠?"

"김민석이라고, 예전에 사귀던 남자 친구예요."

가은은 이를 갈며 화냥년이라고 욕을 하던 민석을 떠올렸다.
분명 복수임에 틀림없었다. 그렇지 않다면 민석이 나타난 타이밍에
이런 일이 생길 수는 없었다.

가은은 경찰에게 민석의 이름과 핸드폰 번호를 불러 주었다.
예전 주소도 알고 있지만 아직 살고 있는지는 모르겠다고 말했다.
그를 스토킹으로 신고했었고 도망치듯 이사를 왔으며 얼마 전에
다시 만난 사정도 전부 이야기했다.

"저희가 확인해 보겠습니다. 일단 들어가세요."

가은은 다시 집으로 돌아갈 용기가 나지 않았다. 그걸
눈치챘는지 경찰이 말했다.

"집 근처로 순찰을 좀 더 강화해 드리겠습니다. 불안하시면
스마트 워치를 신청하실 수도 있어요."

"저한테 연락해 주시는 거죠?"

이런 짓을 벌인 게 김민석인지 아닌지를 빨리 확인하고 싶었다.
그러지 않으면 절대 안심할 수 없었다. 스마트 워치 신청 방법은
알고 있었다. 하지만 절차가 필요하다는 것 또한 경험으로 알고
있었다. 오늘 일을 김민석이 벌였다고 해도 바로 구속되는 게 아니란
것도 알고 있었다. 그는 다시 일상으로 스며들 것이었다. 그게 어쩔
수 없는 현실이다. 그렇지 않았다면 이렇게 이사를 오는 일도 없었을
것이다.

가은은 불안했다. 범인이 민석이라는 걸 확인하면 또다시
이사해야 할지도 몰랐다. 계속 만남을 거절하자 끝내 살인까지
저지른 범죄들을 떠올렸다. 뉴스에서 본 장면들이 어쩔 수 없이
머릿속을 맴돌았다. 범인이 민석이 아니라고 해도 불안은 가시지
않을 것이다. 자신에게 악의를 가진 미지의 누군가가 있다는

것이니까.

"너무 걱정 말고 들어가세요. 문단속 잘하시고 무슨 일 있으면 바로 경찰에 연락하시고요."

"김민석인지 아닌지는 언제 확인되죠?"

"확인하고 연락드릴게요."

경찰이 확답은 피한 채 집을 향해 팔을 살짝 올렸다 내렸다. 집에 들어가 기다리라는 뜻이었다. 가은은 발이 잘 떨어지지 않았다. 세상 그 어디보다 더 편해야 할 집 안이 또 불안의 장소가 되었다. 그게 공포스러워 도망을 왔는데 다시 시작됐다. 그 사실이 절망스러웠다.

그래도 여기 선 채로 밤을 보낼 수는 없었다. 경찰도 이제 돌아가야 한다는 듯 순찰차 쪽을 흘끗거렸다. 가은은 고개를 숙여 인사를 하고 집으로 돌아갔다. 몇 번이나 문이 잠긴 것을 확인하고 걸쇠를 걸었다. 새벽 2시가 넘어가고 있었다. 목이 타 물을 한 잔 마셨다. 도저히 잠이 오지 않을 것 같았다.

침대에 기대어 바닥에 앉았다. 무릎을 세워 두 팔로 끌어안았다. 핸드폰을 앞에 두고 계속 내려다보았다. 입술을 잘근잘근 깨물었다. 시간이 영겁처럼 느껴졌다.

핸드폰은 아침이 올 때까지 울리지 않았다. 결국 가은이 먼저 전화를 걸었다. 출동했던 경찰에게 받은 명함이 있었다.

"은파2지구대입니다."

"아까 새벽에 신고했던 사람인데요. 모르는 사람이 집으로 찾아왔던 일이요."

상대방은 잠깐 침묵했다가 네, 하고 대답했다.

"제가 의심되는 사람 말씀드렸었는데 확인됐나요?"

"아뇨. 아직 그분과 연락이 안 되어서요."

"집으로는 안 찾아가 보셨어요?"

"그분이 확실한 것도 아닌데 밤에 찾아갈 수는 없죠. 연락되는 대로 조사할 예정입니다. 기다리세요."

기다리세요. 그 말은 이전에도 수십 번이나 들었다.

경찰을 이해 못 하는 건 아니었다. 그들에게도 그들만의 규칙이라는 게 있는 것이다. 하지만 가은은 그들을 원망할 수밖에 없었다. 그러면서도 가은은 심장이 까맣게 타들어 갔다. 그들이 아니면 기댈 곳이 없었다.

"빨리 좀 확인해 주세요."

가은은 헐떡이며 말했다. 숨이 잘 쉬어지지 않는 기분이었다.

경찰에게서 연락이 온 건 두 시간 뒤였다. 민석이 아니라고 했다. 민석은 밤사이에 집에서 잤다고 했다. 채팅을 했다는 증거도 없다고 했다. 그건 반대로 말하면 채팅을 하지 않았다는 증거도 없다는 뜻이었다. 그런 말을 하자 경찰은 가은을 달래듯 말했다.

"문단속 잘하시고요. 무슨 일 있으시면 경찰에 연락 주세요. 밤에 자택 주변 순찰을 더 강화해 드릴게요."

6.

"죄송합니다!"

가은은 택시에서 내리자마자 사무실 안으로 뛰어 들어갔다. 가은이 외치는 소리에 접대용 테이블에 앉아 신문을 읽고 있던 사장이 고개를 들었다. 오늘 조금 늦게 출근하겠다는 말은 이미 전화로 해 놓았으나 자세한 사정을 알 리 없는 사장에게 눈치가 보였다. 사장은 신문을 내려놓고 가은을 보았다.

"급한 일이라고 하긴 했지만 앞으로는 좀 조심해 줘. 아침에 얼마나 바쁜지 잘 알잖아."

말에 가시가 돋아 있었다. 가은은 알겠다고 대답하며 미안한 얼굴을 했다. 사장의 말대로 택배 회사는 아침이 제일 바빴다. 각 센터에서 화물이 내려오는 게 오전이라서 고객들의 문의도 오전에 가장 많았다. 주로 언제 배송이 오냐는 전화였다. 영업소장들이 배송 출고 스캔을 찍기 전이라 배송 기사의 전화번호를 인터넷으로 확인할 수 없어서 사무실로 모든 전화가 밀려들었다. 평소에는 하차 현장에 나가는 사장이 오늘은 수옥의 옆에서 전화 받는 일을 거들어 준 모양이었다.

"죄송합니다."

가은은 한 번 더 사과했다. 예련이 새침한 얼굴로 쳐다보다가 대답 없이 컴퓨터 쪽으로 고개를 돌렸다.

"일은 잘 봤고?"

마침 전화를 끊은 수옥이 얼른 끼어들었다. 분위기를 전환하려는 것이었다. 고맙고 미안한 마음에 가은은 눈썹을 팔자로 만들며 대답했다.

"네, 언니 죄송해요."

"무슨 그런 말을 해. 서로 일 있을 때 봐주고 그래야지. 그래야 가족 같은 직원이지."

수옥이 일부러 그런 말을 한다는 걸 가은은 금방 눈치챘다. 사장에게 들으라고 하는 말이었다. 사장은 자주 직원들을 가족이라고 말했다. 진짜 가족보다 더 오랜 시간을 보내는 사이니 가족이 아니냐고 자주 말했다.

가은은 얼른 자리로 가 컴퓨터를 켰다. 사장이 사무실 밖으로 나갔다. 가은은 낮은 안도의 한숨을 내쉬었다.

"차 한잔할까?"

"제가 타 올게요."

수옥의 말에 가은이 얼른 일어나 탕비실로 들어갔다. 곧이어 수옥이 따라 들어왔다.

"무슨 일 있었어? 얼굴빛이 안 좋아."

수옥이 걱정스러운 얼굴로 물었다. 가은이 미리 휴가를 내는 경우는 있었지만 아침에 갑자기 전화해 일이 있어 늦게 출근한다고 말한 적은 처음이었다. 전화를 하는 가은의 말투가 심상치 않았기 때문에 걱정한 것 같았다. 예련을 빼고 일부러 차를 마시자고 한 것도 그래서였다. 가은은 수옥의 그런 마음 씀씀이가 고마웠다.

"사실은…."

가은은 어젯밤 이야기를 했다. 수옥은 크게 놀란 표정을 지었다. 수옥은 가은이 민석에게서 벗어나기 위해 이사까지 온 사정을 알고 있었다. 알지도 못하는 남자들이 초인종을 누르다니. 수옥은 경악을 금치 못했다.

"경찰에 신고는?"

가은은 어깨를 늘어뜨렸다.

"했죠. 근데 그게 김민석이 한 짓이라고 확정 짓기 어려운가 봐요."

"아니, 채팅으로 했다며? 아이디 추적 같은 거 안 된대?"

"그러잖아도 아침에 전화받았는데 채팅 사이트가 외국 회사 거래요. 그래서 추적도 힘들다고 하네요. 김민석은 어제 채팅 같은 건 하지도 않았다고 하나 봐요."

수옥은 답답한 표정을 지었다.

"그건 그렇다 쳐도 김민석은 대체 어떻게 나타난 거래? 또 스토킹한 거잖아? 그건 경찰이 어떻게 못 해 준대?"

가은은 어두운 얼굴로 고개를 저었다.

"우연히 만난 거라고 하면 답이 없어요. 또 나타나면 다시 접근금지명령을 신청하든가 해야죠."

가은은 가슴에 검은 연기가 답답하게 끼어 있는 것만 같았다. 말로는 접근금지명령을 신청한다고 했지만 그걸로 안전할까, 하고 생각하면 답이 서지 않았다. 다시 이사를 가야 하는 건 아닌지 진심으로 고려해 봐야 할지도 몰랐다.

대화를 나누던 그때 사무실 쪽 문을 누군가 벌컥 열었다. 어찌나 힘을 주어 열었는지 컨테이너로 만든 벽이 우두두 떨렸다. 수옥과 가은은 동그란 눈으로 서로를 보다가 함께 탕비실을 나왔다. 사무실 문 앞에 서 있는 사람은 물류 분리 현장에 나가 있던 사장이었다.

"어제 사무실에서 조개 집화받은 거 누구야?"

가은이 사장에게 가까이 다가갔다. 어제 사무실로 조개를 가지고 온 손님을 응대한 기억이 명확히 났다.

사장이 인상을 일그러뜨렸다.

"집화받은 거 레일 위에 올려놔야 안 빠지고 보내진다고 했지!"

"어… 레일 위에 있었을 텐데."

"무슨 레일 위에 있어? 물류장 구석 바닥에 있었어! 생물인데 어떻게 할 거야! 내일은 주말이라 보내지도 못하고, 어쩔 거야!"

가은은 뭐라 대답을 못 하고 우왕좌왕했다.

"아니, 분명히…."

"사장님, 제가 보내신 분께 전화해 볼게요."

예련이 얼른 자리에서 일어났다. 가은은 하얗게 질려 있었다.

사장이 가은을 흘겨보며 짜증스럽게 말을 뱉었다.

"이제야 일 좀 하는 사람 들어왔나 했더니만…. 정신을 어디에 팔아먹은 거야 대체!"

사장이 문을 쾅 닫고 나갔다.

가은은 이마에 손을 짚었다. 분명 레일 위에 올려놓은 것이 생각났다. 그런데 왜 바닥에 내려가 있는지 알 수 없었다. 물건을 싣다가 떨어진 건 아닐까? 다른 사람이 집화를 받느라 잠깐 내려놓은 건 아닐까? 여러 생각이 들었지만 입 밖으로 꺼낼 수는 없었다. 그건 남 탓을 하는 것이나 다름없었다.

"발송자가 난리 치는데요."

예련이 수화기를 막고 미간을 찌푸리며 말했다. 그사이 발송자와 연락이 닿은 모양이었다.

가은이 얼른 앞으로 나섰다.

"제가 받을게요."

예련은 맘에 안 든다는 얼굴로 전화기를 가은에게 넘겼다.

그날 가은은 이곳에 입사한 이래로 가장 힘든 하루를 보냈다. 조개를 보낸 사람은 가은이 사죄하자 곧장 목소리를 높였다. 당장 책임지라고 소리를 질러 댔다. 죄송하다고 몇 번이나 정중하게 사과했지만 책임지라는 말만 계속 반복했다. 조개값을 물어 드린다고 했지만 그걸로도 성이 차지 않는 것 같았다. 중요한 분에게 보내는 선물이라며 돈이면 다냐고 가은을 몰아세우더니 결국 사무실까지 쫓아와 가은에게 삿대질을 하고 나서야 조개 박스를 들고 돌아갔다.

가은은 눈물이 나려는 것을 꾹 참고 자리에 앉았다.

원해

"우는 거야?"

약간은 차가운 목소리로 예련이 물었다. 가은은 숨을 삼키며 고개를 저었다.

"울어서 해결이 나면 백 번은 울겠네."

예련의 말에 가은은 더욱 입을 앙다물었다. 울지 말라는 위로의 말이겠지만 지금은 속이 상해서인지 그 말이 마음에 불편하게 닿았다. 자신도 예련이나 수옥처럼 실수 없이 일을 척척 해내는 사람이라면 그렇게 쉽게 얘기할 수 있을 것 같았다. 이런 마음이 자격지심이라는 것도 알았다. 어깨가 더욱 축 처졌다. 그 어깨 위에 수옥이 손을 얹었다.

"너무 속상해 마."

가은은 고개를 끄덕이며 두 손으로 얼굴을 쓸어내렸다. 하루가 너무 길었다.

하루가 그렇게 끝났다면 차라리 다행이었을지도 모른다. 그날 저녁 가은은 권고사직 통보를 받았다.

7.

퇴근 시간이 가까워지자 회사 프로그램에 공지가 떴다. 업데이트로 프로그램 사용을 저녁 10시까지 중단한다는 것이었다.

"사장님! 프로그램 업데이트한다고 본사에서 막았어요. 그냥 일찍 퇴근시켜 주시면 안 돼요?"

사무실 문을 열고 들어오는 사장에게 예련이 애교 가득한 목소리로 말했다. 수옥은 기대도 안 한다는 듯이 웃었다. 그 웃음의

의미를 가은은 알았다. 아직 퇴근 시간 전이라 고객의 문의 전화가
계속 왔다. 아무리 프로그램이 중단된다고 한들 전화는 받아야 했다.
그런데 사장이 예상외의 답을 했다.

"그래, 일찍들 들어가."

수옥이 눈을 둥그렇게 떴다. 가은이 수옥과 눈을 마주치며
고개를 저었다. 사장의 분위기가 평소와는 달리 무거웠다. 그러는
이유를 모르겠는 건 수옥도 마찬가지여서 어깨를 으쓱거렸다.

"다른 사람들은 퇴근하고, 가은 씨는 나 좀 잠깐 보고 가지."

"네?"

가은은 당황했다. 수옥과 예련이 자신을 보는 눈길이 느껴졌다.
가은 역시 사장이 무슨 일 때문에 남으라고 하는지 알 수 없었다.
짚이는 것이 있다면 오늘 아침에 늦게 출근한 데다 요즘 들어 실수가
잦았다는 것이었다.

"언니들 먼저 가요."

예련과 수옥이 눈치를 보며 가방을 챙겨 들고 나갔다. 그사이
사장은 응접 테이블 소파에 앉아 양손을 앞으로 모으고 생각에 빠져
있었다. 가은은 어색한 기분을 억누르며 사장의 앞에 앉았다.

"사장님, 무슨 일 있으세요?"

사장이 고개를 들었다. 그러고는 가은의 얼굴을 가만히 보았다.

"이번 달 말까지만 근무하고 퇴사했으면 해."

예상치 못한 말에 가은은 당황했다.

"그게 무슨 말씀…."

"내 말대로 해 줬으면 좋겠어. 다른 사람들한테는 개인 사정으로
퇴사한다고 말하는 게 좋을 것 같아."

"사장님, 알아듣게 설명해 주세요."

원해

가은은 침착하려 애썼다. 요즘 들어 실수가 잦았지만 이렇게
일방적으로 퇴사 통보를 받을 정도는 아니었다.

"제가 요즘 실수가 잦았던 것, 알아요. 회사에 손해가 난 부분은
제가 메울게요."

"그런 말이 아니야."

사장은 잠시 고개를 틀고 바닥의 한 지점을 응시했다. 거기에
뭐가 있어서라기보다는 잠깐 생각할 시간이 필요한 것 같았다. 곧
사장은 어쩔 수 없다는 표정으로 재킷 안주머니에 손을 넣더니
주머니에서 무언가를 꺼내 테이블 위에 던지듯 내려놓았다.
사진이었다. 뭐가 뭔지 모르겠다는 얼굴로 가은이 사장을 보았다.
사장은 이제 감출 것도 없다는 듯 불쾌한 표정을 역력히 내비치고
있었다. 가은은 손을 뻗어 사장이 내던진 사진을 집어 들었다.

사진을 보자마자 가은은 짤막한 숨을 토해 냈다. 기가 막혔다.

김 소장과 자신의 모습이었다. 김 소장의 차에서 가은이 내리는
모습, 김 소장이 편의점 문을 열어 주고 가은이 안으로 들어서는
모습이었다. 웃는 얼굴이라 이상하게 보일 법도 했다. 하지만 이건
정말 아니었다.

가은은 항의하듯 말했다.

"사장님도 아시잖아요. 가끔 김 소장님이 태워다 주시는 거."

"알지, 버스 정류장까지. 근데 여긴 버스 정류장이 아니잖아."

가은은 가슴이 답답했다. 하지만 최대한 흥분하지 않고
설명해야 한다는 걸 알고 있었다.

"이날은 시내까지 데려다주신 날이에요. 언니들이 저보다 먼저
내려서…."

집까지는 아니지만 동네 입구까지는 타고 갔다. 김 소장이 하도

붙들어서 그랬다. 김 소장의 기분을 상하게 할 것 같아서 조금 더
타고 간 것뿐이었다.

　"근데 김 소장님이 살 게 있다고 하셨고, 저도 마침 살 게
있어서."

　평소 장난기가 많은 김 소장이 문을 열어 주며 "공주님
먼저"라고 했던 말에 웃었던 것 같기도 하다. 그때 사진이 찍힌
듯했다.

　"나도 알지."

　사장이 인상을 찡그렸다.

　"김 소장도, 가은 씨도 그런 사람 아니라는 거."

　"아시면서 왜 그런 말씀을 하세요."

　"이런 걸 보낸 사람이 있다는 거잖아."

　가은은 멈칫했다. 사장이 가은을 보며 설득하듯 말했다.

　"이런 걸 몰래 찍어서 이상한 소문을 만들려는 사람이 있다는
거잖아, 가은 씨 주변에."

　"사장님."

　"가은 씨 일 잘하고 손님들한테도 싹싹해서 마음에 들었어.
하지만 이건 아니야. 이상한 사람이 주변에 있다는 게…. 나는 이
지점 전체를 책임지는 사람이야. 그런 소문 도는 건 한 번으로 족해."

　사장이 무슨 말을 하는지 가은도 알았다. 가은의 전임자가 배송
기사와 내연 관계였다고 했다. 아니, 진실은 모르지만 그 말을 듣고
배송 기사의 부인이 회사로 와서 난동을 부렸다고 했다. 전임자도
유부녀여서 그쪽 남편까지 찾아오고 난리도 아니었다고 했다.
결국엔 배송 기사와 가은의 전임자 둘 다 그만두었다. 덕분에 배송에
차질이 생겨 지점이 한동안 몸살을 앓았다고 들었다. 둘은 끝까지

아니라고 했지만, 분명 이상한 낌새가 있었다고 예련이 말해 준 적이
있었다.

　"사장님 전 절대 아니에요. 제가 실수가 많아 해고당하는 거라면
인정하겠어요. 그런데 이런 이유라면 납득할 수 없어요. 누가 이런
짓을 했는지 알아요. 경찰에…."

　"아니!"

　사장이 그녀의 말을 잘랐다.

　"가은 씨 말대로 요즘 실수가 너무 많았어. 회사 일에 집중하는
것 같지도 않고. 회사에 입힌 손해는 내가 알아서 할 테니까 이번 달
말까지 정리해 줘."

　더 얘기할 필요 없다는 듯 사장이 일어서서 나갔다.

　가은은 혼자 남은 사무실에서 한참이나 앉아 있었다. 그러다
천천히 일어섰다. 컴퓨터를 끄고 가방을 챙겼다.

　소문은 인정할 수 없었다. 듣기만 해도 온몸에 오물이 묻은
기분이었다. 하지만 진실 유무를 따지고 싸워 가면서까지 더
근무하고 싶지는 않았다. 믿어 주지 않는 사장이 미워서는 아니었다.
어차피 김민석이 나타난 이상 여기서 더 있을 수는 없었다.
접근금지명령이 큰 힘이 없다는 것은 이미 경험으로 알고 있었다.
가은은 스토킹 끝에 목숨을 잃은 사람들의 이야기를 알고 있었다.
그 이야기 속의 주인공이 될 수는 없었다. 또 한번 김민석을 피해
도망가야 했다. 또 한번 자신의 무력함을 인정해야 했다.

　다음 날 출근하자마자 가은은 사장에게 사직서를 제출했다.
그러고는 곧장 인수인계 자료를 만들었다. 예련과 수옥에게는
이야기하지 못했다. 아직 무슨 일로 그만둔다고 말할지 정하지

못했다.

　가은은 사고 건 접수 담당이라 가장 먼저 회사 프로그램에
접속했다. 아직 처리 안 된 건들을 정리해 둬야 했다. 어제
업데이트를 했다더니 프로그램이 약간 변경되어 있었다.
프로그램에 등록하는 집배송 건은 물론이고 여러 문서의 접수
시간이 전부 표시되어 있었다. 문서 접수와 처리 시간을 줄이겠다고
했던 연초의 시무식 내용이 떠올랐다. 처리 시간이 바로바로 나오면
담당자들이 압박을 느껴 더 빨리 처리할 것 같기는 했다.

　사고 건을 조회하던 가은은 마우스를 움직이던 손을 멈췄다.
그녀는 눈을 크게 떴다.

　화면에는 가은이 올렸던 사고 건들의 처리 내역이 떠 있었다.
그리고 거기에는 꿀병 파손 건도 등록되어 있었다.

> [제목: 꿀병 파손 사고 건]
> [접수: 2023년 11월 1일 13시 18분]

그리고 그 옆에 표시된 항목에서 가은은 눈을 떼지 못했다.

> [상태: 접수 삭제 2023년 11월 1일 17시 23분]

　분명 가은은 사고 건 접수를 했던 게 맞았다. 그리고 누군가
삭제를 해도 표시되지 않는 프로그램을 이용해 삭제를 했다.

　그제야 가은은 모든 의문이 퍼즐이 맞춰지듯 정리되는 것
같았다.

8.

가은은 박스에 개인 짐을 모두 챙겼다. 오래 근무하지는
않았지만 자잘한 짐이 꽤 되었다. 짐을 싸는 가은의 옆에서 수옥이
안타깝다는 듯 말했다.

"이렇게 그만두는 건 진짜 아닌 것 같아. 내가 사장님한테 잘
얘기해 볼게. 가은 씨 그런 거 아니잖아."

'그런 거'라는 건 김 소장과의 불륜 루머를 말하는 것이었다.
사장님은 비밀을 지켜 준다고 했었지만 알게 모르게 소문이 퍼진
듯했다. 다른 소장들과 기사들의 시선이 좋지 않았다. 김 소장도
은근히 가은을 피하는 눈치였다.

가은은 차라리 속 시원하다는 듯 웃으며 말했다.

"아니에요. 이미 다른 회사로 이직도 결정 났고."

"벌써?"

"네. 전에 근무하던 S 기업에 다시 가게 됐어요. 사실 대기업에서
근무하다가 작은 회사 다니려니까 급여가 좀 맞지 않던 부분이
있었는데 잘됐죠, 뭐."

"서울로 다시 가게?"

"네."

가은은 그렇게 말하며 예련을 보았다. 예련은 짐을 싸는
가은에게 눈길 한 번 주지 않고 일을 하고 있었다. 가은이 먼저
예련에게 다가갔다.

"그동안 여러모로 사고 많이 쳐서 죄송했어요."

예련은 왠지 속을 들킨 듯 샐쭉한 표정을 지었다.

"괜히 분위기만 흐리고 나가는 거 이제 아주 지겨워. 빨리 가."

그 말은 가은의 가슴에 작은 생채기를 남겼다. 이곳에 입사해 나름대로 열심히 일했다. 대기업에서 일하다가 세 명이 근무하는 작은 사무실에 오게 됐지만 자신의 일이라고 생각하고 최선을 다했다. 근래 들어 실수를 자주 하긴 했지만 분위기만 흐리고 나간다는 말을 들을 줄은 몰랐다. 그렇다고 말싸움을 할 생각은 없었다.

"회식도 안 하고… 이렇게 가서 어떻게 해."

사무실 바깥까지 수옥이 따라 나왔다. 이미 해는 기울어 있었다. 물류 분류소에서 일하고 있던 김 소장이 가은을 슬쩍 보곤 시선을 피했다.

"괜찮아요. 아까도 말했지만 저는 차라리 좋아요."

수옥이 목소리를 낮추며 한 발짝 다가섰다.

"그놈은… 괜찮겠어?"

민석을 말하는 것이리라.

"네, 괜찮아요. 그 자식 때문에라도 차라리 다행인 거 같아요. 제가 다시 서울로 갈 거라고는 상상도 못 할 거예요. 한동안 조용히 지낼 수 있을 것 같아요. 여러모로 잘됐어요. 마음이 후련해요."

"그러면 다행이고."

수옥이 가은의 어깨를 두드렸다. 가은은 박스를 한번 들썩여 고쳐 잡았다. 그러고는 김 소장을 향해 저벅저벅 걸어갔다. 집화를 받아 온 물건을 레일 위에 올리던 김 소장이 어리둥절한 얼굴로 가은을 보았다.

"소장님! 저 좀 오늘 태워다 주세요."

김 소장은 입을 살짝 벌리고 멍한 얼굴로 가은을 쳐다보았다. 사실은 분했다. 김 소장과의 소문이 사실은 아니지만 어쨌거나 소문의 주인공은 둘 모두다. 그런데 자신만 회사를 나가게 됐다.

불합리한 일이지만 이 역시 따질 생각은 없었다. 자신이 아무리
목청껏 소리쳐 봐야 바뀌지 않을 것이라는 걸 잘 알았기 때문이다.

"아, 그게…."

"마지막인데 좀 태워 주세요. 짐도 있고요. 네?"

허, 기가 막힌다는 듯한 누군가의 목소리에 가은이 뒤를
돌아다보니 예련이 날카로운 눈으로 노려보다가 화장실 쪽으로 획
몸을 돌렸다. 그 눈길엔 명백한 비난이 담겨 있었다.

가은은 들고 있던 짐을 김 소장의 차 뒷좌석에 던져 넣었다. 김
소장은 여전히 곤란한 얼굴을 하고 있었다.

"좀 데려다주세요."

수옥이 말하자 김 소장도 어쩔 수 없다는 듯 운전석에 앉았다.
차가 움직였다. 그렇게 가은은 몇 달간 몸담았던 택배 회사를
떠났다. 아쉬움 같은 건 없었다.

가은의 집 앞에 김 소장이 차를 세웠다. 처음으로 김 소장에게
집을 알려 준 셈이었다. 가은은 조수석에서 내려 뒷좌석 문을
열었다. 던져두었던 박스를 꺼내 바닥에 내려놓았다. 김 소장은
미적거리다가 차에서 내렸다.

"조심히 올라가."

"태워다 주셔서 감사해요."

"좋은 곳에서 좋은 일만 있기를 바랄게."

가은은 김 소장의 얼굴을 빤히 보며 씩 웃었다. 매력적인 그
웃음에 김 소장이 당황했는지 헛기침을 했다.

"얼른 올라가."

"잠시만요."

가은이 김 소장의 어깨로 팔을 뻗었다. 재킷에 붙은 먼지를 떼어
주고는 활짝 웃었다.

"뭐가 묻어서요."

"고마워. 그럼."

김 소장은 도망치듯 차에 올라탔다. 그러고는 빠르게 골목을
벗어났다. 가은은 김 소장의 차가 시야에서 완전히 사라지자 허리를
숙여 바닥에 놓인 박스를 잡았다. 그때 뒤로 누군가 바짝 다가오는
것을 느꼈다. 몸을 틀어 뒤를 돌아볼 새도 없이 차가운 손이 그녀의
입을 막았다. 가은은 곧장 손목에 달린 스마트 워치의 호출 벨을
눌렀다.

그날 저녁, 가은은 형사를 대동해서 한 아파트로 향했다. 준공한
지 30년도 더 된 아파트는 중앙 현관으로 자유 출입이 가능했다.
곧장 엘리베이터를 타고 13층으로 향했다. 주소는 이미 확인한
상태였다.

가은은 냉정해져 있었다. 들끓다 못한 분노가 심장을 얼려 버린
것 같았다. 그녀는 냉정한 얼굴로 엘리베이터 LED 판의 변하는
숫자를 지켜보았다. 드디어 13층에 다다라 엘리베이터에서 내린
두 사람은 1308호 앞에 섰다. 형사가 초인종을 눌렀다. 안에서 여자
목소리가 들렸다.

"영인경찰서에서 나왔습니다. 문 열어 주시죠."

"경찰서에서 무슨 일…."

문을 열고 나온 사람은 가은의 예상대로였다.

9.

뒤에서 나타난 민석이 입을 막았을 때 가은은 공포로 온몸이 굳었다. 그러나 어떻게든 정신을 차려야 했다. 그럴 수 있었던 것은 이미 예상했던 상황이었기 때문이다. 가은은 온 힘을 다해 스마트 워치의 호출 버튼을 눌렀고, 민석이 가은을 빌라의 뒷골목으로 끌고 갔을 때쯤 경찰이 현장에 들이닥쳤다. 경찰이 오지 않았다면, 스마트 워치가 없었다면 무슨 일이 벌어졌을지 몰랐다.

"이야기만 하려고 한 거라고요!"

민석이 소리쳤을 때 가은은 골목길 찬 바닥에 주저앉아 있었다. 경찰이 나타나자 온몸에 힘이 빠졌다. 한 경찰관이 다가와 괜찮으냐며 가은을 부축했다. 그녀는 떨고 있는 가은의 양손을 꾹 잡아 주었다.

"이제 괜찮아요."

그 와중에도 민석의 외침은 계속되었다.

"저년이 딴 남자만 안 만났어도! 저년이 화냥년이라고!"

그 말 한마디에 피가 식는 것이 느껴졌다. 가은은 아랫입술을 꾹 깨물고 일어섰다. 그러고는 민석의 앞까지 갔다. 민석은 두 명의 경찰관에게 양팔이 붙들려 있었다. 민석의 얼굴을 보는 것도 오랜만이었다. 두려웠지만 도망치지 않아야 한다는 것을 가은은 알고 있었다. 김 소장에게 친절하게 굴었던 것도 민석을 끌어내기 위해서였다.

"무슨 남자?"

가은의 반문에 민석이 눈을 부릅떴다. 가은은 더욱 힘주어 말했다.

"내가 무슨 남자를 만났다고 하는 거냐고!"

"아까 남자 새끼 차에서 내렸잖아!"

침이라도 뱉고 싶은 얼굴로 민석이 외쳤다. 가은은 숨을 몰아쉬고, 정신을 차리고, 눈을 똑바로 떴다.

"내가 남자 차를 타고 오는 거 어떻게 알았어?"

가은은 민석을 노려보았다. 제대로 대답하지 않으면 자신도 조용히 물러나지 않을 거라는 경고였다.

가은은 알고 있었다. 김 소장의 차를 타고 올 때마다 민석이 나타났다. 그리고 그 이전에 민석은 자신의 집을 알고 찾아왔다. 스토킹 범죄자들은 여러 방법으로 상대의 주소를 알아내어 찾아온다고 들었다. 하지만 가은은 집 주소를 이곳으로 변경하지도 않았고, 부모님을 제외한 누구에게도 주소를 알리지 않았다. 그런데 어떻게 찾아온 걸까? 그 의문에 대한 답은 곧장 나왔다.

회사였다. 입사 서류에는 가은의 현재 주소가 적혀 있었다.

김 소장의 차를 타고 오는 것, 가은의 이사 온 집 주소. 모두 회사에서 흘러나온 것이었다.

"누가 알려 줬어?"

민석은 눈을 내리뜨고 아무런 말도 하지 않았다.

"무슨 말이에요?"

가은의 손을 잡아 줬던 경찰이 물었다. 가은은 그간의 사정을 이야기했다. 아무래도 사무실의 누군가가 정보를 흘리는 것 같다고 말했다.

"형사과로 이관해야겠는데."

민석을 붙들고 있던 남자 형사 하나가 말했다. 그러자 민석이 소리쳤다.

"알려 준 사람이 있어요! 얘가 남자랑 붙어먹는다고 전화해
줬다고요!"

"누가!"

가은이 외쳤다. 민석은 씩씩거리며 가은을 노려보았다. 아직도
가은이 다른 남자와 만나고 다닌다고 여기는지도 몰랐다.

"몰라. 나한테 어느 날 갑자기 전화를 했어."

곧장 민석의 핸드폰을 경찰들이 수거해 갔다. 민석이 전화를
받았다는 날마다 같은 번호가 찍혀 있었다. 공중전화 번호라고
경찰이 알려 주었다.

"누군지 알 것 같아요."

사실 가은은 오늘 일부러 함정을 팠다. 회사 내의 누군가가
민석을 자극해 자신을 공격한 거라면 가은은 그게 누군지 알 것
같았다. 회사 서류를 확인할 수 있는 사람이었다. 그 사람은 가은이
올린 사고 접수 건도 삭제했다. 가은이 접수했던 물건을 레일 아래로
내려놓은 것도 그 사람일 것이다.

회사 프로그램에 접속해 그런 일을 벌일 수 있는 건 두
사람뿐이었다. 예련과 수옥. 두 사람 중 수옥이라는 건 부정할 수
없었다. 가은이 민석에 대해 얘기한 것은 수옥뿐이었다.

입사 초기부터 쌀쌀맞았던 예련과는 달리 수옥은 굉장히
친절했다. 둘은 자주 이야기할 기회가 있었다. 이런저런 얘기를
나누다 보니 속에 있는 말을 꺼내게 됐다. 그것이 이런 결과를
불러올 줄 가은은 정말 몰랐다.

수옥이 도대체 왜 이런 짓을 벌였을까. 대답은 수옥에게서만
들을 수 있을 것이었다.

경찰을 대동하고 집에 찾아갔을 때 수옥은 어리둥절한 표정을

지었다. 전혀 모른다는 듯한 그 얼굴을 보자 가은은 정말로 수옥이
한 짓이 아니길 바랐다. 회사에서 문책을 받도록 실수를 하게 하고
민석에게 주소를 알려 준 사람이 수옥이라면 앞으로는 아무도 믿지
못할 것 같았다. 그동안 자신이 많이 기댔던 수옥이 그런 사람일
거라고는 상상도 못 했으니까.

"이미 공중전화를 비추는 CCTV를 확인했습니다."

경찰의 말에 수옥은 아랫입술을 잘근잘근 깨물었다. 그 분한
얼굴이, 가은은 낯설었다.

"김민석 씨 전화번호는 어떻게 알았습니까?"

가은의 사건은 곧장 형사과로 이첩되었다. 수옥은 형사 앞에서
입을 꾹 다물었다.

"말씀하세요!"

"…핸드폰에서 봤습니다."

형사가 가은을 보았다. 가은은 잠시 그 말이 무슨 뜻인지를 알지
못했다. 하지만 곧 깨달았다. 자신의 핸드폰에서 봤다는 얘기였다.
영인으로 이사 오면서 핸드폰 번호를 바꿨지만 혹시 몰라 민석의
번호를 스팸 처리해 놨었다. 민석의 존재를 알고 나서 수옥이 가은의
휴대폰을 뒤져 본 것이었다. 잠금 패턴 역시 온종일 같은 사무실에서
근무하는 수옥이라면 얼마든지 알 수 있었다.

"왜 나한테 그랬어요?"

형사가 조서를 꾸미는 동안 가은이 수옥을 보며 물었다. 수옥은
조가비처럼 입술을 다물고만 있었다.

"나한테 왜 그랬냐고요?"

가은이 소리쳤다. 수옥은 놀라거나 어깨를 움찔거리지도
않았다. 가은을 쳐다보지도 않았다. 가은이 수옥의 팔을 힘주어

잡아당겼다. 수옥이 그 팔을 힘껏 뿌리쳤다.

"너만 아니었으면 이런 일도 없었어!"

가은은 어이가 없어 한숨을 토해 냈다.

"뭐라고요?"

"너만 아니었으면 내가 이럴 일도 없었다고. 사람들이 신입이 일 잘한다고, 예쁘다고 떠받들어 주니까 다 네 세상 같았지? 그건 원래 내 거였어, 내 거였다고!"

가은의 입이 살짝 벌어졌다. 너무 황당해서 아무런 말도 나오지 않았다. 사실 그랬다. 택배 회사에 입사한 가은은 열심히 일했다. 열심히 일해서 자리를 잡고 싶었다. 수옥과도 마음이 잘 맞는다고 생각해 오래도록 일하고 싶다고도 생각했었다. 그 결과 새로운 에이스라는 칭찬도 들었다.

'새로운 에이스….'

가은은 기가 막혔다. 단순히 그게 싫어서 자신을 몰래 괴롭혔다는 얘기였다.

"사고 건 삭제한 것도 언니죠? 집화받은 물건 레일 밑으로 내려놓은 것도, 정산 내역 바꿔치기한 것도. 김 소장님이랑 이상한 소문 낸 것도 언니죠?"

가은은 전임자가 배송 기사와 바람이 났다는 것도 혹시 수옥이 벌인 짓은 아닌가 하고 생각했다.

그것만이라면 용서할 수 있다. 다른 사람이 자신보다 더 칭찬을 받거나 주목을 받으면 뒤로 몰래 못된 짓을 하는 것 정도는 다른 회사에서도 벌어질 수 있는 일이다. 하면 안 되지만 어떤 인간은 질투, 혹은 자신이 타자보다 우위에 서야 하는 욕심을 어둠 속에 숨기고 있다. 하지만 민석을 불러들인 것은 선을 넘는 행위였다.

그건 자신의 목숨이 위협받는 일이었다.

S 기업 얘기는 일부러 꺼냈다. 수옥을 자극하기 위해서였다. 그런 일을 벌여 왔던 수옥이라면 자신이 잘되는 일에 분해할 것이 분명했다. 예상대로 수옥은 또다시 가은에게 민석을 보냈다.

수옥이 말했다.

"내가 그랬다는 증거 있어? 있다고 해도 그게 뭐? 구속거리라도 되나?"

"언니를 믿었어요. 언니를 정말 좋아했다고요."

수옥을 의지했다. 그녀의 다정함에 위로받았고 고마웠다. 많은 것을 배우고 싶다고도 생각했다. 그것이 다 거짓이었다니, 믿을 수 없었다.

수옥이 고개를 살짝 낮추며 가은의 표정을 살피듯 눈을 치떴다.

"그래서? 불행해?"

가은의 온몸에 소름이 돋았다. 남의 불행을 원하는 광기 어린 눈빛에 절로 질려 버렸다.

"정가은 씨는 일단 이만 돌아가시죠."

수옥의 여죄를 더 조사해야 한다고 했다. 인터넷 채팅을 이용해 신원 불상의 남자들을 가은에게 보낸 것이 수옥인지 따져 봐야 한다는 얘기일 것이었다.

온몸에 힘이 빠진 채로 가은은 일어설 수밖에 없었다. 돌아서기 전 수옥을 보았지만, 그녀는 여전히 고집스럽게 정면만 바라보고 있었다.

예전에 일할 때도 가끔 그런 사람을 본 적이 있었다. 자신이 더 잘되려는 사람, 그래서 다른 사람을 끌어내리고 비하하는 사람. 그러나 이건 아니었다. 이건 미쳤다고밖에 볼 수 없었다.

경찰서를 나오기 직전, 가은은 형사에게 민석은 어떻게 됐는지
물었다.

"불구속 기소됐습니다."

민석 역시 집으로 돌려보냈다는 말이었다.

가은은 터덜터덜 경찰서를 나왔다. 어느새 새벽이 되어 있었다.
그때 옆으로 누군가 지나갔다. 가은은 자신도 모르게 몸을 움츠렸다.

자신도 모르는 사이에 원망의 대상이 되어 있었다. 실수를 많이
했으면 좋겠다고, 무능한 사람이 됐으면 좋겠다고, 불행했으면
좋겠다고, 그걸 넘어서 잘못되었으면 좋겠다고, 누군가 바라고
있었다는 사실이 무서웠다. 김민석은 또다시 풀려났다. 이곳을 떠나
다른 곳으로 간다고 해도 다른 사람들과 관계를 맺을 자신이 없었다.
모두가 자신의 불행을 원하고 있을 것만 같았다.

가은은 황망히 주변을 둘러보았다. 어디로 가야 할지 알 수
없었다.

Crazy Love

옹선수

1.

좆됐다. 이것은 좆된 상황이 분명했다.

내 몸에 달려 있지도 않은 그것에 비유하는 게 적절치 않지만 지금의 상황을 표현할 다른 말은 떠오르지 않았다. 애초에 내키지 않았던 자리를 승낙한 게 잘못이었다. 처음 제안을 받았을 때, 아무리 고기를 사 주며 부탁해도 거절했어야 했다. 하지만 늦은 경찰공무원 시험 준비로 곤궁한 지경이던 나는 지글거리며 익어 가는 육우의 황홀한 빛깔 앞에서 정신 줄을 놓았던 거다.

"기존 연애 리얼리티 프로그램에서는 출연자 정보를 일부러 감춰 왔지만, 우린 차별화를 위해 몇 가지 정보를 미리 공개하고 인기투표를 했어. 애초에 시청자와 출연자가 모두 원하는 사람들로 선정하기 위해서 말이야. 그러면 당연히 커플 매칭률이 높아지겠지, 미리 찍어 둔 사람에게 직진할 수 있을 테니까. 그랬는데….."

종편에서 예능 피디 입봉작으로 연애 리얼리티 프로그램을 준비 중이던 채영이 빠른 손놀림으로 고기가 타지 않도록 절묘하게 뒤집어 대며 말했다. 숯불의 열기에 핏빛 빨간 소고기가 금세 먹음직스러운 갈색으로 바뀌어 갔다.

"너무 급해서 그래, 진주야. 이미 적당한 프로필로 골라 맞춰서 예상 커플 시나리오까지 다 마련해 놨는데, 피아니스트인 여성 출연자가 갑자기 못 나오겠다고 말을 바꿨어. 최근에 진짜 사랑을 찾았다나 뭐라나. 근데 우연찮게도 네가 그 여자랑 외모가 진짜 비슷하단 말이야."

동시에 채영이 가장 잘 익은 고기 조각을 내 접시에 올렸다. 나는 곧장 고기를 집어 아무것도 찍지 않고 입에 넣었다. 고소한 육즙이 입안을 가득 채우면서 고기 본연의 향이 코까지 채웠다. 행복했다. 너무도 부드러운 고기가 씹기도 전에 녹듯이 사라졌다. 하지만 괜찮았다. 다음 고기가 접시 위에서 대기하고 있었으니까.

나는 불판 위에 시선을 고정한 채 빠르게 물었다.

"근데, 정말 괜찮겠어? 인기투표까지 해서 뽑은 거라면 이미 다른 출연자들도 서로를 어느 정도 파악하고 있다는 얘기잖아? 아무리 얼굴이 비슷한 사람이라고 해도 피아니스트가 갑자기 추레한 공시생으로 바뀌면 불만이 튀어나오지 않겠어?"

"으응, 안 그래도 그래서 말인데…."

채영이 눈꺼풀 아래에서 눈알을 굴리며 더욱 빨라진 손놀림으로 고기를 접시에 마구 쌓았다. 그러면서 아무렇지 않은 투로 덧붙였다.

"기왕에 대타해 주는 거, 네가 그 사람인 척 연기를 해 줬으면 해."

"므어?!"

입안을 가득 채운 고기 때문에 발음이 제대로 나가지 않았다.

하지만 목소리는 컸기에 주변 사람들의 시선이 바로 쏠리는 게
느껴졌다. 채영이 크게 뜬 내 눈을 피하며 고기를 더욱 빨리 옮겼다.
핏기가 아직 가시지 않은 고기까지 더해졌다.

"자, 자. 일단 고기 타니까 마저 먹고 이야기하자, 진주야. 너
소고기 진짜 좋아하잖아, 그지? 이 집 고기가 한우는 아니래도
숙성을 잘 시켜서 유명한 집이야. 먹고 죽은 귀신이 때깔도
좋다고…."

그러나 먹고 죽을 게 아니었으니, 그 유혹은 거절했어야 옳았다.

일주일 후, 나는 전라도 어디 끄트머리의 무인도에 와 있었다.
다도해라는 단어는 익숙했지만, 진짜로 섬이 이렇게 많을 줄은
몰랐다. 방송국에서 남의 연애를 찍겠다고 이만큼 많은 돈을
투자할 줄도 예상 못 했다. 분명 버려진 지 오래된 섬인데, 기존에
있던 건물을 그럴듯하게 개축해서 일주일 정도 생활하는 데에는
불편함이 없도록 준비되어 있었다.

출연자는 남녀 각 3명씩, 총 6명이었다. 출연자들의 주요
프로필은 인기투표와 사전 협의 단계에서 이미 공유되었지만,
개인정보보호를 위해 남자는 A, B, C로, 여자는 H, J, K로 명명하여
진행한다고 했다. 가장 중요한 정보인 얼굴과 직업을 공개한 마당에
이름만 감추는 게 무슨 의미가 있나 싶어 조소가 나왔다.

건물은 크게 두 동으로 나뉘어 있었는데, 출연자들이 머물고
화면에 나갈 숙소는 바다를 바라보는 언덕에 길쭉한 부메랑처럼
생긴 1층 높이의 세련된 건물이었다. 왼편 끝에서부터 차례로 남자
A, B, C의 방이 있었고, 중앙에 공용 거실 겸 부엌과 건물 밖으로
통하는 현관이, 오른편으로 다시 여자 K, J, H의 방이 나란히 있었다.

각 방에는 개별 욕실이 딸려 있었고 거실을 포함해 바닷가 방향의 벽은 모두 통창이었다. 제작진의 숙소는 촬영 시 미관을 해치지 않기 위해 출연자 숙소에서 20미터쯤 떨어진 아래쪽에 임시 컨테이너로 조립된 건물이었는데, 화면에 나오지 않는 곳에는 제작비를 아끼겠다는 의도로 보였다.

"사전 인터뷰 때도 말씀드렸는데요, 보통의 연애 리얼리티 프로그램은 남녀 최소 5명, 통틀어 10명 정도의 출연진으로 진행합니다. 하지만 저희는 여러분이 가까워지는 과정을 좀 더 세심하고 심도 있게 시청자들에게 전달하기 위해 소수 정예로 기획했다는 점을 다시 한번 강조드립니다. 그러니 이곳에서 나가실 땐 인생의 찐 사랑을 꼭 찾아서 떠나실 수 있기를 고대합니다. 그럼, 앞으로 일주일 동안 잘 부탁드리겠습니다!"

채영은 제작진을 대표해 인사를 하고선, 바다를 배경으로 출연진을 나란히 세우고 본격적인 자기소개 촬영을 시작했다. 입도하는 각자의 모습은 이미 찍은 후였지만, 숙소에 도착하자마자 개별 방으로 격리되었기에 출연자끼리 직접 얼굴을 보고 인사를 나누는 건 이때가 처음이었다. 출연자의 프라이버시를 보장하겠다는 채영의 초기 기획에 더해, 내 정체가 드러나는 것을 최대한 막으려는 조치 같았다.

제작진의 신호에 따라 남자 A가 제일 먼저 앞으로 걸어 나왔다. 왕자님 느낌의 깔끔하고 훤칠한 미남으로 첫인상부터 여성들의 인기를 한 몸에 받을 것 같은 인물이었다.

"안녕하세요, 제가 스타트를 끊게 되었네요. 저는 남자 A입니다. 어릴 때부터 패션과 꾸미는 것에 관심이 많았는데, 대학 재학 중에 론칭한 작은 사업이 운 좋게 잘되어서 지금은 여러분도 들으면 아실 만한 남성 그루밍 브랜드를 성공적으로 운영하고 있습니다. 운동을 좋아하진 않지만, 옷태를 위해서라도 매일 열심히 운동하고 있습니다."

한껏 잘 꾸민 외모가 눈에 띈다 싶었는데 역시나 이유가 있었다. 남자 A의 소개가 조금 더 이어지고 다음으로 남자 B가 걸어 나왔다. B는 천진해 보이는 미소를 시종일관 얼굴에 짓고 있었는데, 그래서인지 셋 중 가장 어려 보였다.

"안녕하세요. 저는 남자 B가 되었네요. 사실 미팅이나 소개팅도 별로 해 보지 않아서 굉장히 어색하고 떨리지만 그래도 열심히… 해 보겠습니다! 저는 그림을 전공했고요, 지금도 그리고 있어요. 최근엔 제가 좋아하는 음악을 시각화하는 작업을 하고 있는데요, 남자 A 님처럼 이렇다 할 성공은 아직이지만 제 작업을 사랑합니다. 출연진분들, 이렇게 뵙게 되어서 반갑고요, 일주일 동안 잘 부탁드려요. 아, 그리고 제가 뒤늦게 신청하는 바람에 제작진분들이 여러 상황을 조율하느라 힘드셨다고 들었어요. 정말 죄송해요! 하지만 덕분에 이렇게 참여하게 되어서 정말 기쁘고요, 수고해 주신 만큼 저도 프로그램이 재미있게 나올 수 있도록 열심히 하겠습니다!"

자기소개에서 제작진에게까지 감사 인사를 전하다니. 그 마음이 예쁜 데다 말도 조곤조곤하게 하는 스타일이라, 귀염상을 좋아하는 나는 호감이 생길 수밖에 없었다. 하지만 곧바로 내가 이곳에 있는 이유를 상기하고는 머리를 흔들어 정신을 다잡았다.

남자 C는 노력은 하는 것 같았지만 꼰대 성향을 미처 감추지 못한 채 소개를 시작했다.

"안녕? 아무래도 내가 가장 연장자일 것 같아서 말 편하게 할게, 괜찮지? 하핫! 난 C. 순서상 당연하지만! 보면 알겠지만, 나는 운동으로 다져진 몸이 가장 큰 재산이야. 살이 찌거나 근육이 없는 몸을 보면 혐오스럽다는 생각까지 들어. 여기 모인 사람들은 일단 한 번은 걸러졌기 때문에 그런 사람은 없는 것 같아 다행이지만, 자기 몸 하나도 관리 못 하는 사람이 사회적인 성공을 꿈꾸는 건 너무 허황된 거 아니야? 그래서 난 자기 관리를 돕는 앱 서비스를 얼마 전에 오픈했어. 남자 A의 브랜드가 뭔지는 모르지만, 내 서비스도 절대 뒤지지 않을걸?"

채영이 출연진은 모두 20대라고 알려 줬으니 C도 30대일 리는 없는데, 저런 말본새는 대체 어떤 인격체여야 가능한 걸까. 물론 인기투표로 출연이 결정된 만큼 어디에서도 빠지지 않을 외모이긴 했다. 그저 조금 재수 없고 느끼했을 뿐.

이어서 여자들의 자기소개가 시작됐다. 가장 먼저 나선 여자 K는 전형적인 부잣집 외동딸 느낌이었다. 자연스럽게 남자 A와 잘 어울리겠다는 생각이 드는 공주과였는데, 다만 북유럽 쪽 피가 섞였는지 여성치고는 골격 자체가 큰 편이라 외형으로는 도리어 남자 C와 어울렸다.

"하이, 여러분. 저는 여자 K예요. 어릴 적부터 해외에서 스꿀-을 다녀서 한국말이 서툴 때가 있는데 이해해 주면 좋겠어. 얼마 전에 엠비에이 마치고 파파 회사에서 일 배우고 있어요. 파션, 엑설싸이즈, 알-트, 모두 다 좋아해요, 다 인트뤠스팅하니까. 오늘 이런 자리도 아주 신기하고 좋은 익스피리언스가 될 것 같아서 신나요. 잘 부탁해요!"

확실히 유학파인 듯 영어 단어를 섞어 말하는 것은 물론, 버터 발음이 자연스러웠다. 출연자나 제작진 몇의 입꼬리가 비웃듯 올라가는 게 보였지만, 나는 워낙에 막대기 같은 혓바닥의 소유자인지라 부럽단 생각만 했다.

여자 H는 아기자기한 이목구비에 귀여운 소녀 같은 인상이었다. 목소리나 말투도 작은 새가 종알거리는 것 같아서 듣고 있으면 괜스레 기분이 좋아졌다.

"아, 안녕하세요! 저는 여자 H입니다! 헤헤, 생각보다 많이 떨리네요. 그래도 힘을 내서 소개해 볼게요. 저는 아이들을 좋아해서 유아교육을 전공했고요, 가장 좋아하는 일도 아이들과 함께 노는 거예요! 아이들이 초롱초롱한 눈으로 저를 바라보면 정말 모든 고민이 다 사라질 것처럼 행복해지거든요. 만약 그런 순간을 경험해 보고 싶으신 분이 계시면 저에게 말…. 아, 이런 건 자기소개랑은 상관없는 얘기죠? 아콩, 죄송해요! 다시 해도 될까요?"

강아지처럼 귀엽게 뜬 눈으로 애교를 섞어 말하는데 누가 감히 거부할 수 있겠는가. 결국 H는 다시 처음부터 촬영했지만 그 누구도 불편한 기색을 보이지 않았다. 아, 여자 K가 가늘게 뜬 눈으로 쳐다본 것 같긴 하다. 하지만 남자들 대부분은 오히려 그런 H의 모습에 매력을 느낀 듯했다.

그리고 마지막 여자 J. 그렇다, 내가 맡은 역할의 그녀는 피아니스트이면서 단아한 외모에 말수가 적은 여성이었는데, 취미가 영화 감상인 것 빼고는 나와 아무것도 겹치지 않는 성격의 소유자였다. 그러다 보니 얼굴은 내가 봐도 도플갱어인가 싶을 정도로 닮았지만 풍기는 분위기는 상당히 다를 수밖에 없었다. 게다가 본래의 J가 검고 긴 생머리로 자신의 청초함을 강조한 것과 달리, 나는 수험에 집중하느라 짧게 자른 귀밑 단발이었는데, 다행인지 불행인지, 출연을 결심하면서 분위기를 바꿔 보고 싫었다는 식상한 변명에 다들 쉽게 수긍하는 눈치였다.

　어차피 J 캐릭터는 말수가 적고 조용한 사람이니까, 너는 가급적 다른 출연자들과 말 섞지 말고 자리만 메꿔.

　다른 커플 매칭도 방해하면 안 된다? 우리가 예상하는 그림은 A나 C가 K와, B는 H와 커플이 되는 거야. 명심해?

　일주일 가까운 시간을 다른 사람인 척 지낼 수 있을지 걱정됐지만, 채영의 말대로 굳이 어울릴 생각하지 않고 조용히 있으면 큰 무리도 아니다 싶었다. 사실 나는 방송 이후 내 진짜 정체를 누가 알기라도 하면 문제가 될까 싶어 걱정이었는데, 어차피 시험을 패스하기 전까지는 학원에 틀어박혀서 꼬질꼬질한 상태로 지내게 될 테니, 메이크업 아티스트의 도움까지 받아 화려하게 꾸민 지금의 나와 진짜 나를 동일인으로 볼 사람은 없을 거란 채영의 설득에 탐탁지 않게도 납득하고 말았다.

　자기소개 후 대망의 첫인상 선택 시간이 왔다. 바닷가에 마련된 세 개의 테이블에 여자들이 자기가 좋아하는 음료를 준비해서 기다리면, 남자들이 원하는 테이블로 가는 방식이었다.

　여자들에게 제공된 음료는 세 가지의 차(캐모마일, 재스민, 루이보스)와 두 가지의 커피콩(에티오피아, 브라질), 두 가지의 과일 주스(토마토, 사과), 두 가지의 물(생수, 이온음료)이었다. 이 중 단 하나만 선택해서 테이블에 온 남자 출연자와 함께 마시며 대화를 나눈다. 표면적으로는 남자가 여자를 선택하는 방식이었지만, 여자 출연자도 남자 출연자의 성향을 간파했다면 충분히 어필도 가능하니 얼마나 여우 같은 선택을 하는지가 드러날 거였다.

K가 가장 먼저 에티오피아 커피콩과 드립 세트를 챙겨서 갔다. 나는 조용히 있기로 했으므로 H에게 차례를 양보했는데, H는 한참을 고민하다가 토마토주스를 가져갔다.

나는 생수를 골랐다. 생각보다 길어진 촬영으로 목이 말랐는데 이온음료의 찝찌름한 맛은 원래 싫어했고, 홀로 테이블을 지키며 바닷가 풍경이나 감상할 생각이었으니 큰 고민은 하지 않았다.

그런데 예기치 못한 일이 벌어졌다. 남자 A와 B가 동시에 내 테이블로 온 것이다. 남자 C는 K를 선택했다. 결국 혼자 테이블을 지키게 된 H가 토마토주스 뚜껑을 따다가 눈물을 참지 못하고 뛰쳐나가는 바람에 촬영장이 난리 통이 됐지만, 방송국 놈들은 역시 남달랐다. 재빨리 H에게 사람을 붙여 보내곤 촬영을 재개했다.

"저기… 커피나 주스 같은 음료를 두고 두 분은 왜 이쪽으로 오셨어요?"

채영이 어지간하면 가만히 있으라고 당부했지만, 내 딴에는 몰표를 받은 상황이니 묻지 않는 게 더 부자연스러워 보일 것 같아서 한 질문이었다.

"다른 음료들은 각자의 취향이 있지만 생수는 모든 사람을 위한 거잖아요. 그 점에서 J 님의 배려 깊은 마음이 느껴졌거든요."

"아, 네…."

A가 예의 그 잘생긴 얼굴로 경쾌하게 답했지만, 어딘가 위화감이 들었다. 왜냐면 A는 분명 자기소개 때 여왕 K만 주시했었기 때문이다. 마치 첫눈에 반하기라도 한 것처럼.

그래 놓고선 이런 갑작스러운 태세 전환이라니? 혼란스러워 나도 모르게 얼굴이 심각해지는데, 순간 A가 방그레 웃었다. 해사한 미소에 내 입꼬리가 절로 따라 올라가려던 그때, 갑자기 B가

부드럽지만 결연한 말투로 끼어들었다.

"전 음료와는 상관없어요. 처음 본 순간부터 운명이라고 생각한 사람을 쫓아왔을 뿐이에요."

세상에나. 나는 이제까지 이성에게 이런 식의 구애를 받아 본 적이 없었다. 그것도 한 사람도 아니고 두 사람이 동시에? 어떻게 된 일인지 알 수 없어 머리와 마음이 덩달아 혼란해지면서 얼굴에는 얼른 미소가 떴다. 없던 일을 겪어서 기분이 좋은 건지, 아니면 다른 사람을 가장한 상황이라 기분이 나쁜 건지 분간되지 않았다. 더불어 이전엔 왜 이런 일이 한 번도 없었던 걸까 의아해지면서 목덜미가 기분 나쁘게 간지러웠다. …혹시 나 피아노를 배워야 했던 걸까?

의문과 혼란에 휩싸인 채로 두 남자와 대화를 이어 갔다. 아니, 이후부턴 채영의 당부를 지키느라 거의 말을 하지 않았으니, A와 B가 하는 질문에 간단히 답하고 두 사람 사이의 신경전을 구경하는 것에 가까웠다. 그 시간이 30분 남짓이라서 다행히 버틸 수 있었다.

다음 촬영을 위해 이동하려는데 돌연 하늘이 흐려졌다. 원래는 저녁으로 바비큐 파티가 예정되어 있었지만 비가 내리면서 취소됐다. 제작진은 다른 방법을 찾을 때까지 각자의 숙소에서 쉬라고 했다. 고기 먹을 생각에 한창 신이 났던 나의 위장이 간편식으로 제공된 저녁에 크게 실망하는 바람에 양을 두 배로 먹어서 달래야 했다. 빗줄기가 굵어지면서 이날 촬영은 끝낸다는 제작진의 공지가 추가로 전해졌다. 처음 해 본 촬영에 긴장한 탓인지 졸음이 쏟아져 바로 잠들었지만, 빗줄기가 새벽 내내 거세게 창을 때려 대던 통에 숙면엔 실패했다.

다음 날 아침, 채영은 숙소의 중앙 거실로 출연진을 모두 불러 모았다. 심각한 얼굴로 일본으로 향하던 태풍이 방향을 꺾어 우리 쪽으로 오고 있다고 알렸다. 원래 계획에 야외 촬영이 많긴 했지만 실내에서 찍는 게 아예 불가능하진 않아서 그렇게 바꿔서 진행한다고 설명하는 중이었다. 그런데 자리에 나타나지 않았던 A를 부르러 간 조연출이 거실로 헐레벌떡 뛰어들며 외쳤다.

"A, A가 자, 자기 방 욕실에서…! 숨이나 맥박이 전혀 안 느껴져요! 주, 죽었나 봐요!!"

그렇다. 이것이 바로 태풍과 함께 들이친 나의 좆된 상황이다.

2.

태풍의 기세가 심상치 않았지만 다행히 전화는 가능했다. 채영은 일단 출연자들은 각자의 방으로 돌려보낸 후, 나와 조연출을 자신의 방으로 불러 스피커폰으로 112에 신고했다. 경찰은 채영의 신분을 먼저 확인한 후 상황을 물었고, 유일하게 현장을 확인한 조연출이 세부 내용을 부연했다. 경찰은 사고사인지, 자살인지 등을 추가로 물었지만, A가 죽은 것만 확인하곤 혼비백산해 뛰쳐나온 조연출이 거기에 답할 수 있을 리 만무했다. 더 이상 얻을 정보가 없다는 것을 직감한 경찰은 풍랑이 가라앉으면 바로 출동하겠다며, 채영에게 우선은 현장 통제를 당부했다.

채영은 출연진과 제작진을 다시 숙소 거실로 불러 모아 경과를 설명했다. 곧장 볼멘소리가 터져 나왔다.

"이게 뭐야? 아니 방송한다는 사람들이 어떻게 이런 상황이 벌어지게 만들어?!"

"정말로 죽은 거 맞아요? 확인은 제대로 한 거예요?"

"이 피디님, 어떡해요? 이 건물에 계속 머무는 거 자체가 위험한 거 아니에요?"

출연자들이 동요하자, 제작진 중에서도 눈빛이 흔들리는 사람이 보였다. 자칫 상황이 이상하게 흐를 수도 있겠다는 걱정이 들던 찰나.

"여기 무인도라더니, 사실은 살인마가 숨어 있는 섬을 잘못 고른 거 아니에요? 무서워요, 어떡해… 흑."

겁에 질린 막내 작가의 말에 일순 분위기가 바뀌었다. 사고사나 자살일 수도 있는 A의 죽음이 단숨에 살인으로 귀결됐다. 그렇다면 이 자리에 있는 누군가가 범인일 수도 있다는 말이었으니, 출연진이든 제작진이든 할 것 없이 서로 의심하는 눈빛을 쏘아 댔다.

채영이 놀라서 막내 작가를 다그쳤다.

"아, 아니, 막내 작가야! 그런 근거 없는 말을 함부로 하면…!"

"왜요! 작가님이 틀린 말 한 것도 아닌데?! 이 피디님이 여기 총괄이잖아요. 막내 작가님 말이 틀렸으면 정당한 근거로 반박을 해야…!"

남자 C였다. 그를 필두로 다른 사람들도 각자의 생각을 내세우며 서로를 범인으로 몰기 시작했다. 의심하는 사람과 의심받는 사람이 급기야 소리를 지르는 아비규환의 상황에서 몇몇은 패닉 상태에 빠져들고 있었다.

현장의 총책임자인 채영은 그들을 진정시키고 집중을 흐트러트릴 목적으로 결국 나를 그 지옥 한복판에 던져 넣었다.

"여러분, 잠깐만요! 진정 좀 해 주세요! 상황이 상황이니만큼 두려우신 마음은 충분히 이해합니다. 다행히 여기… J 님은 사실 경찰을 준비하는 분이세요. 그러니까, 경찰이 입도하기 전까지는 이곳의 통제와 안전을 J 님에게 맡기려고 합니다. 그러니 앞으로 여러분은 J 님에게 협조를….”

나의 벙찐 눈이 채영을 향했다. 상의도 없이 이게 무슨 짓거리인가. 심지어 진짜 경찰도 아니고 시험 준비 중일 뿐인 나를 이 상황에서 판다고?

K는 채영의 말에 되레 흥분했다. 치켜뜬 눈은 관자놀이까지 찢기 직전이었다.

“뭐라고요?! 왓 더 뻑! 그럼 피아니스트라는 건 라이? 지저스, 그럼 사기꾼이잖아! 그런데 이런 사람한테 여기 시큐어러티를 맡겨? 아 유 크뤠이지?”

다른 출연자들도 말은 안 했지만 단번에 불신이 가득 담긴 눈빛으로 나를 쏘아봤다. 특히 H는 순진무구해 보였던 얼굴을 한없이 일그러뜨리고 마치 더러운 오물이라도 보듯 나를 봤다. 설마 내게 한없이 다정한 눈길을 주던 B도 비슷하려나! 슬픈 예감을 확인하려 그를 찾아 두리번거리는데, 채영의 다급한 변명이 들렸다.

“아, J 님이 일부러 가짜 프로필을 만들어 참여하신 게 아니고요. 그게, 저희가 프로그램 진행상 사정이 있어서 J 님을 투입한 거예요. 어… 아! 그런 거라고 생각하시면 돼요! 왜, 그, 미국 영화나 드라마 보면 비행기에 신분을 감춘 안전요원이 한 명씩 탑승하잖아요? J 님은 바로 그런 역할로 프로그램에 함께하신 겁니다!”

이게 무슨 지나가던 지빠귀 방귀 뀌는 소리인가 싶어 노려봤지만, 채영은 양 눈으로 되지도 않는 윙크만 해 대고 있었다. 한숨이 나왔지만 진실을 밝힌다고 해서 상황이 나아질 것 같지는 않아서 장단을 맞춰주기로 했다.

나는 앞으로 나서며 최대한 진지하게 목소리를 냈다.

"제가 아직 경찰은 아니고 준비하고 있을 뿐이지만, 그래도 일반인인 여러분보다는 이런 현장에 대한 상식이 좀 더 있을, 있습니다. 그래서 채영… 이 피디님의 요청에 따라 여러분의 안전을 위해 출연자로 위장했던 겁니다. 어찌 되었든, 여러분을 속인 부분에 대해서는 사과를 드리겠습니다."

허리까지 깊숙이 숙였다. 어차피 이제는 J로 가장할 필요가 없으니 나로서는 원래의 태도와 말투로 돌아간 거였지만, 다른 이들은 역시나 이질감을 느낀 모양이었다. 고개를 들면서 슬쩍 보니 과연 놀란 얼굴들이었다. 괜스레 씁쓸한 마음에 이를 악물고 이렇게 된 이상 제대로 해 보기로 결심했다.

"제 본명은 '나진주'라고 합니다. 이 피디님이 설명하신 것처럼 경찰이 섬에 들어오기 전까지 현장을 통제하고 여러분의 안전을…."

하지만 남자 C, 그 젊은 꼰대 같은 인간이 인상을 잔뜩 구기며 내 말을 끊었다.

"이봐, 여길 통제한다고 해서 우리가 안전해진다는 보장이 있어? 범인은 그러니까, 여기, 이 섬에 있다는 얘긴데? 우릴 통제할 게 아니라 범인 색출을 해야 할 거 아니야?!"

"아니, 저는 그런 교육이나 훈련을 정식으로 받은 건 아니…."

"C 님 말이 맞아요! 누군가 A를 죽였다면 그 범인이 우리 사이에 섞여 있다는 건데, 그런 상태로 우리가 어떻게 안전할 수가 있어요? 자리를 맡았으면 책임을 지세요! 당장 범인을 잡으시라고요!"

H가 상상도 못 한 앙칼진 목소리로 쏘아붙였다. 혹시 H도 나처럼 다른 사람 흉내를 내고 있었나?

황당해서 바라보는데, H는 앞으로 팔짱까지 야무지게 낀 채

채영을 노려보며 마무리 펀치를 날렸다.

"이채영 피디님! 어떻게 하실 거예요!"

"…진주….."

채영이 내 이름을 작게 부르며 한껏 울상을 지었다. 원수가 따로 없었다.

사건 현장인 A의 방은 바다를 등지고 보면 건물의 왼쪽 끝이었다. 출연자들은 각자의 방에서 대기시키고 제작진들도 숙소로 보낸 후, 채영과 나만 A의 방에 들어갔다. 조연출이 A의 죽음을 확인하느라 현장을 건드리긴 했지만, 추가로 증거를 건드리거나 오염하지는 않기 위해 슬리퍼를 비닐로 감싸고 마스크에 위생 장갑까지 꼈다.

"근데 진주야. 아무리 조심한다고 해도 이렇게 현장에 막 들어와도 되는 걸까?"

"경찰이랑 통화할 때 사고사인지 자살인지 같은 것도 물어봤잖아. 어차피 그것도 확인할 겸이니까. …근데, 야! 이채영! 사실 너 땜에 이거까지 하게 된 거잖아? 그런 생각이 있었으면 저 사람들한테 내 정체도 까발리지 말았어야지. 경찰 들어올 때까지 기다리자고 강하게 밀어붙였으면 될 일을, 네가 괜히 나한테 현장을 맡기네 어쩌네 하는 바람에 저 사람들이 범인 찾아내라고 난리를 쳐서…!"

"미안, 미안! 그래, 경찰에서 물어본 것도 있으니까, 최소한 그거라도 확인할 순 있겠지. 알았어, 알았어."

욕실에 들어선 순간 조건반사처럼 소름이 오스스 돋았다. A는 잠옷을 입은 채 욕조 안에 누워 있었다. 시체를 직접 보는 것은 처음이라 목덜미가 쭈뼛 선 채로 조심스레 다가갔다. A는 생기 없는 낯빛으로 죽음의 냄새를 풍기고 있었지만, 어떻게 보면 평온한 잠을 자는 것처럼 보여서 기분이 이상했다.

채영은 겁에 질린 얼굴로 욕실에 들어서지도 못하고 있었다. 그런 상태라면 어차피 도움이 되지 않을 것 같아서 차라리 방 곳곳을 휴대폰으로 찍으라고 시켰다. 채영은 한껏 밝아진 얼굴로 몸을 돌려 나갔고, 나는 죽은 A에게로 시선을 돌려 관찰을 계속했다.

목에 붉게 피부가 쓸린 교살 흔적이 보였다. 살인이 맞았다.

그런데 가슴 위에 범행에 사용된 것으로 의심되는 가죽끈이 동그랗게 말려 놓여 있었다. 범인이 범행 도구를 이렇게 버젓이 놓고 갔다고? DNA 흔적이 남았을 수도 있는데? 이해할 수 없는 상황인 데다, 그렇게 정갈하게 정리해 둔 것도 꺼림칙했다.

생각에 잠겨 내려다보고 있자니 그 가죽끈을 어디선가 본 것 같은 기시감이 일었다. 하지만 정확히 떠오르지 않아서 일단 휴대폰으로 사진을 찍었다. A가 누운 욕조와 주변, 욕실 곳곳도 찍어 두었다.

그러나 거기까지였다. 여기서 내가 더 이상 할 수 있는 일은 없었다. 이제는 경찰이 올 때까지 최대한 현장을 보존하는 게 중요할 것 같았다. 불행 중 다행으로, 태풍 덕에 늦여름치곤 기온이 높지 않았다. 하지만 경찰의 입도가 혹여 늦어진다면 시체의 부패로 증거가 손상될 수도 있다는 판단에 에어컨 온도를 최저로 맞췄다.

채영이 의아해하며 물었다.

"뭐 하는 거야?"

"여름이잖아. 부패를 최대한 늦춰야 나중에 부검할 때 나올 게 더 많을 테니까."

"원래 이러는 거야! 〈그알〉 같은 데서도 이런 건 안 나왔는데…."

"어우, 이채영! 이런 걸 하나하나 알려 줘야 아니? 조금만 생각해 보면 당연한 거 아니야! 물론, 최초 발견 시간과 지금의 온도, 에어컨으로 맞춘 온도 같은 정보도 함께 있어야 참고할 수 있을 테니까 내가 따로 기록해 놨다가 과학수사팀에 알려 드릴 거야. 이 방도 우리가 나간 후에는 다른 외부 요건이 현장에 간섭 못 하게 조치할 거고."

"아…. 음, 그래. 알았어."

답은 그렇게 했지만 채영의 말투에는 미심쩍어하는 기색이 완연했다. 내가 마뜩잖은 눈으로 흘기자 금세 표정을 풀고 헤헤거렸지만, 그게 도리어 문제가 생기면 내 책임이라고 생각하는 듯해서 기분이 좋진 않았다.

A의 방을 나와 열쇠로 문을 잠그는데 뒤에서 채영이 한탄했다.

"하아, 그냥 일반 리얼리티 프로그램처럼 찍었으면 범인을 단박에 알 수 있었을 텐데, 훔쳐보는 느낌이 없는 프로그램 만든다고 실시간 장비까지 다 걷어 내는 바람에…! 내가 쓸데없이 세심한 기획을 해서 일이 더 복잡해진 거지? 그렇지, 진주야?"

사실 그랬다. 일반 리얼리티 프로그램이었다면 A의 방에 설치된 카메라에 범인이 찍혔을 거다. 아니, 실은 그 전에 매직미러[1]나 CCTV로 실시간 모니터링하는 제작진 때문에라도 살인할 엄두도 못 냈겠지.

하지만 이번 프로그램이 기존과 다른 방식으로 기획된 게

---

1 매직미러: 한쪽에서는 반대쪽 물체를 볼 수 있으나 반대쪽에서는 한쪽의 물체를 볼 수 없는 거울로, 리얼리티 프로그램 촬영장에 흔히 설치된다.

문제였다. 타인의 사생활을 엿보고자 하는 욕망을 무분별하게 충족시킨다는 비판에서 벗어나기 위해 채영은 개인 공간에서의 영상만은 출연자가 1차로 거를 수 있는 선택권을 줬다. 매일 밤, 각자의 방에서 카메라가 연결된 노트북에 저장된 당일 영상을 출연자가 검토한 후 그것을 연출부에 넘길지 말지를 결정하면 해당 데이터가 전송되거나 삭제되는 과정을 넣은 것이다.

당연히 A의 방에서 찍힌 영상은 모두 삭제되어 있었다. 물론 그렇게 삭제된 영상이라도 데이터 기술자만 있으면 복구할 수 있으니 경찰만 입도하면 범인을 잡는 게 어려운 일은 아니었지만, 범인은 아마 그것까진 몰랐던 모양이다.

"방을 찍은 영상을 우리가 콘트롤했다면 사건 자체가 일어나지 않았을 수도 있는데. …결국 A는 나 때문에, 내 기획 때문에 죽은 걸까."

채영의 눈에 눈물과 함께 죄책감이 어렸다. 좋은 의도로 색다른 기획을 했지만, 채영의 말대로 그런 기획이 아니었다면 범인이 범행을 시도조차 못 했을 게 맞으니, 거짓된 위로의 말은 건네지 못했다. 대신 채영의 등만 다독이다, 문득 출연자가 데이터를 손댈 수 없는 카메라도 있다는 게 생각났다.

"참, 여기 복도 찍는 카메라도 있지 않았어? 거기에 A의 방에 들어간 사람이 찍혔을 거 아냐? 방으로 들어가는 입구는 여기뿐이잖아. 바닷가 쪽은 통창이라 열 수 없고!"

"하아. 그게… 카메라가 있긴 있는데, 저거야."

채영이 한숨을 깊게 내쉬곤 손가락으로 천장을 가리켰다. 남자 복도가 시작되는 거실과 C의 방문 대각선 위치의 천장에 작은 카메라 하나가 보였다. 그런데 렌즈의 방향이 이상했다. 남자 복도가 아니라 복도 안쪽 벽만 찍힐 각도였다.

"어젯밤에 하필 남자 출연자들이 안에만 있어서 몸이 근질댄다면서 C가 가져온 공을 갖고 놀다가 카메라에 잘못 맞은 모양이야. 조연출이 혹시나 영상에 남은 흔적이 없나 확인하려다 발견했대. 일이 꼬이려니까 이런 일까지 생기네, 젠장!"

채영이 짜증이 치민 듯 욕지거리를 내뱉었다. 그래도 채영 정도면 방송국 사람치곤 입이 걸지 않은 편이라고 생각하던 순간, 채영이 의뭉스러운 투로 말을 이었다.

"근데 있지, 각도가 틀어졌어도 누가 지나가는 게 살짝 찍히긴 했어."

"뭐? 정말? 그런 건 진작 말했어야지!"

"하지만… 좀 말이 안 되는 상황이라…."

"왜? 뭐가?"

"긴 생머리를 한 뒷모습이 카메라 끝에 살짝 걸렸어. 각도 때문에 다른 건 전혀 안 보이고."

채영이 휴대폰을 열어 영상을 캡처한 이미지를 보여 줬다.

"근데 이런 헤어스타일을 한 여자가 없잖아. 출연진 중에도, 제작진에도."

순간 머리카락이 꼿꼿이 섰다. 채영의 말이 맞았다. 채영을 포함해 여자 제작진 모두가 짧은 머리였다. 길어 봤자 어깨에 겨우 닿을 정도로 층을 친 헤어스타일. 출연자 중에선 K가 가장 길었지만 풍성하게 부풀린 파마머리였고, H는 시종일관 포니테일을 해서 확신할 순 없지만 그걸 푼다고 해도 어깨를 조금 덮는 길이 이상이 될 것 같진 않았다. 영상에 찍힌 것처럼 긴 생머리를 한 여자는 우리 중에 없었다.

"우리 팀에 겁 많은 애들은 이 섬의 토박이 귀신이 찍힌 게 아니냐고까지 하더라. A도 귀신이 죽인⋯."

불현듯 내 머리에 이미지 하나가 스쳤다.

"잠깐. 원래 출연하기로 했던 J의 프로필 사진의 머리가 이런 스타일이었잖아! 엉덩이까지 닿을 듯한 긴 생머리!"

"에? 뭐야, 진주 네 말은 그러니까, J가 갑자기 마음을 바꿔서 여기 오기라도 했다는 거야?"

"귀신은 더 말이 안 되잖아. 현실적으로 이 영상을 설명할 상황은 그거뿐이라고."

나도 그게 설득력이 약하다고는 생각했지만 달리 떠오르는 설명은 없었다. 채영은 생각이 많아진 건지 없어진 건지 알 수 없는 눈으로 나를 바라봤다.

그때 현관문이 벌컥 열리는 소리가 나더니 다급한 발소리와 함께 누군가 거실에 나타났다. 창백한 낯빛의 오디오 감독이 숨을 헐떡이며 외쳤다.

"피, 피디님! 빠, 빨리 와 보십시오!"

제작진 숙소에서부터 우산도 없이 뛰어왔는지 곰 같은 몸이 흠뻑 젖어 처량해 보였다.

"무슨 일인데요?"

채영이 의아해하며 물었지만, 오디오 감독은 무언가를 두려워하는 표정으로 뒤를 힐끗거리며 빨리 오라는 손짓만 해 댔다. 결국 우리는 그를 따라 출연진 숙소를 나와 제작진 숙소로 향했다. 비바람이 여전히 세차게 부는 통에 우산이 제 역할을 못 해 우리도 흠뻑 젖었다.

물을 뚝뚝 흘리며 제작진 숙소로 들어서자마자, 오디오 감독은

장비를 모아 둔 방으로 우릴 끌고 가더니 시스템을 만지작거리며
말했다.

"제, 제가 혹시 몰라서 출연진 음성파일들을 들어 보고 있었는데
말입니다. 어젠 제가 놓친 모양인데, 다시 들어보니까 아무래도 이게
좀 수상합니다."

오디오 감독이 일시 멈춤을 풀자 바로 음성이 재생됐다.

저 새끼가 지금. 양다리를 시전하겠다는 거야? …죽고 싶구나?

여자 목소리였다. 카메라가 돌지 않을 때 한 혼잣말이 녹음된
모양이었다.

오디오 감독이 잔뜩 겁먹은 표정으로 채영에게 말했다.

"첫인상 선택 때 남자 A가 J의 테이블로 가는 걸 보고 말한
겁니다!"

"그렇…네요."

채영이 심각해진 눈빛으로 짧게 고개를 끄덕였다. 내가 곧바로
물었다.

"그, 그럼, 이 음성은 누구 건데요?!"

채영이 말없이 손가락을 뻗었다. 파일명에 당사자의 알파벳이
보였다.

"그렇다면 복도 카메라에 찍힌 여자도 K였…?!"

나도 모르게 목소리가 높아졌다. K는 자기소개 시간에 자신에게
호감을 보였던 A가 막상 첫인상 선택에서는 다른 사람을 고른
것에 앙심을 품고 A를 죽인 걸까. 그렇다면 복도 카메라에 찍힐
걸 대비해서 범행을 저지르기 전에 머리를 폈을지도 모른다. K의

머리카락 색상은 밝은 편이지만, 어차피 어두운 복도 화면에서 색은
제대로 보이지 않았으니까.

그리고 또 하나의 증거가 K가 찍힌 화면에 분명하게 보였다.
음성이 정황증거라면 그것은 물적증거였다.

나는 채영과 눈으로 확신을 나눈 후 바로 출연자 숙소로
돌아왔다.

3.

내가 물을 땐 소리를 질러 대며 위협하던 K가, 채영이 건장한
남자 제작진을 대동하고 나타나자 즉각 태도를 누그러뜨렸다.
출연진 숙소 거실 중앙에서 우리에게 둘러싸인 채, K는 주눅 든
표정으로 마침내 입을 뗐다.

"좋아, 오케이. 얘기할게, 하면 되잖아요."

K는 숨을 한 번 더 고르더니 말을 이었다.

"나와 도훈 오빠, 그러니까 당신들이 붙인 이름으로 죽은
A는, 집안끼리 아는 사이에요. 그렇다고 친한 사이는 아니었고
어릴 때부터 행사에서 몇 번 본 정도? 그런데 인기투표 프로필을
보는데 오빠가 있더라고. 그래서 이걸 잘 활용하면 둘한테 모두
어퍼튜너티가 될 거라고 판단했어요. 지저스, 누가 요즘 이런 데에
사랑 찾겠다고 나와! 솔직히 도훈도 여기 그딴 거 찾으러 나온
거 아니었어! 그 반반한 훼이스 팔아서 브랜드 피알하려고 나온
거지! 아니스틀리, 나도 하나 준비하고 있었거든. 아버지 사업체
뤼브랜딩이긴 하지만."

전혀 예상치 못했던 얘기에 정신이 혼미해졌다. 생각은커녕 K가 말하는 내용을 따라가기에도 머리가 바빴다. 영어 단어는 왜 저렇게 이상하게 섞어 쓰는 건지. 갑자기 정말 유학 경험이 있긴 한 건지 의심까지 들었다.

"양다리, 쉬트! 도훈, 썬 오브 비취! 우리가 미리 플랜했었다고! 서로에게 첫눈에 반한 킹카, 퀸카 컨셉트! 프럼 커플처럼 펄–휙트하게 시청자들 사랑을 받기로! 그렇게 연기할 플랜이었다고! 벗, 그 새끼가 약속대로 안 한 거야! 그래서 짜증 나서 혼잣말을 한 거지. 앵그리 하면 그런 말도 못 해? 말했다고 죽이면 다 머–더러 되게?!"

채영을 돌아보진 않았지만 어떤 표정일지 눈에 선했다. 제 딴에는 프라이버시도 지켜 주며 사랑을 찾는 진실한 마음을 보여 주겠다고 여러 고민을 했을 텐데, 정작 출연자들에게 그런 진심은 없었다.

K는 억울하다는 듯 고개까지 한껏 흔들어 대곤 외쳤다.

"마이 펄–포즈, 여기에서! 그냥 도훈이랑 연기 잘해서 인플루언서가 되는 거였어! 그 새끼가 무슨 생각으로 그런 삐딱선을 탔는진 모르겠지만, 그렇다고 죽인다는 게 말이 돼?! 난쎈스! 이봐, '나진주'인지 '저진주'인지, 당신! 그렇게 리즈너블하지 못한 띵킹으로 폴리스를 꿈꿔? 왓 더 빽!"

나를 인신공격하는 걸로 빠져나가려는 심산인 듯했지만, 나는 감정적으로 쉽게 동요하는 사람이 아니었다. 두 번째 증거를 내밀 때가 되었다는 생각에 휴대폰을 열어 현장 사진을 내밀었다.

"이거, 기억하죠!"

죽은 A의 가슴 위에 있던 가죽끈을 확인한 K가 눈살을 찌푸리며 되물었다.

"이게 뭐…? 뭐야, 이거 당신이 가져간 거였어?"

"어디서 봤나 했더니, 첫날 K 님이 찼던 허리띠더라고요."

"그게 왜? 뭐!"

"당신이 이걸로 A, 도훈 씨 목을 졸랐잖아요."

잠시 멍한 표정이던 K가 즉각 목소리를 높였다.

"왓…?! 무슨 소리야! 난 어제 옷 갈아입을 때서야 그게 없어진 걸 알았어. 누가, 진짜 범인이 몰래 가져간 거겠지!"

K가 위협적으로 나오자 뒤에 서 있던 제작진이 앞으로 나서려 했다. K의 덩치가 나보다 크긴 했지만, 경찰 공시를 준비하는 내가 체력으로 질 리는 없다는 확신에 되레 그들을 보호하는 자세를 취하며 말했다.

"경찰이 입도했다면 DNA 분석이든 뭐든 해서 좀 더 정확히 확인할 수 있었겠지만, 지금 할 수 있는 조사에는 한계가 있어요. 그러나 어쨌든, 현재 찾은 증거는 모두 K 씨를 향하고 있습니다. 다른 분들의 안전을 위해서라도 일단 용의자로 생각할 수밖에 없는 상황인 점, 양해 부탁드립니다."

내 말이 끝나자마자, 남성 제작진 두 명이 K의 양팔을 붙들었다. 범인을 찾기로 협의하면서 용의자로 지목된 사람은 다른 사람들의 심리적 안정을 위해 경찰 입도 전까지 방에 가둬 두기로 했다. 당시 K 또한 군말 없이 동의했건만 이제 와선 안면을 바꾼 채 소리를 질러 댔다.

"씨팔! 지저스! 야, 너 그 머리로 어떻게 폴리스 되겠다는 거야? 너, 나중에 내가 나가면 너딴 건 절대 경찰 못 되게 막을 거야!! 아아아악!"

Crazy Love

그러나 K의 발악은 거기까지였다. 제작진은 촬영 때보다 더욱 일사불란한 움직임으로 K를 방에 가뒀다.

창밖에는 여전히 비바람이 몰아치고 있었지만, 숙소 안의 태풍은 한 템포 정리가 됐다. 채영과 제작진은 이후의 대책을 준비한다며 숙소로 돌아갔고, 출연자들도 각자 쉬기로 했다.

나는 상황상 K를 용의자로 단정했지만, 아직 확실한 건 아무것도 없다는 생각에 마음이 껄끄러웠다. 경찰이 오기 전까지 더 이상 아무 일도 발생하지 않길 바라며 거실 창에 기대어 밖을 확인했다. 다행히 파도의 높이는 아침보다 낮아진 듯했고 창을 때리는 빗줄기도 약해져 있었다.

"내보내 줘! 뻑 유! 너희, 다 쑤우야! 고소할 거라고! 아아아아악!"

돼지 먹따는 듯한 K의 고함만 없다면 정말 평화로웠을 텐데, 하필 K의 방이 거실과 가장 가까운 여자 방이라 소리가 쩌렁쩌렁 울렸다. 그걸로 야기된 두통을 잠재우기 위해 할 수 있는 거라곤 손으로 관자놀이를 문지르는 것뿐이었다.

"수고 많으셨어요, 진주 님."

뒤에서 들린 다정한 목소리에 돌아봤다. B가 티백을 넣은 노란색 머그컵과 함께 뭔가를 내밀었다. 익숙한 브랜드의 두통약이었다. 컵의 뜨거운 김에서는 캐모마일 향이 났다.

"고마워요."

차를 한 모금 마시자 기분이 훨씬 나아졌다. 물이 뜨거워서 약은 나중에 먹기로 하고 받아만 두었다.

"B 님도 많이 놀라셨죠?"

"네에, 아무래도. 지금도 사실 옆방에 시체가 있다고 생각하니까 방에 있기가 그래서…. 아, 남자가 이런 겁먹은 티 내는 건 좀 별로죠?"

B는 그렇게 말하며 겸연쩍게 웃었지만, 그런 솔직한 모습이 더 좋았다. 우린 자연스레 소파로 자리를 옮겨 이야기를 이었다.

B는 첫인상대로 세심하고 다정다감한 성격이었는데, 어린 소년이 마블 히어로라도 만난 것처럼 수줍게 눈을 반짝이며 고백이라도 하듯 말했다.

"원래 출연자인 J 님은 단아한 아름다움은 있었지만 조금 밋밋한 느낌이었는데, 진주 님은 생기 넘치고 자신감 있어서 더 멋진 것 같아요. 그리고요, 단발머리가 진짜 잘 어울리시니까 앞으로도 그 스타일을 유지하시면 좋겠어요! 아, 아무 사이도 아닌데 이런 말씀 드리는 건 실례죠, 죄송해요."

"아니에요, 참고할게요. 고마워요."

얼굴은 비슷해도 내가 J보다 매력적이라는 얘기라서 어깨에 힘이 들어갔다. B도 내 마음을 알아챈 듯 빙그레 웃고는 말을 이었다.

"그런데 체격이 크신 편이 아닌데, 나중에 실제로 경찰을 하시게 되면 범인 진압이나 그런 거 할 때 괜찮으실까요?"

"제가 겉보기와는 달리 통뼈거든요!"

내가 팔을 쭉 뻗으며 말하자, B가 말도 안 된다는 듯 웃으며 반박했다.

"하하하, 그럴 리가요! 전혀 그렇게 안 보이는데요."

"이 사람이 속고만 살았나? 한번 잡아 봐요!"

"네? …잡아 봐도 돼요?"

"그럼요!"

답하면서도 평소의 나답지 않게 왜 이러는 건가 싶었다. 이게 혹시 남들이 말하는 끼 부리는 건가. 나는 이런 걸 할 줄 모른다고 생각했는데 이제까진 그저 상황이 만들어지지 않아서 그랬나.

B가 내 손목을 잡았다. 나는 그가 덥석 잡으리라 예상했지만, B는 손목 위로 손바닥을 먼저 밀착하더니 천천히 손가락을 오므려 살며시 쥐었다. 자신의 손아귀에 내 손목이 빈틈없이 들어차자, 기분이 좋은 듯 입꼬리를 높이 올려 미소 지었다. 순간 묘하면서도 부끄러운 느낌과 함께, 양 볼이 불이라도 붙은 듯 화끈거려서 재빨리 손을 뺐다.

B가 놀란 듯 황급히 사과했다.

"아, 죄, 죄송해요! 그런데 그 정도는 통뼈 아니죠. 운동을 많이 하신 것 같긴 하네요, 손목 아래 근육이….'

B는 어색하게 미소를 짓더니, 이내 질문을 쏟아냈다.

"경찰 시험 준비하신 건 얼마나 되셨어요? 아니다, 사실 그것보다 궁금한 건, 왜 경찰이 되고 싶으신 거예요? 어렸을 때부터 꿈이었어요?"

"음, 사실은 제가 딱히 하고 싶은 일이 없어서 방황을 좀 했어요. 대학 갈 때도 막연히 경영학과 나오면 웬만한 직장은 가겠구나 싶어서 선택했는데, 졸업 이후에도 정말로 되고 싶은 게 없으니까 자꾸 알바 자리만 전전하게 되더라고요. 지금까지 한참을 그러다….'

"그러다…?"

"문득 어릴 때 꿈이 떠올랐어요. 제가 《명탐정 코난》이나 《소년탐정 김전일》 같은 추리 만화를 엄청 좋아했거든요. 한번 보면 푹 빠져서 밥도 안 먹을 정도로요!"

"네? 그럼, 지금 경찰을 준비하게 되신 게 만화 때문이라고요?

설마요! 아니, 무시하는 게 아니라, 신기해서요. 정말이에요!"

탐정과 가장 비슷한 직업이 경찰이었으니, 내가 그나마 준비해볼 수 있는 게 경찰공무원 시험이었다. 비록 뒤늦게 시작했지만, 내가 원하는 일이 있다는 사실만으로도 좋았다.

계속된 이야기로 함께 웃고 떠드느라 시간 가는 줄 몰랐다가, 너무 내 얘기만 한 것 같아 B에게 나이를 물었다. 연애 프로그램에 사랑을 찾으러 나왔다고 보기엔 너무 어려 보여서였는데, 답을 듣고는 깜짝 놀랐다.

"네? 스물일곱이요? 와, 진짜 동안이시네요. 저랑 2살밖에 차이가 안 나다니…. 저보다 최소 5살은 어릴 줄 알았는데."

"하하, 제가 좀 철이 없어 보이죠? 아마 남자 출연자 중에선 중간 나이일 거예요. A가 가장 어렸을걸요?"

내가 놀란 상태로 고개만 주억거리자, B가 문득 떠오른 듯 말했다.

"참, K는 A와 짜고 인플루언서가 되려고 했는데, 그 약속을 A가 저버려서 죽였다고 했죠?"

"아….'

정확히 답하지 않고 얼버무렸다. 따지고 보면 그건 우리의 주장이었을 뿐, K는 그 동기를 부정했으니까.

"그런데 제 생각엔… 그건 그냥 지어낸 이야기 같아요. J 님도 보셨다시피, K는 전형적인 부잣집 외동딸이라서 그동안 자기가 갖고 싶은 건 다 가졌을 거예요. 집안끼리 아는 사이라는 건 사실 같지만, K는 분명 A를 어렸을 때부터 좋아했을 거예요. 바라보는 눈빛이 처음부터 달랐거든요."

"네? 정말요?"

믿을 수 없다는 듯 되묻자, B가 흥미롭다는 표정으로 피식 웃으며 답했다.

"저는 이런 데서 사람들이 하는 말과 행동을 대부분 믿지 않아요. H 태도 변하는 것도 보셨죠? 처음엔 굉장히 순수하고 착한 소녀 같았는데, 위급한 순간이 오니까 바로 본성을 화악!"

B는 양손까지 동원해서 H가 내게 범인을 찾아내라고 닦달하던 순간을 재현했다. 나도 모르게 웃음이 터져서 차를 마시다 뿜을 뻔했다.

B가 다시 미소를 머금은 채 말을 이었다.

"제가 남자치곤 그런 걸 잘 캐치하는 편이거든요. J 님은 그런 거 잘 못 알아채죠? 그래서 J 님 테이블에 A와 제가 갔을 때 정말 의외라는 얼굴이었죠. 사실 자기소개 때부터 저는 신호를 계속 보냈는데."

"…진짜요?"

내가 그래서 이 나이 되도록 연애를 못 했나 싶었다. 나는 H와 잘 어울릴 것 같은 B가 왜 내게로 왔을까만 생각했다. 그러고 보니 그 둘을 붙인 것도 어떤 신호를 읽은 게 아니라 채영과 제작진의 의도대로 그저 귀여운 분위기의 두 사람이 매칭되면 좋겠다고 생각했을 뿐이다.

그때 생각으로 잠시 멍해 있는데, 지그시 바라보는 B의 시선에 정신이 들었다.

"참, 그, 그나저나, 사건 때문에 아무래도 촬영은 물 건너가겠죠? B 님은 여기까지 오셨는데 성과가 없이 끝나서 아쉬우시겠어요."

"무슨 말씀이세요? J 님을 만났잖아요. 저는 여기에 온 목적을 거의 다 이뤘는데요?"

놀라 입이 벌어진 나를 마주 본 채 B가 참지 못하고 풋, 웃음을 터트렸다. 얼굴이 확 달아올랐고 이번엔 더욱 뜨거웠다. 아무리 좋아도 지금 당장은 이런 분위기를 감당하기 힘들었다. 결국 차와 두통약을 챙겨 소파에서 벌떡 일어섰다.

"저, 저는 이만 쉬어야 할 것 같아서…."

"네! 편히 쉬세요!"

B의 미성이 메아리처럼 귀에 감겼다. 재빨리 방에 들어가 문을 닫고 등을 기댔다. 입꼬리가 제어할 수 없게 하늘로 치솟았다.

4.

다음 날 아침이 되자 태풍은 완전히 물러갔다. 파도는 잔잔해지고 비도 그쳤다. 그리고 드디어 경찰이 입도했다.

제작진과 출연진은 바로 섬을 떠나기로 했고, K도 경찰의 감시하에 감금이 풀렸다. 그러나 경찰에 둘러싸여 가장 먼저 배에 오르면서도 쉴 틈 없이 소리를 내질렀다.

"뺙! 피디 너랑 단발 너! 파파에게 말해서 올 오브 유, 몽땅 쏘우야!"

그런데 나에게 문제는 K가 아니었다. 현장을 확인하던 과학수사팀이 경악한 목소리로 채영을 다그치는 게 들렸다.

"어떻게 이런 무식…! 아니, 사람들 통제만 하시면 될 것을 현장은 왜 훼손을 하시고 난리…? 시체 상태를 유지하려고 하신 의도는, 네에, 알겠습니다만, 방송국 피디나 되신다는 분이! …후유, 죄송하지만, 이렇게 환경을 임의로 변경한 건 고려할 변수들만 더 많아지게 해서 혼란만…! 거기에 에어컨…! 하아… 밀폐를 할 거면 아예 제대로 하던가, 문만 잠가 놓으면 단가, 어우….”

아마 내 판단이 틀렸던 모양이다. 하지만 이미 엎질러진 물이었고 애초에 정식 경찰이 아닌 내게 현장을 맡긴 채영의 탓도 있으니, 지금 나서 봤자 담당자의 분노만 더해질 것 같아서 조용히 방으로 갔다. 캐리어에 짐을 챙겨 숙소 현관을 나서는데, B가 짐도 없이 문 앞에서 서성이고 있었다.

“B 님, 짐 안 챙기고 뭐 하세요? 아, 혹시 전달 못 받았어요? 우리 지금 다 나간대요.”

“J 님. 저랑 잠깐 얘기 좀 하실 수 있어요?”

반갑게 다가서는 걸 보니 나를 기다린 모양이었다. 나는 캐리어를 현관 구석에 둔 채 B를 뒤따랐다. 로맨틱한 예감에 심장이 콩닥거렸다.

그런데 B가 향하는 방향이 뭔가 이상했다. 보통 이런 경우엔 둘만 이야기할 수 있는 장소로 이끈다거나 최소한 다른 사람의 방해가 없을 구석을 찾지 않나? 하지만 B는 사람들이 배를 타기 위해 북적이는 선착장을 향해 걷고 있었다. 그리고 가장 가까이 선 경찰과 20여 미터쯤 떨어진 거리에서 걸음을 멈추더니 나를 돌아봤다. B가 미소를 지으며 내게 왼손을 내밀자, 나는 수줍게 그 손을 맞잡았다.

그 순간 획, B가 나를 끌어당겨 안았다. 아니, 안았다기보다는 옴짝달싹할 수 없게 내 몸뚱이를 앞으로 붙들면서, 그의 왼팔에 내 양팔이 상체와 함께 완전히 묶인 모양새가 됐다. 예상보다 강한 B의 완력에 놀라 어리둥절해할 때, B가 오른손에 든 군용 단검으로 내 심장을 겨냥한 채 외쳤다.

“K가 아니에요! A를 죽인 건 접니다!”

184   185

기함한 사람들의 눈이 우리를 향했다. 갑자기 무슨 일이 벌어지는 것인지 이해하지 못한 눈들이었다. 가까이 선 경찰이 곧바로 총을 빼서 B를 겨냥했다. 총부리가 나를 향한 것이나 마찬가지여서 나도 모르게 반사적으로 손을 번쩍 들었다.

"진정하시고 칼 내려놓으십시오."

총을 겨냥한 경찰이 슬쩍 앞으로 나오며 말했지만, B는 머리를 내 머리 뒤로 숨기며 칼끝을 내 가슴에 더 가까이 댔다.

"얼마나 잘 쏘는지 모르겠지만, 저를 죽이면 이 여자도 같이 죽게 될 겁니다!"

경찰이 진정하라는 시늉을 하며 뒤로 주춤 물러섰다.

그 상황에서 나는 어이없게도, 왜 B가 찌르기도 힘든 심장을 겨냥하는지 궁금했다. 인질을 잡고 협박할 계획을 했다면 보통은 경동맥이 있는 목에 칼날을 대지 않나?

아무래도 B가 충동적으로 일을 벌이느라 제대로 생각하지 못한 듯했다. 기회만 잘 노리면 내가 이 상황을 직접 해결할 수도 있지 싶었다.

"알겠습니다. 원하시는 게 뭡니까?"

총을 든 경찰관 뒤쪽에서 상관으로 보이는 이가 나섰다. 어깨의 계급장을 보니 무궁화 한 개가 보였다. 파출소장급이니 여기서는 아마 가장 높은 직책자일 거였다.

"제가 저지른 일인데, K가 모든 걸 뒤집어쓴 상황이 아무래도 마음에 걸려서 자백하는 겁니다. 그러니 제 얘기를 좀 들어 주세요."

"얘기를 하고 싶으신 거라면 서로 가서 편안히 하셔도⋯."

"아니요, 저는 여기서 해야겠습니다! 그러니까 그냥 들으세요!"

B의 목소리가 갑자기 바뀌었다. 한 번도 들은 적 없는 광기 어린

음성에 깜짝 놀랐다. 하지만 이내 B는 다시 침착한 목소리로 입을
뗐다.

"사실 A는… 저와 연인 관계였습니다."

뭐라고! 입 밖으로 소리를 내진 않았지만, 너무 놀란 나머지
붙잡힌 상태에서도 B의 얼굴을 향해 고개가 자동으로 돌아갔다.
맞은편 몇몇 사람은 실제로 놀란 소리를 냈다가 입을 손으로
틀어막았다.

"세상의 편견 속에서도 사랑을 키워 왔지만, A는 차츰
저보다 사업을 더 중요하게 여겼습니다. 사람들에게 주목받아
인플루언서가 되면 자연스럽게 브랜드 홍보가 될 거라며, 여기에
참여하기 위해 결국 저를 버린 거예요."

또 나왔다, 그놈의 인플루언서. 도대체 연애 리얼리티
프로그램인지, 인플루언서 오디션 프로그램인지 알 수가 없었다.
기가 찬 한숨이 절로 나왔지만, 눈앞에서 번뜩이는 칼날에 정신을
다잡았다.

"하지만 전 그렇게 A를 떠나보낼 수 없었습니다. 그래서 저도
참가자로 신청했어요. 여기서 A가 다른 사람과… 연인이 되는
거라도 막고 싶었습니다."

잠깐, 그렇다는 건…. 기분 나쁜 예감이 등을 타고 내려갔다. B가
첫인상 선택에서 내 테이블로 온 게 그런 이유? 그럼 어제 거실에서
나에게 했던 말들은? 그것도 다 거짓말이었어?!

"첫날 밤에… A를 다시 설득해 보려고 갔던 거예요. 죽일 생각은
없었습니다. 그런데 A가 우리가 함께 쌓은 소중한 추억마저 다
부정하고 제게 상처 주는 말도 서슴없이 했어요. 그래서 다투게
되면서 몸싸움으로 이어지는 바람에…!"

그러면서 B는 칼을 쥔 손으로 눈물을 훔쳤다. 어?! 지금이 기회다! 순식간에 몸이 반사적으로 움직였다. 양팔에 힘을 주어 튕기자, B의 왼팔이 풀리면서 내 몸이 자유로워졌다. 재빨리 두 손으로 칼을 쥔 B의 오른손을 잡았다. B가 당황한 듯 왼팔로 다시 내 몸을 붙들려다 여의치 않은지 반 바퀴를 돌아섰다. 이제 B는 경찰에게 등을 보인 채였고, 나는 B를 마주 선 채 두 손으로 칼을 빼앗기 위해 버둥거리고 있었다. 아니, 경찰 오라버니! 지금 총을 쏘시라고요!

하지만 모든 힘을 손에 집중한 탓에 소리가 밖으로 나오지 못했다. 게다가 생각보다 B의 손아귀 힘이 강해서 칼을 뺏는 건 불가능했다. 칼이 내게로 향하는 것만이라도 막기 위해 안간힘을 쓰는데, 칼날의 방향이 이리저리 꺾이며 번쩍일 때마다 무서워서 돌아 버릴 지경이었다. 경찰에, 제작진에, 출연진까지, 서른 명에 가까운 사람이 있었지만, 그들은 우리가 몸싸움하는 것을 보면서도 안달복달할 뿐 달려들지 못했다. 제발 뭐라도 해 달라고요!

그런데 그때, B가 중심을 잃은 듯 비틀거리더니 갑자기 뒤로 넘어갔다. 쓰러지지 않기 위해 그가 왼손으로 내 어깨를 붙잡으면서, 그 힘에 나까지 B를 덮치듯 고꾸라졌다. 내 무게가 칼을 쥔 B의 손에 실리면서 내 몸이 마치 망치처럼 B의 심장에 칼 못을 박았다.

"헙!"

B가 크지 않은 단말마의 신음과 함께 내 눈을 직시했다. 부릅뜬 눈으로 뚫어지게 바라봤다.

그러나 곧 털썩, B의 머리가 힘을 잃고 바닥에 떨어졌다.

B가 죽었다.

내가 죽였다.

5.

"…주야? 진주야!"

"아, 어. 미안."

섬에서 돌아온 지 일주일이 다 되어 가지만, 그 일은 악몽처럼 나를 한 번씩 그 순간으로 끌고 가서 이렇듯 정신을 놓게 만들었다. 하던 얘기를 간신히 기억해 내어 물었다.

"그러니까… 복도 영상에 찍힌 사람이 실은 B였다는 얘기네?"

"응, 그런 거 같아. 긴 생머리 가발이 B의 짐에서 나왔대."

그렇다면 B는 A와 대화할 시간을 위해 미리 가발까지 준비해 왔다는 얘기였다. 카메라에 찍히기라도 하면 J로 보이게 할 생각이었을까? 왜 굳이 그렇게까지 한 건지는 의문이었지만, A와 동성 연인 관계였으니 그걸 숨기기 위해서였을지도 모른다. 그런데 단발인 내가 J로 투입되면서 섬에 있는 사람 중 그런 헤어스타일이 없던 탓에 귀신이네, J가 몰래 왔네, 하는 해프닝이 벌어진 거였다. 실소가 흘러나왔다.

"괜히 내 욕심에 널 끌어들여서 그런 일까지 겪게 해서 미안해. 우리 나름대로는 사전에 검토한다고 했는데, 정말 그런 미치광이가 출연자로 끼어들 줄은 몰랐어."

"알아. 너희 잘못은 아니지…. 나도 시간이 지나면 괜찮아질 거야."

커피 잔을 움켜쥔 채영의 손가락이 불안한 듯 계속 움직거리는 게 안타까워서 오히려 위로를 건넸다. 그 뒤론 시답잖은 얘기만 계속했지만, 나도 채영도 무인도에서의 그 사건을 머릿속에서 계속 곱씹는지 그 뒤의 대화는 제대로 이어지지 못하고 끊기기 일쑤였다.

카페를 나와 헤어지기 직전, 채영이 머뭇거리다 내 손을 포개어 잡았다. 그러곤 큰 결심이라도 한 듯 말했다.

"진주야, 내가 수십 번 고민하다 말하는 건데…. 너 경찰, 안 하는 게 좋을 것 같아."

"응? 뭐라고?"

뜬금없는 소리에 귀를 의심하며 물었다. 채영은 진지한 눈으로 마주 보며 말을 이었다.

"네가 제대로 된 직업을 찾지 못하고 알바만 하는 게 안타까워서, 네가 어린 시절 꿈을 찾아 경찰 준비한다고 했을 때, 그땐 나도 네가 드디어 적성에 맞는 직업을 골랐다고 생각했어. 넌 관찰력이 좋은 편인 데다, 논리적이기도 하고 운동신경도 좋으니까. 그런데 이번 일을 겪으면서 보니까, 네가… 사람들 심리를 읽거나 분위기를 파악하는 면에선 조금 둔감한 것 같…."

"뭐라고? 너 지금 진심으로 하는 소리야?"

"아니, 진주야. 잠깐만 더 들어 봐. 네가 애초에 무슨 대단한 사명감이 있어서 경찰이 되고 싶었던 것도 아니잖아? 그냥 어릴 때 탐정 만화 재미있게 봐서라며? 근데 봐 봐, 현실은 전혀 달랐잖아. 네가 현장 훼손한 것도 말이야, 혹시 몰라서 내가 뒤집어쓰긴 했지만…."

결국 그 일로 욕을 먹은 게 불만이었어? 그래서 나한테 이런 말까지 한다고?!

나는 채영에게 잡힌 손을 매몰차게 빼곤 뒤돌아 걸음을 뗐다.

"진주야? 진주야! 난 진심으로 너를 생각해서…!"

채영이 외치는 소리가 뒤통수를 때렸지만, 심란해진 마음에 걸음만 빨라졌다. 그 속도를 따라 사건과 얽힌 순간과 장면으로 머릿속이 빠르게 채워졌다. 하지만 마음은 도리어 가라앉으면서 냉정하게 상황을 다시 돌아볼 수 있었다.

솔직히 채영의 말대로 B가 내 심장에 칼을 들이대기 전까지, 나는 아무것도 알아채지 못했다. 지금 생각해 보면 앞뒤가 맞지 않는 상황들이 꽤 많았는데도 말이다.

A를 다시 설득해 보려고 갔던 거예요. 죽일 생각은 없었습니다. 그런데 A가 우리가 함께 쌓은 소중한 추억마저 다 부정하고 제게 상처 주는 말도 서슴없이 했어요. 그래서 다투게 되면서 몸싸움으로 이어지는 바람에⋯!

하지만 A의 방, 살인이 일어난 현장은 깔끔했다. 물건들이 정리가 안 된 느낌은 있었어도 드잡이하다 흐트러진 흔적은 없었다. 물론 범행 후 현장을 정리했을 수도 있지만, 우발적으로 사람을 죽인 상황에서 그렇게 침착하게 행동할 수 있었을까? 개인 방이었지만 공용 거실과 복도에 누가, 언제 나타날지도 모르는 상태에서 그날 찍힌 영상을 삭제하는 것만으로도 침착한 대응이었을 테니 말이다.

그리고 A를 죽인 가죽끈. B는 자기 것도 아닌 K의 것을 굳이 A를 설득하러 간 자리에 챙겨 갔다. 죽일 생각이 애초에 없었다면서 그럴 필요가 있었을까. K에게 죄를 뒤집어씌울 목적이 아니었다고도 보기 어렵다.

나중에 밝혀진 가발의 정체도 이상했다. 가죽끈과 더불어서 K를 범인으로 오인시킬 계획이었다면 K의 헤어스타일과 비슷한 가발을 준비했어야 하지 않을까. 왜 J와 비슷한 가발을 가져온 걸까.

무엇보다도 가장 이해할 수 없는 것은, 그렇게까지 한 B가 자기

대신 누명을 쓴 K가 안타깝다며 자백했다는 사실이다. 그것도 아주 유별난 방식으로.

당시엔 깨닫지 못했지만 시간이 지나 기억을 되짚어 보면 정말 기괴하기 짝이 없었다.

자백하던 상황도 이상했다. B가 나를 인질로 삼아 주도권을 가져가긴 했지만, 총을 든 경찰을 상대해야 했기에 마냥 유리한 상황은 아니었다. 그런데도 A에게 상처받은 얘기를 하다가 눈물을 닦는 허술함을 보였고, 내가 그 순간을 노려 반격하면서 경찰에게 등을 보이는 실수를 저질렀다. 아마 좀 더 재빠른 경찰관이 있었다면 그때 이미 총격으로 제압되었을 것이다. 그런데 그걸 운 좋게 넘기고서는 발을 삐끗해 넘어졌다. 당시엔 B의 다리가 어딘가에 걸린 거라고 생각했지만, 나중에 기억을 더듬어 보니 바닥에는 아무것도 없었다. 내 기억이 잘못되었을까?

B가 칼에 찔린, 내가 그를 찌른 상황에도 의문이 일었다. 내가 칼을 쥔 B의 손을 굳게 잡고 있었던 탓에 칼끝이 공교롭게도 B의 심장을 향했고, 내 몸이 B를 덮치면서 그 칼이 그의 심장에 꽂혔다. 당시엔 자연스럽게 그렇게 되었다고 여겼다. 하지만 앞뒤가 안 맞는 일들을 하나하나 짚어 보면서 깊은 의구심이 들었다. …정말 자연스러웠나?

생각이 거기까지 다다르자, 빠르게 움직이던 발이 멈췄다. 멍하니 바닥을 보다가 갑자기 떠오른 기억에 눈을 크게 떴다. 당시엔 미처 알아채지 못했지만, 잔상으로 남은 B의 얼굴이 카메라에서 줌인 되는 것처럼 눈앞에 떠올랐다. 칼이 그의 심장에 꽂히던 순간, 내 눈을 사로잡았던 B의 표정이.

치켜든 얼굴로 쏘아보던 강렬한 눈빛은 그게 원망인지

미련인지 열망인지 희열인지 가늠할 수 없었다. 그 정도로 이상한
빛을 번뜩이고 있었고, 나는 그 눈빛에 사로잡혀 움직일 수가
없었다. 찰나와도 같았을 그 순간이 그래서 너무도 길게 느껴졌다.
정체를 알 수 없는 위화감에 마치 시간이 멈춘 것 같았다.

그리고 B의 고개가 떨어지기 직전, 그 마지막 순간. 일순 B가
고통스러운 듯 입술을 비틀었던 그때의 얼굴.

죽음에 이르는 마지막 고통을 참기 위해서라고 생각했지만,
지금에 와 떠올려 보면 사실 그 표정은 어딘지 이상했다. 묘하게
웃는 듯한 표정이었다. 아니, 틀림없이 야릇한 미소였다.

"아가씨, 괜찮아요?"

소스라치며 정신을 차렸다. 지나가던 아주머니가 걱정스럽게
내 안색을 살피고 있었다.

머리를 흔들어 머릿속의 이미지들을 날려 버렸다.
아주머니에게 감사 인사를 전하곤 다시 걸음을 뗐다. 모든 게 끝난
지금의 상황에서 내가 내릴 수 있는 결론은 오직 하나, 나는 B를
이해할 수 없다는 거였다. 그가 사랑을 위해 한 행동 중 어느 하나도
내가 납득할 수 있는 게 없었다. 어쩌면 내가 B처럼 지독한 사랑을 해
보지 못해서인지도 모른다.

사랑은 정말이지, 미친 짓인가 보다.

6. [무인도 어딘가에 묻힌 B의 일기장]

···아빠에게 맞았다. 남자아이가 남자아이를 좋아하는
건 잘못된 거라고 했다. 하지만 난···.

····.

아빠가 이상한 거다. 아빠처럼 아무나 좋아해서
엄마와 나를 그런 식으로 내팽개치는 거보단, 나처럼
누군가를 진심으로 사랑하는 게 정상인 거다. 비록 그
사랑이 나 혼자만의 것이더라도.

····.

반장에게 내 마음을 고백했다. 하지만 돌아온 건
경멸스러운 그 아이의 눈빛과··· 반 아이들의 폭력이었다.
여자아이 하나는 내게 침을 뱉었다. 내가 더럽다고 했다.
지난 밸런타인데이에 내게 초콜릿을 줬던 애였다.

아프다. 몸이 더 아픈지, 거절당한 마음이 아픈지···
아니면 반장이 내게 보여 주던 미소를 더 이상 볼 수 없게
된 게 아픈지, 잘 모르겠다.

····.

이렇게 살 바에는. 차라리 죽는 게 나을까.

하지만 무섭다···. 죽으면 모든 게 온통 까만
어둠일 것 같아서.

····.

오늘 〈조디악〉이란 영화를 봤다. 공포영화를 즐겨 보는 편은 아닌데, 우연히 채널을 돌리다 단숨에 빠져들었다. 인터넷에서 그 사람과 관련된 내용도 모두 찾아봤다.

특히 그가 살인을 하는 이유를 적어 보낸 편지가 인상적이었는데, 조디악은 자신이 죽은 후 낙원에서 다시 태어날 것이고 그가 죽인 희생자들은 그곳에서 그의 노예가 될 거라 했다.

내가 이 생에서 이런 고통을 겪는 것도, 새로 태어날 천국에서 행복하기 위해서인 것 같다. 아니, 그럴 것이 명백하다. 광명이 비치는 것 같다. 계획…이 필요하다. 내 천국을 완성할.

….

내 천국엔 내가 사랑하는 모든 게 나를 위해 존재하길 바란다. 내가 좋아하는 꽃도, 풀도, 나무도, 새도, 고양이도.

하나씩 먼저 그곳으로 보내야겠다. 나의 천국을 조금씩 완성해 가야겠다. 그냥 죽거나 썩게 두면 다른 곳으로 가 버릴지도 모르니, 원하는 것을 선별해서 내가 직접 죽음을 선사하겠다. 그러면 그들이 나의 천국으로 들어갈 테니까.

….

식물을 보내는 건 쉽다. 그냥 짓이겨 버리면
된다. 하지만 동물은 여러모로 신경 써야 할 게 많다.
어제는 산에서 때까치 한 마리를 나의 천국으로 보냈는데,
그걸 누가 본 모양인지 경찰서에 불려 가 조사를
받았다. 부상이 심한 녀석을 발견하고 고통을 줄여 주기
위해서였다는 거짓말로 간신히 넘겼다.

　　앞으로는 집에서만 그 의식을 해야겠다.

　　….

　　어머니의 병이 악화되어서 그동안 조금씩 빼 두었던
인슐린을 모아 한 번에 주사했다. 이제 나의 천국에서
먼저 기다리고 계시겠지?

　　엄마, 마지막 한 사람만 그곳으로 보내면 돼요.
조금만 기다리세요.

　　….

　　마지막 한 사람. 나의 천국에서 영원히 함께할 그
사람을 드디어 찾았다.

　　방송의 짝 찾기 프로그램을 무시하고 살았는데,
그곳에서 내 이상형을 발견하게 될 줄은 몰랐다.

　　예비 출연진 인기투표 페이지에 올라온 그의 사진도,
프로필도 완벽했다. 나의 천국에 들어갈 사람을 운명처럼
발견한 거다. 너무 흥분되어서 잠이 오지 않는다.

　　….

　　드디어 이곳에 왔다. 그가 내 옆방에 있다. 오늘
처음 그가 내 옆에 섰을 때, 함께 테이블에 앉았을 때,
감정을 감추느라 힘들었지만 내 마음은 환희로 가득했다.
행복했다.

　　이제 곧 우리는 영원히 함께할 수 있을 것이다.

　　….

Crazy Love

그를 먼저 보내고 나도 뒤따를 거다.

너무 소란스럽게 그를 보내면, 내가 그를 보냈다는 걸 들키면, 막상 내가 천국에 가는 게 불가능해질지도 모른다. 자살로는 나의 천국에 갈 수 없다. 반드시 다른 사람의 손에 죽어야만 한다.

우리나라는 실질적으로 사형이 집행되지 않으니, 만약 내가 그를 죽인 걸 들키기라도 하면 모든 게 수포로 돌아간다. 그러니….

나를 천국에 보내 줄 사람마저 운명적으로 나타났다. 당연하다. 하늘도 내가 만든 천국이 맘에 들 테니까.

힘이 약해 보여서 조금 걱정했는데, 확인해 보니 전혀 그렇지 않았다. 간단한 테스트도 해 봤는데 그 정도면 충분하다.

이 생에서의 힘들었던 여정은 마무리하고 이제 곧 평온과 사랑만이 가득할 나의 천국으로 들어간다.

마지막 의식은 모두가 보는 앞에서 치를 생각이다. 그때 나는 어떤 표정을 짓고 있을까.

히즈 마이 블러드
(He's my blood)

이은영

"지상철을 타고 가는데 창밖으로 황혼이 지고 있었어요. 그걸
넋 놓고 보는데, 저 멀리서 피범벅이 된 채 서 있는 여자가 눈에
들어왔어요. 처음에는 밝은 빛으로 보였는데 다시 보니 그건
피였어요. …그 모습이 굉장히 충격이었는데 뭐랄까… 이상했어요.
분명 처음 보는 사람인데 기시감이 느껴졌달까. 제가 그 사람을
쳐다보는 행위가 무척 자연스럽게 느껴졌어요."

1.

밑줄 친 문장을 읽어 보라는 교사의 말에 의자를 뒤로 빼며
일어났는데 창밖으로 어떤 소녀가 보였다. 교정 한가운데 있는 고목
아래였다. 지루한 공기를 견디지 못하고 전멸한 아이들은 이 사실을
전혀 눈치채지 못했다. 엎드린 아이들 위로 달처럼 댕강 떠오른
소녀의 시선은 분명 나를 향하고 있었다. 교사의 따가운 눈초리에
현대시 구절을 한 번 읽고 나서 다시 창밖을 내다보니 소녀는 이미

사라진 뒤였다.

　이런 일은 전에도 몇 번인가 경험한 적이 있었다. 그 대상은 기준을 찾을 수 없을 정도로 다양했다. 금발 외국인, 아저씨, 할머니, 학생, 험악한 사내, 복싱 선수, 가로수를 점검하는 공무원, 성형외과 의사, 배우, 심지어 정치인까지. 도대체 왜 나에게, 라는 의구심은 이제 더는 무의미했다. 제발 해코지만 하지 말아 줬으면 하는 바람이었다. 고등학생이 되고부터 시작된 이 괴이한 시선들은 장소 불문, 언제 어디서나 부지런히 나를 옥죄었다. 극도의 시선강박증도 생겼다. 누군가가 쳐다보면 겁부터 났고 얼마 안 가 그 자리를 피했다. 실제로 만나 본 적 없는 TV 영상 속 인물이라든가, 사진 속 인물을 보고도 그런 생각을 했다. 언어교환 앱에서 만난 알래스카에 사는 친구가 보낸 사진을 건네받았을 때도, 카메라를 정면으로 바라보는 어떤 어부의 눈빛이 그 시선과 닮았다고 착각했다. 영화에 출연한 어떤 배우의 눈빛도 정면을 볼 때마다 나를 향해 있었다. 남자, 여자, 아이, 동물, 살아 숨 쉬는 모든 것을 초월했다.

　저 소녀가 나타난 건 마지막 시선으로부터 꼭 한 달 만이었다.
　번화가를 돌아다니거나 도서관에서 공부를 하거나 식당에서 밥을 먹을 때, 낯선 사람들이 돌연 눈앞에 나타났다 하나같이 똑같은 시선으로 몇 분간 쳐다보곤 아무런 말도 없이 사라지는 것이다. 처음엔 내가 귀신을 본다고 생각했다. 나중엔 그들이 귀신도 아니고 날 해치지 않는다는 것도 알았지만 당시엔 공포감이 이성을 전부 집어삼켜서 그들의 정체가 귀신이 아니라 해도 아무런 위로가 되지 못했다.
　나는 빼어나게 예쁜 것도 아니고, 튀는 행동으로 사람들의 이목을 끄는 학생도 아니었다. 오히려 사람들 앞에 나서는 걸 가장 꺼려 했고 무언가를 의욕적으로 해 볼 생각도 없었다. 좋아하는 것이라곤 책 읽는 게 전부인 재미없고 지루한 인생…. 존재감이라곤 찾아볼 수 없는 나를 찾아와서 마치 잘 안다는 듯 시선을 던지는 사람들. 날 찾아오셨어요? 혹은 왜 쳐다보세요?라고 물어본 적은 수없이 많다. 내 딴에는 아주 용기를 내 건넨 말이지만 그 사람들은 아랑곳하지 않고 내 말을 무시하기 일쑤였다. 내게서 시선을 잠시도 떼지 않은 채 할 말이 있다는 듯 쳐다보곤 조용히 사라지는 것이다. 조종당하는 안드로이드의 레이더에 내가 딱 걸린 것처럼. 그렇다면 아예 말이 안 되는 것도 아니지만 그렇게 이해하고 넘기기엔 난 너무 어리고 평범했다. 그걸 믿을 수 있는 사람이 몇이나 될까.

한번은 도서관에서 책을 찾고 있는데 이상한 시선이 느껴져 뒤를 돌아보았다. 코듀로이 양복을 입은 중년 남자였다. 도서관을 찾은 독서객들은 멀리 떨어진 테이블에 죄다 몰려 있었고 내가 서 있는 책장 코너엔 아무도 없었다. 우린 잠깐 눈이 마주쳤다. 남자의 공허한 눈동자 속에 내가 있었다.

겁을 집어먹은 내가 책을 도로 꽂고 가려는데 남자가 갑자기 앞을 가로막았다. 조금 전의 공허한 시선은 온데간데없고 음흉한 눈빛만이 떠돌고 있었다. 남자는 어려운 공부가 있으면 도와주겠다며 번호를 달라고 했다. 내가 거절하자 남자는 다짜고짜 내 발을 걸어 넘어뜨리고 도망갔다. 그리고 얼마 후 쿵, 하는 소리와 함께 비명이 들렸다. 사람들이 모여 있는 곳으로 가 보니 남자가 피를 토하고 쓰러져 있었다. 나는 너무 놀라 입을 틀어막고 그 자리를 빠져나왔다. 나중에 들은 얘기로는 남자가 어느 대학의

교수였고 사인은 급성뇌경색이었다고 했다.

　왜 내게 이런 일들이 생기는 것일까. 대체 왜.

　소녀가 사라진 나무 아래 서서 잠시 주변을 둘러보았다.
아무런 향이나 흔적도 남아 있지 않았다. 나를 향한 시선들에서
아주 미약하게나마 인간적인 냄새가 났다면 이렇게 두려워할 일도
없었을 것이다. 하지만 그 시선은 인간의 탈을 빌렸을 뿐, 인간의
것이 아니었다. 나같이 하찮은 존재가 그것의 근원을 밝힐 수 있을
리 만무하지만 그래도 어쩐지 알고 싶었다. 오로지 나만 쳐다보는
이유를.

　중학교 때 생긴 불미스러운 사건으로 인해 그 학교와 최대한
먼 고등학교에 진학했고 그날의 트라우마로 최대한 사람들을
멀리하며 살았다. 학교에서는 혼자 다니면 괴롭힘을 당할 것 같아
애들이 웃고 떠들 때 옆에서 맞장구를 치는 정도로 교우관계를
유지했다. 학교 밖에서는 자연스레 혼자가 됐다. 집으로 가는
전철에서도 마찬가지였다. 혼자인 지금이 더없이 좋았다. 누군가가
나를 알아보리란 걱정 없이 창밖 풍경을 마음껏 구경할 수 있는
것만으로도 나쁘지 않았다.

　학교에서 집까지는 꽤 멀었다. 역에 내려서도 오랜 시간 걸어야
했다. 전철 문이 닫히고 플랫폼에 발을 내디디니 사람들이 나를
지나쳐 바삐 역사를 빠져나갔다. 나는 일부러 남들보다 뒤처져서
걸었다. 학교 복도에서처럼, 배경이 달라져도 늘 같은 모습으로 혼자
걸었다. 이젠 그게 익숙했다. 그 기이한 시선마저 없었다면 나는
온전히 혼자였을 것이다. 그래서 사실 잘 모르겠다. 내가 그 시선을

히즈 마이 블러드(He's my blood)

'정말' 혐오했었는지. 정신 나간 소리로 들릴지 모르지만 딱 한 번, 아주 미미한 온기를 느낀 적도 있으니까.

육교를 지나자 철책에 갇힌 들판이 양쪽으로 펼쳐졌다. 몇 대의 전봇대가 나를 흘기며 지나가고 이름 모를 꽃이며 잎도 열심히 흘러갔다. 땅을 보며 걷다 고개를 드니 어느새 집 근처 공원이었다. 공원이라기엔 상당히 볼품없이 낙후되었지만 집으로 가는 지름길이라 지나칠 수밖에 없었다.

바람에 삐걱대며 흔들거리는 그네 앞을 지났을 때였다. 큰 수목 옆에 누군가 서 있는 게 느껴졌다. 나는 빠르게 그 곁을 지나쳤다. 순간이었지만 나는 분명하게 보았다. 그 '시선'.

두려움을 감추고 뒤를 돌아보았다. 기다란 야상을 입은 남자가 이번엔 잡목 사이에서 나를 보고 있었다.

제발….

"그만… 제발 그만 좀…!"

나도 모르게 원망 섞인 울분을 토해 냈다. 이제 그만할 때도 됐잖아. 나 좀 그만 괴롭히라고! 그 순간, 남자의 눈빛이 일변하더니 입아귀에 묘한 웃음을 띠며 나를 향해 달려왔다. 깜짝 놀란 나는 가방을 세게 움켜잡고 뛰었다. 등 뒤에서 남자의 발소리가 점점 더 가까워졌다. 심장이 쿵 하고 내려앉음과 동시에 뒷머리가 남자의 손에 휘둘렸다. 머리 위로 뜨거운 햇빛이 나를 짓누르고 발밑에선 수풀이 밟히는 소리가 뒤엉켜 정신이 혼미해졌다.

"살려… 주세요…."

남자는 관을 내리는 인부처럼 무심하게 나를 정시했다. 아… 이 남자는 나를 죽이러 온 것이다…. 그 사실을 깨달았을 땐 이미 칼이 복부를 파고들었다. 남자는 일을 끝마치더니 조용히 뒤로 물러서서

감상했다. 나는 배를 움켜쥐고 옆으로 쓰러졌다. 해를 등진 남자는
자신의 그림자를 지르밟고 서 있었다.

그래… 결국 예정된 일이 아니었을까. 그 시선, 그 사람들이
찾아온 때부터 나는 줄곧 예견된 종말을 안고 살았는지도 모른다.
원래 안 좋은 일은 한꺼번에 찾아온다고 하지 않던가. 하지만 아무리
그래도 이건 너무 가혹하다.

그때였다. 남자의 입에서 난데없이 피가 쿨럭쿨럭 쏟아져
나왔다. 귀와 코에서도 굵은 핏줄기가 흘러나왔다. 남자의 몸은
순식간에 불길에 타오르듯 벌겋게 침잠되었다. 나는 소리를
내지르며 어떻게든 도망치려 했다. 그러나 움직일수록 상처가
벌어져 고통이 더 깊숙이 파고들었다. 너무 아파서 쇳소리가
뱉어졌다. 아무리 해도 숨쉬기가 어려웠다. 고통스러워하며 앞을
보니 남자가 쓰러져 있었다.

즉사였다. 그리고 나도 곧, 정신을 잃었다.

2.

내가 가장 슬플 때는 아무것도 하지 못하고 기약 없는 시간을
마냥 기다려야만 할 때다. 이제껏 그렇게 살아왔다. 아니, 존재해
왔다.

나는 '피'다. 의학적으론 혈액이라 불리고 동물이라면 대부분
가지고 있는 바로 그 '피'. 그동안은 고정된 주인 없이 떠돌아다녔다.
나를 품고 있던 인간이 죽으면(죽을 만큼 과다 출혈일 경우도
마찬가지다. 나는 쏟아진 혈액량에 의해 이동되므로 '죽음'과 '죽을

히즈 마이 블러드(He's my blood)

것 같음'을 구분할 수 없다) 나도 같이 죽고, 다시 의식을 찾으면 다른 사람이 내 주인이 되어 있었다. 내 존재성은 어디에도 없으며 인격 역시 존재하지 않는다. 그러나 나는 생각할 수 있고 말도 할 수 있다. 물론 내 안에서만 가능하다. 내 안에서의 '나'는 명백히 존재한다.

나는 순식간에 내 주인을 죽일 수도 있다. 주인의 몸속을 빠져나가기만 하면 되니까. 다만 한 번에 힘을 다 소진하면 활동에 차질이 생기기 때문에 되도록이면 그 사람이 명을 지킬 수 있게 해준다. 단, 병에 걸려 고통스러워하는 인간, 자살을 원하는 인간, 나쁜 인간의 경우는 제외다. 인간의 체중에서 8퍼센트를 차지하는 내가 인간의 몸에서 빠져나가면 일시에 몇 킬로그램을 잃게 된다. 그렇게 되면 내 주인의 체온은 순식간에 내려가서 즉사하게 된다.

혈액 응고도 0.01초 만에 가능하다. 반대로 혈액 응고를 하지 않으면 과다 출혈로 사망한다. 나는 아무에게나 서식할 수 있지만 가장 손쉬운 경로는 피에서 피로 이동하는 것이다. 가령 내 주인이 피를 흘리며 사망하면 그 시간 다른 장소에서 피를 흘리는 사람에게로 옮겨져 새 주인을 얻게 된다는 얘기다.

수백 년 동안 내 주인들은 성향이 제각각이었다. 1800년대쯤인가 여인을 해하려다 다리가 잘려 평생 절름발이로 산 검객도 있었고, 조용히 쉬고 있는 나를 끄집어내어 사진을 찍는 마조히스트 자선사업가도 있었고, 평생 축구에만 전념하다 경기 도중에 비명횡사한 축구 선수도 있었다. 다른 선수와 강하게 충돌하자마자 충격을 참지 못한 내가 코와 입에서 터져 나왔기 때문이다.

어느 날엔 눈을 떠 보니 평소보다 필드가 좁다는 생각이 들었다. 머리부터 발끝까지 갔다 오는 데 1마이크로초도 걸리지 않았다.

사람과는 노는 물이 너무 달라서 대체 누굴까 궁금했는데 그런 나를 꾸짖기라도 하듯 시끄럽게 짖는 소리가 들려서 의구심이 단박에 해결되었다. 녀석은 내가 얼마나 답답했는지도 모르고 보통 개의 수명보다 꽤 오래 살았다.

또 한번은 1년간 사방이 조용한 공간에 있었다. 아무 소리도 들리지 않았고(몸속 장기들의 소리는 이미 체득하여 인식조차 할 수 없다) 사람 소리도 들리지 않았다. 그곳이 우주였다는 걸 한참 뒤에야 알았다. 왜냐하면 지구로 돌아왔을 때 사람들이 주인을 향해 환호하고 손뼉을 치고 국기를 흔들었기 때문이다.

내 몸은 액체일까, 아니면 아예 없는 것일까, 라고 생각한 적도 있지만 누구도 나와 대화를 나눠 주지 않았기 때문에 나는 그저 강물처럼 몸속을 흘러 다녔다. 전해질과 산소를 한 아름 안고 돌아다니다 쇄골하정맥에서 잠시 쉬기도 하고, 가끔은 거의 녹초가 되어 심장으로 돌아오기도 했다.

그리고 오늘, 열여섯 번째 주인이 죽었다. 그의 숨이 끊어지자마자 스르륵 눈이 감기고 두 팔과 두 다리가 전방으로 흩어졌다. 내 주위를 감싸던 빨간 거죽이 불현듯 어둠에 휩싸였고 나는 고스란히 혼자가 되었다. 곧바로 낯선 곳에서 눈을 떴다. 바닷물이 출렁거리는 배 안이었다.

내게 눈이 있다는 것을 판별하기란 어렵다. 개가 거울을 보기 전까지 자신의 얼굴을 인간이라고 생각하듯 나도 인간들이 갖고 있는 망막이 나에게도 있겠거니 짐작만 할 뿐이다. 설사 눈이 없다 해도 나는 세상 모두를 볼 수 있고 느낄 수 있으니 신경학적으로 없어도 아주 없다고는 볼 수 없다. 그래, 아마 귀도 있을 것이다. 나는 들을 수도 있으니까. 지금이야 내 몸처럼 익숙하지만 처음에는

히즈 마이 블러드(He's my blood)

심장박동 소리가 너무 커서 노이로제에 걸린 적도 있다. 이건 나도
겪어 오면서 안 사실인데 사람마다 몸속의 소리가 달랐다. 아주
미묘한 차이지만 어떤 이는 찌흐— 찌흐— 하고, 또 어떤 이는
헤기— 헤기— 했다.

열일곱 번째 주인은 눈이 굉장히 좋은 사람이고 사방이 바다로
막힌 곳에 산다. 매일 깨자마자 아침 해를 바라보며 명상을 하고
만나는 여자는 없다. 이렇게 말하면 누군가의 일상을 관조하는 듯
보이지만 나는 그의 전부다. 내가 없으면 그는 사라진다.

나도 아침 풍경을 바라보는 그와 함께 실재감 없는 태양을
바라본다. 그 애는 뭘 하고 있을까. 어제는 축구 경기가 한창이었던
스페인 경기장에 있다가 지금은 알래스카의 먼바다에서 배를
타고 어디론가로 항행하고 있지만 나는 대부분의 시간을 그 애를
떠올리며 지낸다. 곧 그 애를 볼 수 있겠지. 제발 그래야 하는데.

"이 멍청아!"

그 애의 기억을 떨쳐내려다 어제의 기억이 딸려 올라왔다.
밤하늘이 멋졌던 스페인 경기장이 한순간 점멸했다. 그의 앞을
가로막은 누군가가 스페인어로 그렇게 말하자, 그는 5초 만에
필드에서 쓰러졌다. 16년간 축구 경기를 해 왔는데 어제는 무능력한
감독 때문에 극도로 흥분한 상태였다. 상대와 고의로 부딪치기
일쑤였고 더티 플레이로 다른 선수들과 관중의 공분을 샀다.
뒤늦게 자백하자면 고의로 그의 입과 코에서 빠져나온 나는 아주
찰나였지만 그제야 깨끗한 렌즈로 세상을 볼 수 있었다. 갇혀 있는
것이 원래는 이렇게 답답한 것이었다는 걸 이럴 때마다 극심히
느끼지만 바로 잊어버린다. 나는 시간 개념도 없고 공간 개념은
더더욱 없다. 있는 거라곤 존재의 개념이 전부다. 다른 건 몰라도

내가 존재한다는 사실만큼은 기가 막히게 잘 느낀다. 그래서, 그 아이를 다시 볼 수 있으리라 기대한다. 나도 그 애처럼 여기 이곳에, 존재하고 있으니까. 존재하는 것들은 분명 언젠가는 다시 만나게 될 테니까.

아침 해가 완전히 떠올랐을 때 그가 시선을 돌려 바다 한가운데를 쳐다보았다. 고래다. 시커멓고 푸르스름하고 아름답고 거대한 몸 선이 물결을 사로잡으며 배 주변을 배회한다. 그가 어부들에게 뭐라고 외치곤 헐레벌떡 뛰어가 그물을 가져왔다.

"오늘은 운이 좋군."

그가 말했다. 운이 좋다는 건 무슨 의미일까. 고래가 우리 배를 따라온 것을 말하는 것일까, 아니면 일을 빨리 끝마칠 수 있어서 좋다는 것일까.

그는 여유 부리듯 담배 한 개비를 입에 물고 먼 섬의 풍경을 바라보았다. 이제 또다시 주인을 죽여야 하는 나도 그곳을 함께 바라본다. 어렴풋이 안개에 쌓인 두 개의 흰 섬이 악어의 비늘판처럼 솟아 있다. 섬은 나란히 같이 있어도 왜 혼자 있는 것처럼 보일까. 참 이상하단 생각이 든다.

그 애도 이상했다. 내가 생각하기에 그 애는 운이 나쁜 편에 속했다. 물론 나쁜 운을 가져다준 건 나다.

그 애를 만날 무렵, 나는 전문 산악인의 피로 살았는데 뻔질나게 고산지대만 들락날락하다 무슨 낙사 사고 때문인지 죽었고 이윽고 눈을 떠 보니 간호사가 새 주인을 안고 발바닥 도장을 찍고 있었다. 그런 경우는 드물었지만 우린 거의 태어날 때부터 함께였다. 그 애는 외동딸로 태어났고 곁에는 중소 규모의 물류센터를 운영하느라

히즈 마이 블러드(He's my blood)

온종일 얼굴 볼 겨를도 없이 바쁜 부모가 있었다. 아버지는 산모가 입원한 병실에도 잠깐 얼굴을 비추고 사라질 정도로 바빴고 온몸이 땀에 전 어머니도 남편에게 도리어 빨리 가 보라고 재촉할 정도였다.

부모는 그 애를 '희서'라고 불렀다. 물류센터를 사고 없이 정상 가동하고 거래처와 탄탄한 계약 관계를 유지하고 사원들을 관리하느라 처음에는 어린 딸을 키우는 데 걱정이 많았지만, 다행히 희서는 혼자서도 아주 잘 컸다. 얌전하지만 강단 있는 성격과 단정한 외모, 학생의 본분을 굳이 상기시키지 않아도 태생적으로 공부와 잘 맞는 아이. 학원에 가는 시간을 제외하고도 혼자 있는 시간이 많다 보니 희서는 늘 공부에 매달렸다. 주말에도 가족 나들이라든가, 여행을 간다든가 하는 일이 없어서 공부 말고는 달리 할 것도 없었다. 친구들이 놀자고 해도 공부가 아닌 외부 활동 자체가 어색해 에둘러 거절하며 집으로 가곤 했다.

그런 희서에게 좋아하는 남학생이 생긴 건 중학교 3학년 때였다. 우수한 성적 때문에 반강제로 회장으로 선출된 희서는 본연의 의무를 다하고 교무실에서 나오는 길이었고 남학생은 수돗가에서 다친 손가락을 씻고 있었다. 체육 시간에 놀다가 생긴 일이었다. 바닥으로 물과 섞인 피가 줄줄 떠내려갔다. 나는 남자애의 모습을 뚫어져라 쳐다보았다. 정확히는 핏물을 쳐다본 것이었다(내가 피다 보니 본능적으로 볼 수밖에 없다). 그때는 그게 주인의 시선으로 통한다는 사실을 전혀 몰랐다. 남자애는 희서의 이상한 시선을 느끼고 깜짝 놀라 자리를 피했다. 내 주인은 본모습을 되찾은 뒤 남자애 대신 수도꼭지를 잠갔다. 문제는 나 때문에 희서가 오해를 한 것이었다. 남자애의 피를 보고 원초적인 반응이 일면서 몸 구석구석이 단숨에 뜨거워진 것이다. 머리끝에서 손끝, 가슴께에서 발끝으로 열기가 한순간 훅 불어닥쳐 희서를 정신없이 휘감았다.

"이상하다. 왜 이렇게 뜨겁지?"

내 주인은 두 뺨을 어루만졌다. 그리고 설마, 하는 마음으로
남자애가 걸어간 길을 바라보았다. 첫눈에 반했다는 착각이었다.

그때부터 희서는 수업 시간에 남자애를 자주 쳐다보게 되었고
우연히 둘이 마주치는 상황이 오면 꼭 남자애에게 신경을 썼다.
남자애도 똑똑하고 외모도 준수한 희서를 멀리할 이유가 전혀
없었다. 처음에는 나 때문에 시작한 감정이었는데 둘 사이가
가까워지면서 희서는 정말로 남자애를 좋아하게 되었다. 첫 만남
때 겪은 일 때문에 아마 죽도록 좋아한다고 착각했을 것이다. 겨우
혈액인 나는 연애를 조언할 입장이 아니었지만 어딘가 모르게
남자애가(물론 잘생기고 공부도 잘했지만) 꺼림칙했다. 하지만
알다시피 말할 수 없었고, 또 그렇다고 해서 희서의 몸을 떠날 수도
없었다. 둘은 결국 사귀는 사이로 발전했다.

불길함이 현실이 된 건 겨울방학 때였다. 주말에도 당연히 둘은
함께였는데 가끔 남자애의 집에 놀러 가서 문제집을 풀기도 했다.
그날은 남자애가 갑자기 같이 사는 삼촌이 코냑을 가져왔다면서
같이 마시자고 희서를 꼬드겼다. 희서는 맥주도 제대로 마셔 본 적이
없던 터라 몇 번이나 거절했는데 남자애가 대놓고 실망한 기색을
보이는 바람에 어쩔 수 없이 마시게 되었다. 처음에는 마시는 척만
하려고 했는데 분위기에 휩쓸려 조금씩 입에 대다 보니 어째서인지
금세 정신이 흐려졌다. 나는 그때 참기 힘든 분노가 치밀었지만
어찌할 도리가 없었다. 시간이 흘러 바닥에 나체로 엎드려 있던
희서의 눈에 방 안을 가로지르는 황혼의 빛이 보였다. 그 빛은
희서의 몸을 따스하게 감싸안았다. 하지만 집이 따뜻한 것과 별개로

히즈 마이 블러드(He's my blood)

기분이 너무 좋지 않았다. 속도 울렁거렸다. 남자애는 곯아떨어져서 침대에 엎어진 채였고 희서가 입고 온 남색 패딩은 옷걸이에 걸려 있었다. 일어날 기력이 없었지만 희서는 몇 번의 시도 끝에 힘겹게 몸을 일으켰고 이리저리 나뒹구는 옷을 대충 챙겨 입고 도망쳤다. 남자애의 핸드폰에 찍힌 사진은 확인하지도 못했다. 나는 그것조차 희서에게 전달할 수 없어 괴로웠다. 그때는 나 자신이 너무 싫었다.

집에 도착한 희서가 온몸 구석구석 샤워를 하며 정신을 차린 다음, 도우미 아주머니가 차려 주는 저녁밥을 거부한 채 방으로 들어갔을 때였다. 반 친구들에게서 너나 할 것 없이 연락이 폭주했다. 남자애들 단톡방에 누가 희서의 나체 사진을 뿌리고 사라졌다는 것이다. 그 사진은 일파만파 퍼져 나갔다. 범인이 누군지는 뻔했다. 희서는 소식을 듣자마자 쓰러졌고 나는 잠시 몽롱한 기분에 휩싸였다.

희서는 그 일이 있고 나서 눈에 띄게 야위었고 이제껏 단 한 번도 하지 않았던 결석을 무기한으로 하게 되었다. 그 코냑에는 당연하게도 환각제 성분이 들어가 있었다. 희서는 아무런 죄가 없었다. 하지만 현장에 있지도 않았던 아무것도 모르는 애들에게 갖은 조롱을 당해야 했다. 학교에 가지 않아도 희서는 교실 한가운데 매달려 벌을 받는 마녀처럼 괴로워했다. 하지만 종일 바쁜 부모는 이 사실을 전혀 알지 못했다. 희서도 부모에게만큼은 숨기고 싶었다. 이전까지는 자신의 행동에 의문을 가진 적이 없었는데 이번에는 달랐다. 완벽한 자기혐오에 빠졌다. 왜 그 새끼 집에 갔을까. 애초에 왜 그 새끼를 만났을까. 아니, 나는 왜 태어났을까. 부모가 있어도 없는 것 같은 이 집에서 평생 공부만 하다 죽으려고 태어났을까.

희서는 몇 날 며칠을 고민했다. 앞으로 어떻게 할 것인가. 평소의 희서라면 명쾌하게 그저 아무 일도 없었던 것처럼 친구들을 만나고 다시 공부를 시작하는 게 유일한 방법이었다. 자신을 비난하는 것들의 헛소리 따위는 무시하면서. 하지만 그게 말처럼 쉬운 게 아니라는 걸 현실 감각이 있는 희서는 곧바로 알아차렸다. 지금껏 스스로를 난공불락의 요새라고 생각했었는데 이렇게 한순간에 무너지다니 믿을 수가 없었다. 내 주인은 점점 더 스스로에게 자신감이 사라졌다. 당당하게 나아갈 수 없는 처지가 되었다는 사실에 매일매일 자학을 했다. 이런 최악의 정신 상태로 신고는 더더욱 할 수 없었다. 모든 고통을 자신이 짊어질 게 뻔했다.

그 모습을 지켜보는 나 역시 말로 다할 수 없는 슬픔에 빠졌다. 희서를 위로해 주고 싶었지만 그럴 수도 없었다. 결국 몇 주 동안 불면에 시달리던 희서가 방 안에서 손목을 그었을 때도, 집 안에는 아무도 없었다. 도우미 아주머니가 장을 보러 나간 새에 벌어진 일이었다. 나는 그 틈에 희서의 몸에서 빠져나왔다. 추접하게 기어 나와서는 바닥에 누워 거대한 피 웅덩이를 만들었다.

희서 곁에 있고 싶었지만 불가능한 일이었다. 나는 여느 때와 다름없이 일순간 죽었다. 희서의 몸에서 흘러나와 혈액의 강을 타고 다시 어디론가 흘러갔다. 도착한 곳에는 열한 번째 주인이 기다리고 있었다. 정말 다행인 건 한국인이었다는 점이다. 나는 닷새 정도 노력한 끝에 겨우겨우 주인을 움직여 그 애가 사는 동네로 찾아갔고 병원에도 가 보았다. 물론 그 애를 만나기 위해서였다. 다행히 그 애는 살아 있었다. 병실에는 담임으로 보이는 어른과 희서의 부모, 희서의 손목을 긋게 만든 학생들이 모여 있었다. 하지만 희서는

히즈 마이 블러드(He's my blood)

병실에 없었다. 나는 한 시간 남짓 헤매고서야 화장실에서 울고
있는 그 애를 발견할 수 있었다. 주인의 눈을 통해 본다거나 내
거죽에게 최면을 걸어(이건 본능이라 원리를 설명할 수가 없다) 어떤
장소로 유인하는 정도만 할 수 있을 뿐, 낙원 같은 어딘가로 희서를
데려갈 능력은 없었다. 희서는 간호사의 부축을 받으며 다시 병실로
옮겨졌다. 희서의 부모에겐 처음 보는 지인으로 보였겠지만 나는
당신 자식의 피였다. 신생아였던 시절부터 함께했기에 누구보다
희서를 잘 알았고 몸짓, 손짓, 표정 없이 호흡의 길이만 달라져도
감정 변화를 알 수 있었다.

     그때부터였다. 그 애가 오가는 길목에 서 있게 된 건. 그 애가
어디를 가고, 무엇을 하는지 다 알아야 했다. 나 때문에 벌어진
일이라고 자책했기 때문에 지나친 의무감에 휩싸였다(오로지 그
애에게만 가능한 감정이었다). 그 애가 어디에 있는지 비교적 쉽게
찾을 수 있었던 건 내가 10여 년 동안 들어가 살았던 몸이었기
때문이다. 정확히는 피의 맥 때문이었다. 하지만 주인을 움직이는
건 쉬운 일이 아니었다. 온 혈액을 움직여야 해서 두통이 생기거나
고혈압이 와서 기절한 주인도 있었다. 그때 내게 정신을 빼앗긴
주인은 판사였는데 그 냉엄한 사람도 그 애를 만나면 인형이 되었고
신체 기능은 그 애를 응시하는 시각만이 활성화되었다. 그 애는
누군가가 자신을 쳐다본다는 사실을 알고서 늘 두리번거렸다.
죄의식이 뭔지 몰랐던 나는 일부러라도 시간을 내어 그 애를 만나러
갔다. 주인의 스케줄을 최대한 지켜 주려 했지만 여의치 않을 때는
재판을 포기해야 했다. 한번은 원고와 피고를 대면하는 법정에서
뛰쳐나간 정신 나간 판사로 기사에 난 적도 있었다. 그날 내 주인은

법복을 입고 그 애를 쳐다보았다. 다행히 인적 없는 강가라 사진에 찍히는 일은 없었다. 풀숲에 앉아 조용히 사색 중이던 그 애는 옆에서 나타난 내 주인을 보고 깜짝 놀라 도망가 버렸다. 나는 내 감정을 알아주길 바라는 것도 아니었고 단지 그 애를 보고 싶었던 것이었지만 그 애가 그걸 알 리 만무했다.

"헤이, 무슨 생각해?"

열일곱 번째 주인이 뱃일을 돕는 한 청년을 보고 그렇게 말했다.

"생각이요? 난 그런 거 안 해요."

"사람이 생각을 안 한다고?"

청년은 어깨를 으쓱하며 고래의 피가 묻은 장화를 물로 씻어 냈다.

"제기랄. 살인한 거 같네."

주인은 청년을 보고 허허허 웃었다. 나는 웃음이 뭔지 모르기에 저 사람이 웃는 이유를 알지 못했다. 그냥 문득, 이전에 늙은 흰 혹등고래의 피가 됐던 기억이 났을 뿐이다. 아마 살아오면서 가장 많이 그 애를 떠올린 시간이었을 것이다. 몇 달간 그 애를 볼 수 없어서 그랬던 거지만 나는 광막한 바다에서 여유로웠고 시간이 많았고 뭔지도 모르는 사랑이 하고 싶었다. 그 애를 보면서 느낀 이상한 감정 때문이었다.

"사진 한 장만 찍어 주세요."

"뭔 놈의 사진?"

"에이, 나도 연애 좀 하자고요."

"아, 여친한테 보내려고?"

"저 바다 건너 동양인 친구한테."

히즈 마이 블러드(He's my blood)

이후로도 나의 주인은 교수와 소녀를 거치며 몇십 번이나 바뀌었다. 서른 번째 주인은 반사회적 성향이 다분한 인간이었다. 청력, 시력, 모든 것이 정상이었지만 놈은 자신의 목소리만 들었고 자신의 고착된 시야로만 세상을 바라보았다. 나는 그때 큰 실수를 했다. 놈에게 그 애의 존재를 알려 준 것이다. 그걸 인지한 순간 놈은 이미 그 애의 뒤를 쫓고 있었다. 그 애는 지금까지 본 적 없는 낯선 얼굴로 살려 달라고 말했다. 그 말이 꼭 나에게 하는 말 같아서 나는 있는 힘을 다해 놈의 몸에서 빠져나가려고 했다.

근데 한발 늦었다. 나는 아직도 놈이 시퍼런 칼을 들고 그 애의 숨결에 가까이 다가가던 장면을 잊지 못한다. 그 애의 피로 살았던 이후로 늘 그 애를 만날 때면 적정 거리를 유지했던 터라 정말 오랜만에 그 애와 나 사이의 거리가 가장 짧았던 순간이었지만, 그래서 행복해야 할 순간이었지만 슬프게도 지옥 같았다. 한때 그 애의 일부였기 때문일까. 어떻게 그런 감정을 가지게 되었는지 알 길이 없다. 피습을 당한 그 애의 흰색 교복에 붉은 얼룩이 퍼졌다. 나는 얼른 놈의 몸 밖으로 빠져나왔고 놈은 고압 전류가 닿은 것처럼 온몸이 굳은 채 쓰러졌다. 죽은 놈의 거죽 밖으로 기어 나온 나는 풀밭 위에 누워 있었다. 강렬하고 뜨거운 햇빛이 나와 그 애를 나란히 비추었다.

내가 사람이라면 그 애를 둘러업고 당장 병원으로 달려갔을 텐데. 어딘가로 흘러들고 스며들 줄만 알지 할 수 있는 게 아무것도 없었다. 그리고 이제 곧 아무 일도 없었던 듯 새 주인을 만나러 갈 것이다. 언제나 그랬듯….

그때였다. 흐려지는 의식을 가까스로 부여잡으며 그 애가 내게 간절한 시선을 보내왔다. 미약하지만 어떤 걸 갈구하는 눈빛.

어디까지나 내 느낌일 뿐이지만, 분명 착각이겠지만 우린 그때
교감을 나누었다. 혹시… 나를 알아본 게 아닐까. 말도 안 되지만
도움을 청하는 건지도 모른다. 갑자기 전에 없던 간절함이 핏물을
헤치고 치올랐다. 나는 다급해졌다.

'제발… 절 인간으로 만들어 주세요…. 저 애를 만나고 싶어요….
도와주고 싶어요…. 제발… 제발… 제발….'

내 소원은 이루어질 리 없었다. 나는 아무것도 아닌, 피에
불과하니까.

그리고 나는, 여지없이 정신을 잃었다.

인간이 아니니 꿈을 꿨을 리는 없겠지만 다시 눈을 뜨기 전까지
알 수 없는 기억의 파편들이 허공을 떠돌았다. 주변이 시끄러웠고
덜커덕하는 소리가 들렸다. 몸속에서 들었던 피슉— 피슉— 하는
소리도 몇 번 들려왔다.

그리고 다시 눈을 떴을 때의 광경은 환상에 가까웠다. 아니,
환상이었다. 침대에 누워 있는 그 애가 보였으니까.

내 몸이 도대체 어디에 있는 건지 알 길이 없었다. 한 번도 겪어
본 적 없는 긴긴 외출이었던 데다 너무 추워서 정신을 차릴 수가
없었다. 인간이라면 입김이 펄펄 새어 나왔을 것이다. 태아가 산모의
몸 안에서 보호되듯 나도 인간의 몸속에서만 살 수 있는 물질이었다.
얼어붙을 것 같은 방에서 시선을 이리저리 돌려 보았다.

거울….

한쪽 벽면에 세워 둔 전신거울이 나를 비추고 있었다. 그때 내
모습을 처음 보았다. 충격이라고 하면 엄살 피우는 것 같겠지만 정말
경악스러웠다. 나는 바짝 굳은 핏물 꼴로 바닥에 달라붙어 있었다.

히즈 마이 블러드(He's my blood)

아주 새빨개서 보기 흉할 정도였다. 고작 이런 모습으로 저 애를 볼 생각을 하다니 어이가 없었다. 최대한 힘을 실어 몸을 부풀렸다. 몇 번 시도하고 보니 몸이 약간 커진 기분이 들었다. 첫날에 검지손가락만 한 크기로 자란 나는 밤새도록 추위에 떨어야 했다. 이대로 죽었으면 하는 생각이 들 정도였다.

다음 날도 그 애는 깊은 잠에 빠져 있었다. 희서의 부모는 퇴근하고 돌아와 훌쩍거리며 딸을 몇 번 쓰다듬어 주고는 나가 버렸고 그 외에는 도우미 아주머니가 방을 청소하거나 미음을 챙겨 주러 들어오는 게 다였다. 나는 사람들이 오면 슬금슬금 안 보이는 곳으로 숨어들었다.

그 애와 단둘이 있어서일까. 나는 계속해서 키가 자랐고 몸집이 커졌다. 세 번째 주인이었던 10살짜리 아이만큼 자랐을 땐 이러다 정말 인간이 되는 건 아닐까 무서워졌다. 설마… 핏덩이가 인간이 될 수 있을까. 나는 인간이 될 준비를 해 본 적도 없고 어떻게 하는 건지도 몰랐다. 지나온 세월…, 그 무수한 시간들이 전부 인간이 되기 위한 예행연습이었다고 생각하니 구토가 나올 지경이었다.

그렇게 일주일이 지났다. 내 몸은 그 애만큼 커져 있었다. 한 방울이었던 시기엔 이동이 수월했는데 몸피가 전방으로 커지니 부쩍 힘들어졌다. 몸은 아직도 불투명한 젤리처럼 빨갛기만 했다. 누군가 나를 본다면 인간은커녕 괴물로 생각할 것이다. 인간의 형태에는 아직 도달하지도 못했고 그저 울룩불룩한 형태의 고체인데 만약 누군가가 나를 본다면?

안 된다. 나는 그 애의 곁을 떠나고 싶지 않았다.

그러나 그날 밤, 도우미 아주머니에게 내 모습을 들켜 버렸다. 아주머니는 나를 보자마자 기겁하며 문을 닫아 버렸고 두 번 다시 방문을 열지 않았다. 아마 이 집 딸에게 살인귀가 붙었다고 생각했을지 모른다. 어쨌든 나로선 다행이었다. 이제 조금은 편한 마음으로 변해 갈 수 있었으니까.

인간의 형태로 변하고부터는 한번 움직이려면 엄청난 고통을 수반해야 해서 침대에 누운 그 애의 얼굴을 제대로 보기가 힘들었다. 나는 살과 살을 떼어 내는 극한의 고통을 억누르며 움직여 보고자 애썼다. 그러다 몸통에서 팔 하나가 비어져 나왔다. 나는 점성이 얼기설기한 손가락을 올려 눈으로 확인했다. 그 애의 것과 얼추 비슷해 보였다. 그날 이후 각각의 구성물들이 하나둘 생기며 제 모습을 찾아갔다. 빨갛던 피부색도 조금이나마 옅어져 제법 인간 같은 모습을 띠었다. 움직임도 전보다 유연해졌다.

그런데 한 가지 걸리는 게 있었다. 겉모양은 그럴싸했지만 내 속은 텅 비어 있었다. 인간이 가지고 있는 장기라든가 뼈, 근육 같은 신체 기관들이 전혀 존재하지 않았다. 아예 생길 기미조차 보이지 않았다. 역시… 인간의 흉내만 낼 수 있는 것인가. 그래… 완전한 인간이 될 수는 없을 것이다.

매일 밤 나는 붉은 시야로 누워 있는 그 애를 바라보았다. 이제까진 다른 사람의 눈을 빌려 바라보았지만 이번엔 정말 온전한 내 눈이었다. 그리고 이제 그 애를 만날 수 있다는 기쁨으로 가득했다. 제발 깨어나 주기만 한다면 말이다.

그런 생각을 하고 있는데 그 애의 몸을 덮고 있던 이불이 사락, 하고 소리를 냈다.

그 애가 눈을 떴다.

히즈 마이 블러드(He's my blood)

3.

눈을 떠 보니, 내 방이었다. 아니, 내 방인지도 확실하지 않았다. 아직 정신이 흐릿해서 눈앞에 뭐가 있는지 알아볼 수가 없었다. 침대 끄트머리가 보였고, 책상… 스탠드… 창문….

거울…?

그때, 다른 존재가 망막에 들어왔다. 나와 비슷한 신장과 체격을 가진 어떤 사람의 형체였다. 눈꺼풀이 자꾸 무거워져서 사람인지 아닌지 확인할 수 없었다. 사람의 피부색이라고 하기엔 많이 붉었다. 나는 멍하니 그 형체를 바라보았다. 그 형체도 나를 바라보고 있었다. 방 안의 냉기 때문인지 갑자기 눈물이 핑 돌았다. 눈앞이 더 흐릿해졌다. 그 형체를 좀 더 가까이서 보려고 이불을 끌어 올리며 몸을 일으켰다. 그 순간, 그 형체가 갑자기 몸을 움직이더니 나가 버렸다. 후끈한 열기가 방 안을 가득 채웠다. 그러나 얼마 지나지 않아 다시 차디찬 공기가 방바닥에 내려앉았다. 불현듯 나를 죽이려 했던 남자의 모습이 뇌를 할퀴듯 스쳤다. 나는 소리를 질렀고 아래층에서 엄마가 달려왔다. 엄마는 내가 괴한에게 습격을 받았고 퇴원한 지 열흘이 지났다고 했다.

열흘이라니… 그동안 한 번도 깨지 않은 건가. 내 기억으론 분명 새벽에 몇 번인가 깨어 어둑한 창밖을 바라봤었는데. 대체… 방금 그 형체는 무엇이었을까. 잠결에 본 환시 같은 것일까.

나는 그날 이후 조금씩 차도를 보였고 몇 달 뒤엔 예전처럼 걸을 수 있었다. 그 남자가 나를 해치던 순간이 자꾸만 떠올라 외출은 엄두도 내지 못했지만 한 가지 순기능은 있었다. 나쁜 기억이 더 나쁜 기억으로 묻혔다는 것. 중학교 때 벌어진 사건은 그야말로 과거 일이 돼 버렸다.

나를 죽이려던 남자의 잔상보다 더 강렬하게 각인된 건 나를 찌른 후 처참하게 죽어 간 남자의 마지막 모습이었다. 왜 갑자기 그렇게 됐을까. 그 기이한 시선들과 관련이 있을까. 설마 그럴 리가. 정말 나를 구해 주려 했다면 더 일찍 구해 주지 않았을까. 아니다. 그럴 리가 없다. 그럼 내 방에 있던 형체는…? 머릿속에서 모든 정황이 뒤섞여 혼란스러웠다. 그날의 기억은 한 순간도 머릿속을 떠나지 않고 나를 괴롭혔다. 하지만 분명한 건 내가 그날 죽을 뻔했고 살아난 건 천운이라는 사실이었다.

그런 내 고통을 알기라도 하듯 그 후로 다시는 괴이한 시선의 사람들을 마주치지 않았다. 다행인 걸까. 그래… 다행인 거다. 그렇게 아무 일도 없이 스물다섯 성인이 되었으니까. 가끔 외출할 때면 사람들 틈에서 그 형체를 찾기도 했다. 내가 본 게 진짜였다면 그 애는 그날 어디로 사라진 걸까. 갈 데는 있었을까.

엄마는 언제까지 집에만 있을 거냐며 물류센터에 와서 알바라도 하라고 권유했다. 나란 존재를 더 깊숙이 숨길 곳이 필요했던 나는 긍정의 뜻을 내비쳤다. 당연히 거절하리라 예상했던 엄마는 반색하며 기뻐했다. 내면이 처참히 부서지는 사건을 연달아 겪었으니 내가 은둔하는 건 당연했다. 몇 년째 실패자 같은 기분이 지속되어 자기혐오로 뒤덮인 짐승이나 마찬가지였으니까. 지금에 와서 반추해 보면 그때 엄마의 제안을 승낙한 건 나 자신을 살리고 싶은 마음 때문이 아니었을까. 그래도 죽고 싶진 않다는 마음.

히즈 마이 블러드(He's my blood)

다음 날, 엄마 차를 타고 물류센터에 도착했다. 몇 년 만인지 가마득했다. 건물 마당을 보니 어릴 때 혼자 뛰어다니며 놀았던 기억이 났다. 초등학교 때 이후로는 거의 오지 않아서인지 그사이 꽤나 많은 게 변해 있었다.

"혼자 지내는 거 정말 괜찮겠어?"

손에 들린 소박한 짐 가방을 보며 나는 고개를 끄덕였다. 평소 같으면 극구 반대했을 엄마지만 물류센터 근처였기 때문에 독립하겠다는 내 뜻을 거스를 수 없었다. 회사에서는 출퇴근이 어려운 사원에게 임대한 원룸형 빌라를 제공하고 있었다. 엄마는 월 이용료는 급여에서 차감하겠다며 으르더니 게으름 피우지 말고 열심히 다니라고 말했다.

부모님이 수십 년째 운영 중인 신선물류센터는 4차선 대로변 옆에 위치해 있었다. 1000평이 조금 넘는 2층 건물이었다. 1층은 냉동창고와 상온창고를 반반씩 썼고 층고도 꽤나 높았다. 나는 엄마에게 인사를 건네는 직원들을 지나쳐 마당을 가로질렀다. 우측엔 아빠가 최근에 들였다며 자랑했던 독(dock) 시설도 보였다. 올라가고, 신고 내려오고, 또 올라가고…. 나는 한동안 그 움직임에 눈을 떼지 못했다. 내 감정도 저렇게 두 단계로 완성되는 단선적인 성질이었다면 얼마나 좋을까.

"거봐. 별로 안 어려워 보이지?"

엄마는 작업 과정을 하나하나 설명하면서도 내 결심이 변할까 봐 노심초사했다. 예전에 비하면 지금은 기계의 비중이 커져서 작업 자체가 아주 힘들어 보이진 않았다. 물론 막상 해 보니 쉽진 않았지만.

복도로 나와 걸으면서 창밖으로 보이는 빌라 건물이 어디쯤에 있는지 대충 확인했다. 건물 근처로 드문드문 민가와 식당이 있었지만 멀리서 보면 물류센터 하나만 튀어 보일 정도로 휑한 곳이었다.

건너편 담벼락 위에서 동네 고양이가 그루밍을 하고 있었다. 귀엽다고 생각하던 찰나, 언뜻 무언가가 눈앞을 스쳤다. 처음엔 기장이 긴 빨간 후드를 입은 사람이라고 생각했는데 아니었다. 전신이 짙붉은 그것은 물류센터 뒤쪽으로 쓱 하니 사라졌다. 나는 창밖으로 상체를 쭉 내밀고 그쪽을 한참 바라보았다.

설마, 잘못 봤겠지.

건물 밖으로 나와 담벼락으로 가 봤지만 아무것도 없었다. 나는 허무하게 돌아서서 건물 옆으로 난 좁다란 길로 되돌아갔다. 자갈을 조심조심 밟으며 걷다가 물소리가 들려 옆을 보니 개울 위로 다리가 보였다. 소형차 한 대가 지나갈 만한 폭의 콘크리트 구조물. 물론 빨간 형체는 없었다. 그날 밤의 환시가 아직도 사라지지 않은 건가. 조금 섬뜩해진 나는 팔을 쓸어내리며 햇빛이 무방비로 난사되는 개울을 내려다보았다. 야트막한 기억 하나가 빛줄기 속으로 침투했다. 돌돌 흐르는 물소리에 신이 나서 다리 위를 깨금발로 뛰어다녔던 어린 시절. 그때도 지금처럼 혼자였다.

"희서, 어딨니?"

마치 다른 세계에서 나를 부르는 듯한 목소리였다. 돌아보니 건물 창밖으로 얼굴을 내민 엄마가 빨리 오라고 손짓했다. 엄마는 모든 직원들에게 짧게 내 소개를 한 뒤 사장실로 나를 데려갔다. 직원들의 연령대는 다양했지만 내 또래는 없었다. 오히려 그게 편했다. 내 과거를 아는 사람이 없으니까.

히즈 마이 블러드(He's my blood)

엄마와 상의해 일단은 다섯 시간 파트타임으로 일하기로 했다. 내 체력이 견뎌낼 수 있을지 알 수 없었다. 지금 바로 시작하겠다고 하자 엄마는 놀란 눈치였지만 업무가 워낙 바빴기에 더 이상은 말을 보태지 않았다.

내가 맡은 일은 비교적 작은 물품들을 패킹 존으로 옮기고 패킹하는 작업이었다. 라벨을 붙이고 보랭제를 넣고 포장하는 건 손이 빠른 내겐 수월한 작업이었다. 무거운 작업복이 좀 답답했지만 생각보다는 일이 편했다. 내 옆에는 같이 근무하는 30대 여자 선임이 있었는데 한눈에 봐도 종교성이 짙은 빈티지한 목걸이를 하고 있었다. 엄마가 얘기를 전했는지 인수인계를 해 주는 내내 친절했고 농담을 건네며 살갑게 굴었다. 오랜만에 대접받는 기분을 느꼈지만 어딘가 연기 같아 보이고 많이 부담스러워서 이 사람과 친해지기는 어려울 듯했다. 선임은 도보로 5분 거리인 원룸형 빌라에서 출퇴근한다고 했다. 나도 오늘 그곳에 입주한다고 말하려다 괜히 성가신 일이 생길까 봐 그만두었다.

오후 5시에 일을 끝마친 나는 거의 비어 있는 한적한 빌라로 짐을 옮겼다. 방은 말 그대로 원룸이라 단출했지만 내 몸 하나 쏙 숨어들기에는 최적이었다.

물류센터에서 일한 지 일주일이 흘렀다. 일에 익숙해지다 보니 손으로는 포장을 하면서 머리로는 자꾸만 빨간 형체를 그렸다.

퇴원 후 침대에서 눈을 떴을 때 생전 처음 보는 괴이한 물질, 아주 빨간 사람, 아니 사람 형상을 한 어떤 아이가 있었다. 아무것도 입지 않은 채, 창가에 서서 멍한 시선으로 나를 쳐다보던 아이. 지금도 생생하게 기억하는 건 방이 너무 추웠다는 것이다.

창문이 열려 있던 탓도 있겠지만 이상하리만치 춥게 느껴졌다.
그런데 그 애가 숨을 내뱉으면 아주 엷고 뜨거운 기운이 몸속으로
들어와 전신으로 퍼졌다. 방 안의 차가운 온도와 완벽하게 분리된
열기였다. 사람의 체온이 몸 안에서만 뜨거운 것과 같다고 해야
할까. 나는 묘한 기분에 휩싸여 그 애가 서 있는 공간 주변을 천천히
둘러보았다. 찰나였지만 영겁의 시간 동안 그 애를 바라본 것
같았다. 놀라서 비명을 지를 법도 한데 왜 그랬을까. 몽롱한 탓인지
그 애가 전혀 두렵지 않았다. 그 애가 어떻게 그런 모습이 될 수
있었는지, 어떻게 그곳에 존재할 수 있었는지 아마 죽을 때까지 알
수 없을 테지만, 어쩐지 그 애는 절박해 보였다. 그날의 나처럼.

　"어? 너 저기 원룸에서 지내? 몇 호?"
　근무한 지 한 달 반가량 지났을 때, 빌라로 가는 길에 누가
불러서 돌아보니 선임인 서혜 언니가 서 있었다. 조금 난감하고
불편했지만 언니는 마냥 반가운지 같이 가자고 했다. 주차장을
가로질러 빌라 입구로 들어가다 문득 뒤를 돌아보았다. 주차장에는
파란색 픽업트럭 한 대가 세워져 있었다. 짐칸에 길쭉하고 커다란
박스가 실려 있었지만 이상하게 안은 비어 보였다. 저거 언니
차예요?라고 물어보고 싶었지만 언니가 빨리 오라고 재촉해서 묻지
못했다.
　"손목에 반창고 붙인 거 봤어. 나도 그래."
　엘리베이터 안에서 언니는 자살 시도 흔적을 별것 아닌 양 보여
주었다. 내심 놀랐지만 그냥 겸연쩍게 웃었다. 나와는 달리 자신의
행동에 쿨해 보였다. 언니는 몇 번이나 자신의 방이 몇 호인지 알려
주고는 먹을 것을 챙겨 주고 떠났다.

히즈 마이 블러드(He's my blood)

그날 밤, 오랜 세월 꺼 두었던 핸드폰을 켜고 충전기를 연결했다. 혼자 두는 게 불안하다며 엄마 아빠가 당부한 일이었다. 도움받은 게 있으니 언제까지 고집만 부릴 수는 없었다. 한편으론 이제야 내 걱정이 되나, 라는 생각도 들었지만, 이제부터라도 모든 감정을 독 시설처럼 단순하게 만들고 싶었다.

동네 마트에서 사 온 컵라면을 원형 탁자에 내려놓고 커튼을 치려고 창밖을 내다봤을 때였다. 무엇인가 눈앞을 왔다 갔다 하는 게 보였다. 몇 달 전에 본 붉은 형체였다. 나와 비슷한 체격의 그 애는 아무도 없는 공터를 돌아다니고 있었다. 어딘가 즐거워 보이고 몸도 산뜻하고 가벼워 보였다. 그게 내 트라우마가 만들어 낸 형상이라 해도 눈을 뗄 수 없었다. 그 모습에 넋을 놓느라 진동이 울리는 핸드폰을 별생각 없이 받아 버렸다. 망할.

"…잘 지냈어? 하… 겨우 연결됐네. 그동안 내가 너 얼마나 찾아다닌 줄 알아?"

그 목소리는 면도날처럼 내 귓가를 헤집었다. 온몸이 덜덜 떨려 왔다. 그 인간이 무서워서가 아니라 끔찍한 기억이 떠올라서였다. 당장 전화를 끊고 마음을 진정시키는데 문자 알림이 떴다. '지금 원룸 앞이야. 나와 줄래?' 다시금 뇌가 조여들었다. 조심조심 다가가 바깥을 내다보니 정말 탁한 실루엣 하나가 서 있었다. 대체 어떻게 안 거지? 아무에게도 알려 주지 않았는데. 문자가 연거푸 도착했다. '전화 왜 안 받아?' '그땐 미안했어.' '근데 널 못 잊겠어.' '다시 만나줄 수 없을까?' '한 번만 나와 봐.' 내 존재를 처음으로 부정하게 만든 인간이 무슨 염치로 하고 싶은 말을 죄다 쏟아 내고 있는 걸까. 누가 그럴 권리를 준 거지? 인생은 참으로 불공평했다.

무시하고 커튼을 닫으려는데, 굵직한 비명이 들렸다. 커튼 뒤에 숨어 창밖을 내다보았다. 공터엔 두 개의 그림자가 서 있었다. 그중 하나는 검붉었다. 깜짝 놀랐다. 정체 모를 인간이 앞에 나타나자 현석은 움찔하더니, 슬금슬금 눈치를 보며 뒷걸음질 쳤다. 그 애는 계속 위협하듯 현석에게 다가서더니 주먹을 날렸다. 잠깐 팔을 움찔하며 고통스러워하는 듯 보였지만 멈추지 않고 뒤로 나자빠진 현석을 향해 몇 번이나 주먹을 날렸다. 현석은 겁을 집어먹고 완전히 줄행랑쳤다. 순간 그 애가 내 눈에만 보이는 존재가 아니라는 걸 깨닫자 심장이 미친 듯이 뛰었다. 그 마음을 어떻게 하지도 못한 채 아니, 밖으로 덜렁덜렁 내보인 채 정신없이 계단을 뛰어 내려갔다.

숨이 차도록 뛰어가 그 애를 찾았지만 밖에는 아무도 없었다. 항상 그랬듯 그 애가 있던 곳에는 후끈한 열기와 공허함이 감돌았다.

다음 날 업무는 온통 그 애 생각으로 점철되어 실수투성이였다. 그걸 수습하느라 조금 늦게 탈의실에 들어갔는데 먼저 퇴근한 서혜 언니가 작업복을 벗고 있었다. 그런데 언니의 티셔츠에 피가 묻어 있었다. 내가 들어왔는지도 모르고 옷을 벗던 언니는 나를 돌아보더니, 황급히 다시 작업복을 걸쳤다. 그리고 아무렇지 않은 척 말을 건넸다.

"이제 끝났어?"

"네. 오늘 새 업무 알려 주셔서 감사해요."

핏자국에 대해 물어보고 싶었지만 주제넘기도 하고 말하기 곤란할 수도 있겠다 싶어 입을 다물었다. 그렇지만 영 께름칙했다.

"저 언니, 주말엔 뭐 하세요? 내일 쉬시죠?"

"응, 동생 기일이라 본가에 가야 돼."

히즈 마이 블러드(He's my blood)

"아, 기일. 죄송해요."

"아니야, 그럼 다음 주에 보자."

언니가 나가고 탈의실에 혼자 덩그러니 서 있었다. 내일 언니 방이 빈다는 정보가 연신 머리를 톡톡 건드렸다. 고작 혈흔 하나에 나는 그 방에 가 봐야겠다고 생각했다. 무언가에 너무 깊이 파고들면 별것 아닌 일에도 의심하고 관련이 있다고 믿게 되는 걸까.

다음 날 오전 근무를 끝내고 부모님과 점심을 먹고 돌아오는 길에 보니 빌라 주차장에 늘 있던 픽업트럭이 없었다. 역시 언니 차였나. 나는 시간을 확인하고 언니가 예전에 말했던 호수를 기억해 방을 찾아갔다.

복도에서부터 핏자국이 길게 이어져 있었다. 별것 아닌 게 아니었다. 닦으려고 시도한 듯 보였지만 얼룩이 그대로 남아 있었다. 핏자국은 언니의 방 앞까지 이어졌다. 누군가가 봤다면 신고를 했을 텐데 아무래도 이 층엔 언니 혼자 사는 듯했다.

조심스레 문을 두드렸지만 응답이 없었다. 나는 엄마가 위급할 때 쓰라고 준 마스터키를 꺼내 문을 열었다. 창문이 활짝 열려 있었고 방 안엔 아무도 없었다. 핏자국은 현관을 지나 냉동고까지 이어져 있었다. 이 좁은 원룸에 저렇게 큰 냉동고가 있는 것도 이상한데 방 한쪽에 놓인 좌식 테이블 주위는 더 기묘했다. 여기저기에 쓰다 만 쪽지들이 널브러진 게 눈에 띄었다. 글씨가 어떤 건 삐뚤빼뚤하고 어떤 건 힘없이 끊겨서 점선처럼 보이기도 했다. 글자를 처음 배우는 아이가 쓴 것 같았다.

벽과 바닥엔 인감을 찍은 듯 군데군데 피가 묻어 있었다. 나는 꺼림칙한 기분에 고개를 돌려 냉동고를 쳐다보았다. 혹시 언니가 스토커에게 다쳤거나 살해되어 저곳에 숨겨진 거라면…. 지체할 시간이 없었다. 나는 냉동고로 다가가 묵직한 문을 있는 힘껏 들어 올렸다.

그 안에는, 사람이 있었다.

4.

나는 (인간으로 치면) 숨을 헉헉거리며 새벽에 온 동네를 돌아다녔다. 그 애의 집에서 도망치고 나서의 일이다. 내가 갈 곳은 어디에도 없었고 밖은 너무 추웠다. 그런데도 땀 같은 게 흐르는 느낌이었다. 피질이 너무 미끄럽고 연약해서 손을 짚고 발을 디디려다 셀 수 없이 넘어졌다. 헌 옷 수거함에서 옷이라도 훔쳐 입고 싶었지만 손에 닿는 감각이 너무 무디고 어색해서 시도조차 할 수 없었다. 사람들의 몸속에서 몸속으로 이동할 수 있었을 때는 여자애가 어디에 있는지 곧바로 알 수 있었는데 완전한 독립체가 되고 나니 그런 능력조차 완전히 상실했다. 나는 독립된 개체이자 철저히 고립된 개체였다.

성별도 알 수 없었다. 가슴과 성기가 없는 밋밋한 신체라 성별은 물론이고 인간도 아닌 그저 형상이라고밖에 할 수 없었다. 내 몸은 구체화되지 않은 인간 신체의 직관적인 이미지를 본뜬 것에 불과했다. 불완전하고 불온했다. 몸속에 있을 땐 인지하지 못했는데 외부로 나오니 내 몸은 조금만 더워도 녹아내렸고 조금만 추워도 얼어붙었다. 선선한 날이 가장 좋았다. 시각도 온전치 못해서 세상이 온통 붉게만 보였다. 이런 신체적 결함이 가장 고통스러웠다.

낮엔 인간을 피해 숨어 있다 밤이 돼서야 돌아다녔는데 우연히 나를 본 사람들은 비명을 지르고 도망가거나 손에 든 게 뭐든 던져 버렸다. 그때 물리적 폭력이란 걸 처음 경험했다.

내 몸은 너무 유약했다. 자그마한 온도 변화에도 얼어붙고 다시 살아나기를 수백 번 반복했다. 물론 시간이 갈수록 나아지는 것도 있었다. 인간의 틀로 변한 지 1년쯤 됐을 때 처음엔 아주 새빨갛던 피부가 더 이상 떠오르지 않을 정도로 제법 사람다운 피부색이 되었다. 그렇다고 진짜 사람 같아 보였다는 건 아니다. 제아무리 옅어져도 온몸이 홍조로 뒤덮인 사람 정도였다. 하지만 시각과 청각은 여전히 제 기능을 할 수 없었다. 세상은 계속 흐릿하고 붉게만 보이고 물체가 가까이 있어야 소리가 들렸다(청각은 사실 오래된 육감이 남아 있어 귀가 없어도 들렸다). 팔다리도 자주 힘이 없어 꺾였고 오래 걸을 수도 없어 한참을 쉬었다 다시 걸어야 했다. 일상생활은 당연히 할 수 없었다. 치아와 혀, 기관지가 없으니 말도 할 수 없었다. 손과 발도 활용도가 낮았다. 하지만 몇십 분 끙끙거리며 고생하면 몇 글자 정도는 쓸 수 있었다. 희서를 만나면 주려고 종이에다 계속 글씨 쓰는 걸 연습했다. 연필을 꾹꾹 눌러쓰는 게 안 돼서 주먹 쥔 손이 자꾸만 뭉그러졌고 글씨는 알아보기 힘들 정도로 괴발개발이었지만 그 시간은 내게 보람과 기쁨을 선사했다. 학교에서 배운 것처럼 글을 자유자재로 쓸 수 있었던 건 우등생이었던 희서 덕이었다. 내 호오에 상관없이 희서가 책을 보면 자동으로 학습되었으니까.

나는 끝이 보이지 않는 시간을 혼자 보냈다. 한 날은 버려진 주택에서 또 다른 폐건물로 은신처를 옮기던 중에 공터에 세워진 트럭을 보게 되었는데, 그때서야 희서의 부모가 물류센터를 운영한다는 사실이 떠올랐다. 왜 진작 그 생각을 못 했을까. 거기라면 숨을 곳이 있을지 모른다. 희서를 볼 수 있을지 모른다. 만날 수는 없어도 멀리서나마 지켜볼 수 있을지 모른다.

희서의 집이 어딘지도 가뭇한 상황에서 물류센터의 위치는 당연히 알 길이 없었지만 희서를 볼 수 있다는 희망이 죽어 있던 나를 매번 일으켜 세웠다. 하지만 지도 하나만 들고 물류센터 같아 보이는 큰 건물을 하나하나 찾아다니는 과정은 녹록지 않았다. 그런 일상에 지쳐 갈 때쯤, 어느 4차선 도로 옆을 지나다 눈에 익은 차를 발견했다. 희서의 엄마가 몰고 다니던 차였다. 그 옆으로는 낮고 길쭉한 건물 여러 채가 붙어 있는 게 보였다. 거기에 희서가 있으리란 기대는 없었지만 언젠가는 희서가 나타나 나를 '온전한 나'로서 바라봐 줄지도 모른다는 생각이 들었다. 내가 빨간 몸으로 희서를 마주했던 것처럼.

살짝 열린 건물 옆문으로 들어가니 냉기가 확 덮쳤다. 나는 그 냉동창고로 들어가 몰래 지내기 시작했다. 하지만 수시로 사람들이 들락날락하는 터라 신변 노출의 위험이 컸다. 어떻게든 들키지 않고 이곳에 머무르려면 나를 도와줄 조력자가 필요했다. 그런 사람을 물색하던 중, 절대 나를 외면할 것 같지 않은 한 여자를 찾았다. 그냥 본능적인 직감이었다. 여자에게선 보통의 인간과 다른 생경한 에너지가 느껴졌다.

그날 냉동창고를 나와서 근처 빌라로 들어가는 여자를

히즈 마이 블러드(He's my blood)

조심스레 따라갔다. 여자가 문을 열고 들어가려고 할 때, 문을 막고 섰다. 여자는 나를 보더니 거의 혼절할 정도로 놀랐다. 나는 두 손을 들고 뒤로 물러서서 그동안 써 둔 쪽지를 내밀었다. 그리고 공격할 생각이 없다는 뜻을 명확히 전달하려고 자리에 쭈그리고 앉았다. 심각한 지병이 있으며 살날이 머지않았다. 가족도 친구도 없다. 나는 더운 곳에서는 살 수가 없다. 냉동창고에서 들키지 않고 지낼 수 있게 도와 달라. 대충 이런 내용이었다. 쪽지를 보던 여자는 앉아 있는 나를 두고 황급히 안으로 들어가 문을 잠갔다. 하지만 아주 천천히 녹고 있는 나를 결국에는 외면하지 못했다(물론 뒤탈이 두려워 도와줬을 확률이 높지만). 20분쯤 지나 여자가 문을 열어 주었고 뭔가를 결심한 얼굴로 어떻게 도와주면 되냐고 물었다.

여자의 방은 나만큼이나 특이했다. 한쪽 벽면엔 사이비종교 관련 책자가 가득 쌓여 있었고 다른 벽에도 온통 신기한 구절이 적힌 종이가 붙어 있었다. 목에 걸고 있는 총천연색 목걸이는 단 한 순간도 빼지 않았다. 나는 조금 발전한 필기 실력으로 테이블에 앉아 느릿느릿 글씨를 적었다. 밤인데도 방 안 공기가 조금 더워서 펜에 살짝 피가 배어들었지만 여자는 별로 개의치 않는 듯했다. 인적이 드문 냉동창고를 찾는다고 했다. 여자는 이 근처에는 없을 텐데, 라며 이내 뭔가 떠오른 표정을 지었다.

"혹시 냉동고는 어때? 하나 구해 줄 수 있는데."

냉동고라니, 그보다 더 좋을 순 없었다. 나는 기뻐서 고개를 힘껏 끄덕였고 여자는 밖으로 나가더니 한참 뒤에 중형 냉동고를 끙끙거리며 끌고 왔다. 여자가 나를 불쌍히 여긴 건 내 체격이 중학생 정도로 작았기 때문일 것이다. 그도 그럴 것이 나는 희서의 피였으니까.

　여자는 거침없이 방 한쪽을 싹 치우더니 위 덮개로 여닫는 방식인 업소용 냉동고를 벽에다 밀어붙였다. 코드를 연결하자 불이 들어왔다. 하고 싶은 말이 많았지만 일단 급한 불부터 꺼야 했다. 나는 얼른 냉동고 안으로 들어가 몸을 최대한 구부렸다. 오랜만에 편한 마음으로 단잠에 빠졌다. 물론 잠깐 얼어붙는 것이었지만. 냉동으로 체력을 회복하면 두 시간 정도는 좋은 컨디션으로 돌아다닐 수 있었다. 겨울엔 더 많은 시간 동안 가능했다. 여자는 스물네 시간 대기하며 문을 열어 주긴 힘들다면서 냉동고 안에 내가 스스로 나올 수 있게 손잡이를 달아 주었고 스톱워치 기능이 있는 시계도 넣어 주었다.

　처음 얼마 정도는 여덟 시간 정도 냉동고에 있다 나오면 끈적거림 없이 하루 정도는 거뜬히 버틸 수 있었는데, 애초에 하찮게 태어난 몸이라고 더 쉽게 닳는 것인지 여섯 달쯤 지나자 오래 휴식을 취하고 나와도 체력이 빨리 소진되었다.

　매일 밤 여자는 내가 글씨를 적는 동안 저녁을 먹으며 이런저런 얘기를 들려주었는데, 남동생이 어릴 때 지병으로 죽었다며 기도로 내 병을 고쳐 주겠다고 말했다. 그건 진심이었다. 근무를 쉬는 날은 하루 종일 앉아서 묵주 같은 걸 쥐고 나를 위해 기도했다. 사이비종교에 빠진 이유를 알 것 같았다. 나는 여자에게 냉동고를 어디서 가져왔는지 물어보았다. 여자는 말할까 말까 고민하더니, 내게 비밀을 유포할 힘이 없단 걸 깨닫고는 과거를 술술 털어놓았다. 실은 20대 때 너처럼 불치병이 있는 사람을 도와준 적이 있어, 라면서 안타깝게도 한번 사라진 뒤로 다시는 볼 수 없었는데 혹시나 다시 만나게 되면 도와주고 싶어서 차에 싣고 다녔어, 라고 말했다.

히즈 마이 블러드(He's my blood)

그렇게 지낸 지 1년쯤 되었을 때, 아침에 바람을 쐬러 나갔다가 꿈에서도 볼 수 없었던(물론 나는 꿈이란 걸 꿀 수 없다) 희서를 보게 되었다. 짐 가방을 든 채 걸어오는 희서를 보고 나는 황급히 가까운 벽에 달라붙었다. 그토록 보고 싶고 만나고 싶었던 사람인데 어째서인지 이런 몰골로는 만날 용기가 생기지 않았다. 희서를 바라보는 것도 죄스러운 기분이었다. 결국 좌절한 채 빌라로 돌아왔다.

　"희서? 희서를 알아? 나도 오늘 처음 봤는데?"

　그날 저녁, 쪽지에 희서의 이름을 쓰자 여자가 깜짝 놀라며 물어보았다. 나는 모든 사실을 알려 주기보다는 대강 내가 희서를 좋아한다는 얘기를 중점적으로 들려주었다. 여자는 아프다는 애가 사랑도 해?라고 물었다. 달리 할 말이 없었다. 어쨌든 희서를 잘 부탁한다고 했다. 나 때문에 방은 항상 핏자국으로 엉망이었지만 여자는 불평하지 않았다. 이런 희생을 어떻게 표현해야 할지 모르겠지만 사이비종교를 맹신하는 그는 나에게 있어서만큼은 천사였다. 그게 여자가 믿는 종교에서 알려 주는 천국에 가는 방법인지도 모르지만.

　여자는 그때부터 희서와 있었던 일, 희서와의 대화를 내게 알려 주었다. 나는 그저 즐거웠다. 어느 날은 옛날에 좀 안 좋은 일이 있었나 봐, 라며 어떻게 알았는지 희서의 일을 안다는 듯이 말했다. 잊고 있던 일이 불쑥 떠올랐다. 희서의 몸속에 있었던 그날의 끔찍한 기억이. 희서가 손목을 그었던 순간도. 다시 생각해도 끔찍해서 혼자 괴로워하고 있으니 여자가 이상하게 쳐다보았다. 나는 잠시 나갔다 오겠다며 빌라 근처 공터로 향했다. 밤공기가 선선해서 금세 기분이 좋아졌다. 한번 속력을 내 달려도 보고 인간이 하는 것처럼 깨금발로 뛰기도 했다. 양팔을 날개처럼 펼치고 비행기 흉내를 내기도 했다. 그 남자를 보기 전까지는.

누군가 으슥한 골목에서 튀어나와 빌라 쪽으로 걸어갔다. 핸드폰을 귀에 대고 있는 얼굴을 유심히 살피다 보니 중학생 때 희서에게 나쁜 짓을 했던 놈이라는 게 기억났다. 나는 앞뒤 잴 것 없이 그 인간에게로 걸어갔다. 그리고 그때 하지 못했던 복수를 했다. 참담하게도 내겐 사람을 때릴 수 있는 능력이 없었지만 그걸 무시한 채 몇 번이고 주먹을 날렸다. 넘어진 그놈 위에 걸터앉아 쉬지 않고 때렸다. 오른손이 반쯤 뭉개지도록 때리고 또 때렸다. 그놈은 덩치도 큰 주제에 그저 혐오스러운 내 겉모습에 놀라 도망쳐 버렸다.

"며칠 방을 비울 거야."

손을 숨긴 채 방으로 돌아오니 여자가 캐리어에 짐을 넣고 있었다. 본가에 다녀온다고 했다. 나는 고개를 끄덕였다. 여자는 잠이 들었고 나는 희서가 남자를 보지 않았기를, 기도하며 냉동고로 들어갔다. 기도가 어떤 식으로 인간의 삶에 가 닿는지는 잘 모르겠지만 여자가 하는 것처럼 따라 했을 뿐이다.

다음 날 여자가 나간 것도 모른 채 냉동고 안에서 얼어 있었다. 어제 너무 무리했는지 알람 소리도 놓쳐 버렸다. 그사이 희서가 몰래 문을 열고 들어올 거라곤 당연히 생각지 못했다. 냉동고 문이 위로 열리며 냉기가 빠졌고 나는 죽었다 깨어난 것처럼 눈을 떴다. 희서가 날 내려다보고 있었다.

어떻게… 네가…?

히즈 마이 블러드(He's my blood)

까무러칠 듯이 새파랗게 질린 희서의 얼굴이 보이는가
싶더니 이내 사라졌다. 다급히 상반신을 일으켰더니 놀라 바닥에
주저앉은 희서가 보였다. 얼른 냉동고에서 빠져나가 그 애 앞에서
안절부절못한 채 서 있었다. 한 걸음 다가가려 하자 희서는 두
손을 들어 더 이상 오지 말라는 신호를 보냈다. 희서는 나를 분명
두려워하고 있었다. 하지만 이대로 보낼 순 없었다. 나는 그동안 써
뒀던 쪽지들을 희서의 손에 쥐여 주었다. 희서는 손에 쥔 걸 던져
버리고 싶은 표정으로 한참을 바라보더니 마지못해 쪽지를 읽었다.
하지만 읽자마자 충격에 휩싸여 예전에 내가 그랬던 것처럼
도망치듯 방을 빠져나갔다. 나는 으스러질 것 같은 몸을 억지로
일으켰다. 지금 희서를 뒤쫓지 않으면 안 된다. 그 생각뿐이었다.

복도로 몸을 내밀자 뜨끈한 바깥공기가 훅 불어닥쳤다. 희서는
복도를 지나 계단을 빠르게 뛰어 내려갔고 나는 전신이 끓어오르는
고통을 참으며 뒤쫓아 달렸다. 건물 밖으로 나가자 고통이 더
극심해졌다. 아닌 게 아니라, 이제 막 황혼이 지는 무렵이었다.
인간의 땀과 침 같은 분비물이 온몸에서 터져 나오듯이 온몸이
미끈거렸다. 희서가 갑자기 걸음을 멈춘 건 내 몸이 조금씩
녹아내리던 순간이었다. 뒤편의 물류센터에선 기계들이 쉼 없이
작동하고 있었고 눈앞으로는 개울이 흘렀다. 태양 빛을 가릴 수
없는 낮은 개울은 온통 황혼에 뒤덮여 있었다. 그 정연한 빛의
세계로 진입한 희서의 몸이 금세 엷은 주황빛으로 물들었다.

나는 황혼을 보고도 걸음을 멈추지 않았다. 이번이 마지막
기회라고 생각했다. 처음이자 마지막으로 그 애가 있는 곳으로
열렬히 달리고 싶었다. 한 번도 낸 적 없는 속도로 달려가고 싶었다.
지금 내가 품고 있는 절실한 마음을 보여 주고 싶었다. 전력 질주의

대가로 더 이상 이 몸에 아무것도 남지 않는다 해도 상관없었다. 태양은 온몸으로 자신의 존재를 알리고 있었고 나는 그와 연대하고 싶었다. 달릴수록 몸이 끈끈히 녹아내렸지만 더 이상 태양이 두렵지 않았다. 오로지 그 애를 안아주고 싶다는 생각뿐이었다. 어느덧 희서가 바로 눈앞에 있었다. 그 애는 이제껏 본 적 없는 눈길로 나를 쳐다보고 있었다. 나는 그에 아랑곳하지 않고 무참히 희서와 충돌했다. 변명하자면 포옹이란 걸 어떻게 하는지 몰랐다. 그래서 그냥 팔만 내민 채 몸을 부딪쳐 버렸다. 하지만 이번에도 뒷일을 생각하지 않고 덤빈 게 실수였다. 희서의 몸과 내 몸이 충돌했을 때, 내 몸이 폭발하는 걸 느꼈으니까. 바깥의 뜨거운 공기를 이기지 못한 내 몸은 그야말로 산산조각 난 풍선처럼 터져 버렸다. 어떤 임계질량을 넘어선 핵물질이 한순간에 폭발한 것처럼. 덧없이, 허무하게. 인체를 갖게 된 이후로 내 몸이 인간의 몸과 닿은 적은 어젯밤이 유일했다. 그 손은 쓸 수 없게 되었다. 하지만 나는 그 순간, 기뻤다. 내가 희서와 포옹을 했다는 것 외에 중요한 건 아무것도 없었다. 그래, 그건 내 몸이 폭발한 게 아니었다. 희서의 몸이 나를 따스하게 녹여 준 것이었다. 뻔뻔하게도 그런 생각이 들었다.

　나의 첫 죽음이 임박한 순간, 한때 희서의 몸속에 있었던 게 떠올랐다. 나는 희서의 내면에 기생했던 것이나 다름없었다. 미안. 희서의 마지막 시선이 스쳤다. 나는 마지막 인사를 건넸다. 안녕. 그래도 사랑할게.

히즈 마이 블러드(He's my blood)

5.

뛰면서도 이건 말이 안 된다고 생각했다. 설마 냉동고 속에
그 애가 있을 거라곤. 나도 모르게 두려움에 휩싸여 도망쳤는데
달리다 보니 이해가 되지 않았다. 혼란을 느끼던 차에 손에 쥐고
있던 쪽지들을 다시금 펼쳐 보았다. '난 너의 피였어.' '난 그냥
네가 좋아.' '제발 죽지 마. 그건 내가 대신 할게.' '넌 강해. 강한
사람이야.' '살아 줘.'

돌연 두 다리가 멈추었다. 지금 내가 뭘 하는 거지. 지금
도망가선 안 된다. 고작 무서워서 도망을 간다니. 저 애한테 그동안
물어보고 싶은 게 많았잖아. 이게 다 사실인지, 그동안 무슨 일이
있었는지 물어봐야 하잖아. 저 애는 겉보기와 달리 전혀 위험하지
않아. 그건 네가 누구보다 잘 알잖아.

그제야 주변이 눈에 들어왔다. 내가 서 있는 곳은 그 다리였다.
마음이 조금 진정된 나는 뒤돌아 달려온 길을 바라보았다. 그 애를
정식으로 마주할 생각이었다. 그런데 당혹스럽게도 그 애가 내
쪽으로 전력을 다해 달려오고 있었다. 어떻게 막을 새도, 피할 새도
없었다. 그 애의 몸이 내 몸으로 폭, 하고 안겨들었다.

퍽.

분명 따스하고 포근한 느낌이었는데 소리가 어딘가 이상했다.
두 몸이 하나가 된 순간 무언가가 내 몸에 흩뿌려졌고, 교통사고를
당한 것처럼 몸에 충격이 전해지고 정신이 멍해졌다. 나는 피범벅이
된 몸을 내려다보았다. 대체 무슨 일이 벌어진 건지 알 수가 없었다.
소리를 지를 수도 없었다. 내 몸에 묻은 게 꼭 내가 흘린 피처럼
여겨졌다. 그 애에게 물어보려 했는데, 궁금한 게 너무나 많았는데,

그 애는 온데간데없고 온통 석양과 피로 물든 내 작업복과 사방에 뿌려진 핏자국뿐이었다. 나는 얼굴에 튄 피를 무기력하게 닦아 냈다.

이미 그 애가 달려올 때부터 예감했던가. 아니, 냉동고에서 그 애를 발견했을 때부터 어렴풋이 직감했다. 홍채, 각막, 시신경 같은 게 전혀 없었음에도 그 애가 바로 과거의 그 시선들이었다는 것을. 도대체 그동안 무슨 일이 있었는지는 모르지만 그 애가 관련된 건 틀림없다는 것을.

'나는 너의 피였어.' '제발 죽지 마.'

뒤늦게 후회해 봐야 아무 소용 없었다. 그가 정말 내 피였는지, 그날 정말 내 방에 있었던 건지 더는 궁금하지 않았다. 그저 내 마음이 그의 진심과 통하고 있었다. 방금 그 애의 몸이 안겨 왔을 때 솜 인형을 안듯 포근했다는 것도.

"…그치만 어째서."

왜…, 왜 이런 짓을 한 거야? 넌 항상 뒷일은 생각하지 않고 저지르는구나. 이러고 죽어 버리면 나더러 어쩌라고! 흔적만 남은 그 애의 몸을 보고 있자니 화가 났다. 점점 더 화가 치밀었다. 너무 화가 나서 미칠 것 같았다. 이제야 겨우 만났는데, 왜, 왜 이렇게 돼 버렸어? 나는 입안을 잘근 깨물며 눈물을 참았다. 왼쪽 뺨을 훑으며 후텁지근한 바람이 불어왔다. 축축하고 벌겋게 젖어 버린 옷이 피부에 닿았다 떨어졌다. 두 다리가 떨려 왔다. 어떤 후회와 슬픔, 격정이 차곡차곡 전신으로 퍼져 나갔다. 금세 온 얼굴이 젖어 들었다. 도저히 눈물을 멈출 수가 없었다. 나는 피범벅이 된 옷을 끌어안았다. 그리고 한참을 울었다. 어느 순간엔 그동안의 일들이 모조리 씻겨 내려간 듯 해방감을 느꼈다.

나는 아니, 우리는 후련한 마음으로 붉은 태양 빛을 바라보았다.

히즈 마이 블러드(He's my blood)

빛은 이토록 조악한 우리에게도 공평하게 자신의 일부를 내주었다. 빛과 피는 언제까지나 내 편이었다. 이윽고 내 근육, 내 세포, 내 몸속 피가 다시 그가 되었다. 그는 곧 내 전부가 되었다.

잠든 사이에 누군가

한새마

나연 쌤의 영어 공부 팁/유학 준비/일상/공유 블로그

2023. 11. 3. 23:10

조금 있으면 저는 살인자가 됩니다.

아니, 어쩌면 벌써 살인자가 됐을지도 모릅니다. 이대로 견고한 침묵 속에 숨어 버린다면 살인자가 되는 건 피할 수 없는 운명입니다.

그러므로 이 글은 당연히 유서(遺書)입니다.

1.

내 이름은 김은채가 아니다. 21살도 아니다.

"김은채, 21세, TS로 들어온 중증 외상 환자입니다."

"GCS는?"

"E1, V1, M2. 총 4점 코마 상태입니다."

응급실에서 의료진들이 주고받는 말을 듣고서 나는 경악했다.

내 이름은 김나연이다. 23살이고 평범한 대학생이다. 아니, 정확하게 말하자면 휴학생이다. 졸업을 앞두고 호주 멜버른 대학교로 유학 가기 위해 학업을 잠시 중단한 상태니까.

"보호자는?"

"지금 수납하러…."

바퀴가 바닥을 긁으며 달달거렸다. 환자 수송용 침상이 요동쳤다. 그때마다 온몸이 아팠다. 정말 안 아픈 데가 없었다. 숨 쉴 때마다 옆구리가 뻐근하고 머리통이 욱신거렸다. 혓바닥은 통통 부은 데다 모래알처럼 버석거렸다. 입안에선 자꾸만 피가 고였다.

전 김나연이에요. 김은채가 아니라고요!

하지만 목구멍에서 겨우 빠져나오는 건 한 음절도 안 되는 신음뿐이었다.

"우리 은채 좀 제발 살려 주세요."

침상 오른쪽에서 불쑥 중년 여성의 목소리가 들려왔다. 구둣발로 시멘트 바닥을 긁는 듯한 목소리였다. 술과 담배와 악다구니로 거칠어질 대로 거칠어진 여자의 얼굴이 떠올랐다.

아는 얼굴일까 싶어 나는 눈을 뜨려고 했다. 하지만 눈꺼풀조차 마음대로 움직일 수 없다는 사실을 깨닫곤 절망했다. 내가 '나'라는 감옥에 갇힌 코마 환자라는 걸 다시금 실감할 수밖에 없었다.

"진정하세요, 어머니."

간호사가 여자를 다독이는데, 어머니라는 말이 귀에 와 박혔다.

3개월 전 엄마의 낙상 사고만 발생하지 않았더라면 지금쯤 나는 호주 멜버른의 야라강 산책로를 걸으며 붉은 노을을 감상하고 있었을 것이다.

잠든 사이에 누군가

나를 보러 왔다가 엄마는 빌라 계단에서 굴렀다. 그 사고로 크게 다쳐 병원에 입원한 엄마를 새아버지가 간병하고 있었다. 미안한 마음에 나는 그동안 모아 놨던 유학 자금을 깨서 병원비에 보탰다. 그러다 보니 유학 출국 일정이 조금 미뤄질 수밖에 없었다.

그러니까 이 여자가 내 엄마일 리 없단 말이다.

"어떻게 진정하겠어요? 울 딸이 뺑소니를 당했는데!"

내가 뺑소니를 당했다고?

나는 사고 당시를 떠올리려고 필사적으로 머릿속을 휘저었다. 그러자 단편적인 기억 몇 개가 떠올랐다.

한밤의 강변로를 걷고 있었다. 산책 중이었는지는 모르겠다. 아무튼 갓길에 차를 세우고 인적 드문 산책로를 무턱대고 걸었다. 그러다 가로등 아래에 서서 잡목림과 수풀 너머의 강물을 눈으로 어루더듬었다. 강물의 깊이와 유속을 가늠했다. 강이 어디로 흘러갈지 짐작해 보았다.

그때 등 뒤에서 자동차 바퀴가 회전하며 노면을 할퀴는 소리가 났다. 뒤돌아보는 나를 커다란 광원이 순식간에 집어삼켰다. 충격이 온몸을 강타했다. 아, 이대로 죽는구나 싶었다.

교통사고의 충격으로 일련의 기억들이 산산이 부서진 게 틀림없었다. 단편적인 기억들만 맥락 없이 떠오르는 걸 보니.

혹시 이 여자는 교통사고 책임을 어떻게든 줄여 볼 속셈으로 뺑소니 운운하며 제 딸의 주민등록번호를 의료진들에게 말했던 게 아닐까? 그렇지 않고서야 어떻게 다들 내가 김은채라고 찰떡같이 믿을 수 있을까?

"뺑소니범 잡게 경찰 불러 주세요. 빨리요!"

여자가 씩씩거렸다.

이런 당당한 태도를 보면 뺑소니범은 아닌 것 같긴 하다. 하지만 엉뚱한 사람을 제 딸로 둔갑시켜 놓은 건 경찰한테 어떻게 설명하려는 속셈이지? 아니, 신원 미상자라면 몰라도 경찰이 아무 이유 없이 환자의 신분을 알기 위해 지문 감식 따위를 할 리 없다. 혹시 그걸 알고서 선수 치려는 걸까? 그렇다면 정말 용의주도한 여자가 아닐 수 없다.

경찰은 그렇다 치고 나중에 내가 깨어나면 이 모든 게 들통날 텐데 그땐 어쩔 셈이지? 아니면 내가 영영 깨어나지 못할 거라 확신하는 걸까? 가짜 김은채가 이대로 계속 코마 상태면 진짜 김은채는 어떻게 되는 거지? 그러자 한 가지 무서운 생각이 머리를 스쳤다. 진짜 김은채는 이미 이 세상에 없는 게 아닐까?

질문에 질문을 이어 가려고 하니 머릿속이 출렁거렸다. 뇌가 미지근한 물주머니로 바뀐 것 같았다. 뭉근한 정신을 얼음 조각같이 차가운 날붙이가 갈랐다. 가윗날이 정강이에서 무릎까지 단번에 그었다. 골절을 응급처치하기 위해 바지를 자르는 거였다.

내 몸이 무방비로 노출되는 게 싫다고 느낀 찰나, 오른쪽 팔뚝이 따끔하더니 수십 개의 바늘이 손등에서 어깨까지 타고 올라오는 느낌이 들었다. 속이 메슥거렸다. 날뛰던 통증들이 얌전해졌다. 진통제가 투약된 모양이었다.

졸음이 막무가내로 몰려왔다. 이대로 잠들고 싶지 않았다. 두 번 다시 깨어나지 못할까 봐 두려웠다.

나는 소리 없는 비명을 질러 댔다.

잠든 사이에 누군가

나연 쌤의 영어 공부 팁/유학 준비/일상/공유 블로그

2023. 11. 3. 23:28

저의 살의는 저의 작은 선의에서 시작되었습니다.

그날은 시범 과외가 있던 날이었습니다. 대개 과외는 과외 학생 집으로 찾아가 학부모의 참관하에 간단한 테스트나 강의를 하는 게 정석입니다. 그런데 과외 중개 사이트에서 제 프로필을 본 학생 엄마가 동네 카페에 애를 내보낼 테니 시범 과외를 해 달라고 요청해 왔습니다. 6개월 뒤에 호주 멜버른으로 유학 갈 예정인데 프로필에 적어 놓지 않아 죄송하다며 과외 자리를 고사하려고 했습니다. 그런데 학생 엄마가 마침 단기 과외를 구하고 있었다며 오히려 잘됐다고 했습니다.

약속 장소인 카페로 나갔더니 과외받을 학생이 세 명이나 나와 있었습니다. 남학생 한 명과 여학생 두 명이었습니다. 그룹 과외를 받고 싶다면 진작에 저에게 말해 줬어야 합니다.

"안녕? 김나연이라고 해. 근데 너희 셋 다 과외받을 거니? 테스트지를 한 부밖에 안 가져왔는데 어떡하지?"

덩치 좋은 남학생이 호주머니에 찔러 넣고 있던 손을 빼 들고선 히죽거렸습니다. 후드티 소매 사이로 문신이 언뜻 보였습니다.

"저만 받으면 되는데요."

후드티 남학생 앞으로 저는 테스트지 한 부를 내밀었습니다. 남학생이 오른손을 펼쳐 보이며 펜도 달라고 손짓했습니다. 저는 필통에서 펜을 꺼내 주었습니다.

"뭐라도 마시면서 하죠."

귀에 무선 이어폰을 낀 여학생이 카페 안을 두리번거리며 말했습니다. 여학생은 교복 차림이었지만 역시나 공부와는 거리가 먼 느낌이었습니다.

"그, 그래. 풀고 있어."

저는 조각 케이크와 음료를 사러 일어났습니다. 그러자 말없이 앉아만 있던 통통한 체형에 안경을 낀 단발머리 여학생이 일어나 계산대까지 따라왔습니다.

"쌤, 저하고 밖에서 잠깐 얘기 좀 해요."

어찌나 힘이 센지 저는 단발머리 여학생의 손에 꽉 붙들려서 카페 밖으로 끌려 나갔습니다.

"저 녀석들 울 학교 일진이에요. 시범 과외 핑계 대고 쌤 뜯어 먹으려고 온 거예요. 어제 학생 엄마인 척 전화한 애도 쟤고요. 그러니까 그냥 가세요."

저는 강단 있게 뒤돌아서는 단발머리 여학생을 붙잡았습니다.

"너 쟤들한테 괴롭힘당하고 있는 거 아니야?"

"하이에나처럼 한번 물면 절대 안 놓는 녀석들이에요. 안 물린 걸 다행으로 여기고 그냥 가세요."

카페 안으로 들어간 단발머리가 의자에 앉아 있던 일진들한테 가 뭐라고 이야기하는 게 통유리창 너머로 보였습니다. 그러자 덩치 큰 남학생이 자리에서 벌떡 일어났습니다. 당장이라도 튀어나올 것 같아 저는 뒤도 안 돌아보고 도망쳤습니다.

그날 저녁에 단발머리 여학생한테서 연락이 왔습니다.

잠든 사이에 누군가

"쌤, 필통 두고 가셨어요. 지금 가져다드려도 될까요?"

빌라 앞 놀이터에서 단발머리 여학생을 만났습니다. 그 애는
녹슨 시소에 걸터앉아 있었습니다. 멀리서 봐도 표가 날 정도로
낡아빠진 교복을 입고 있었습니다. 놀이터 가로등 불빛에 비춰
교복 팔꿈치와 엉덩이 부위가 빤들거렸습니다. 가까이 가서 봤더니
일진들에게 얻어맞았는지 안경다리에 테이프가 발라져 있고
눈덩이가 빨갛게 멍들어 있었습니다.

저는 필통을 받아 들며 단발머리 여학생의 이름과 나이를
물었습니다. 이름은 김은채, 18살이라고 했습니다. 통통한
체형이라 그런지 20살은 더 되어 보였습니다.

"쌤, 잘 데가 없어서 그런데 오늘 하루만 재워 주면 안 돼요?"

어린 시절 부모님이 이혼하고 할머니 손에서 자랐다는 은채는
고등학교 앞에 자취방을 구해서 혼자 살고 있는데, 일진들이 어찌
알고 은채 자취방을 아지트로 삼았다고 했습니다. 게다가 지금은
방학이라 매일같이 찾아오는데도 막을 방도가 없다고 했습니다.

그런 은채에게 저는 매정하게 굴 수 없었습니다. 저 또한
부모님의 이혼으로 10대 시절을 방황하며 보냈기 때문입니다.
고1 때까지 같이 살았던 엄마가 재혼해 새 가정을 꾸리는 바람에
아빠에게로 반품되듯이 돌아가야만 했었습니다. 방황은, 아빠가
췌장암으로 갑작스레 사망하면서 끝이 났습니다. 그 뒤로 종종
엄마와 연락을 주고받긴 하지만 저는 아빠가 유산으로 남긴
빌라에서 죽 혼자 지냈습니다.

저는 은채에게 제집에서 며칠 머물러도 좋다고 말했습니다.
그때는 몰랐습니다. 이 작은 선의가 저를 살인자로 만들게 될 줄은.

2.

기절하거나 기절한 듯 잠들곤 했다. 꿈도 없었다. 나도 없었다. 시간마저 사라진 자리엔 오직 어둠뿐이었다.

타앙, 타앙.

견고한 어둠의 벽을 내리치는 소리가 났다. 강렬하고도 규칙적인 타격음에 나는 영원할 것만 같던 잠에서 깼다.

응급실이 아니었다. 응급실 냄새 대신에 플라스틱 냄새 같은 게 났다.

얼마의 시간이 지난 거지? 몇 달? 몇 주? 아니면 며칠?

귓청을 때리던 기계음이 멈췄다. 귓속이 먹먹했다.

받침대가 발 쪽으로 이동하면서 몸이 좌우로 출렁거렸다. 받침대의 움직임이 멈추자 누군가의 차가운 손가락이 내 눈꺼풀 위에 얹어 놓은 눈가리개를 떼어 냈다. 그러자 눈꺼풀 아래로 시리도록 환한 빛이 느껴졌다.

"MRI 다 찍었으니까 보호자분, 이제 들어오셔도 돼요. 조무사님은 저하고 같이 환자분 옮깁시다."

받침대가 이리저리 움직이더니 곧 덜컹거리며 침상 바퀴가 굴러가는 게 느껴졌다. 자동문 열리는 소리가 났다. 침상이 가다 서다를 반복했다.

그때 갑자기 내 얼굴 위에서 찰칵, 하는 소리가 났다. 스마트폰 카메라가 작동하는 소리였다.

"뭐 하세요?"

침상 왼쪽에서 남자 목소리가 들려왔다. 좀 전에 나를 침상으로 옮겼던 조무사였다.

잠든 사이에 누군가

"아, 병상 일기 쓰고 있어요. 혹시나 모르잖아요. 뺑소니범은
안 잡히고 우리 은채는 이대로 안 깨어나고 그러면 SNS에서
후원금이라도 거둬야 할지?"

은채 엄마 하는 짓이 황당했는지 조무사의 네, 하는 소리가 길게
이어졌다.

"그래도 이만하니 다행이네요."

"네, 정말 다행이죠. 근데 역시나 병원비가 걱정이에요."

"보험 들어 놓은 거 없어요?"

"얘가 바보같이 다 해약했더라고요. 제가 그나마 얘 연금 삼아
따로 들어 둔 생명보험이라도 있기에 망정이지….."

나는 보험에 대해선 잘 모른다. 하지만 남의 딸을 데려와 제 딸로
둔갑시키고 아무런 대가 없이 공짜로 치료해 줄 리 없다는 것 정도는
안다. 은채 앞으로 몰래 넣어 뒀다는 생명보험이 내 목에 걸린
시한폭탄 같았다.

"그러니 뺑소니범 꼭 잡아야죠."

갑자기 메스꺼울 정도로 독한 장미 향수 냄새가 코끝을 스쳤다.
머리카락이 귓불을 간지럽혔다. 단내 나는 속삭임이 귓바퀴를
핥았다.

"안 그러면 차라리 죽는 게 나아. 그렇지, 은채야?"

시한폭탄 타이머가 째깍거리기 시작했다. 나는 온몸에 털이
곤두섰다.

수송용 침상이 다시 좌우로 흔들거렸다. 다리가 침대
가장자리로 밀려났다. 그러자 이동하던 게 잠시 멈췄다. 은채
엄마인지 조무사인지 모를 누군가가 오른쪽 다리를 들어 올렸다.
다리가 구부러지지 않고 딱딱한 뭔가에 싸여 있는 느낌이 들었다.

오른쪽 다리에 골절상을 입어서 깁스를 해 놓은 거 같았다.

슬라이드 문 열리는 소리가 났다. 후텁지근한 공기가 얼굴에 훅 끼쳤다. 응급실 공기와 달리 알코올 냄새와 오래 앓은 상처 냄새가 뒤섞여 있었다. 병실이었다.

침상이 덜커덕 소리를 내며 멈췄다. 어느새 다가온 간호사가 내 코에 콧줄을 도로 집어넣고 손가락에 환자감시장치 센서를 끼워 넣은 다음 양 손목을 낙상 방지 가드에 부드러운 천으로 묶었다.

코마 환자인데 손목을 왜 묶지?

마치 내 질문을 듣기라도 한 것처럼 간호사가 말했다.

"금방 깨겠네요."

앳되고 상냥한 목소리였다.

다른 환자나 보호자의 목소리가 들리지 않는 걸 보니 1인실이다.

"의사도 아니면서 그걸 어떻게 알아요?"

은채 엄마는 불신과 업신여김을 숨기지 않았다.

"코마 환자가 울고 신경질 부리고 콧줄을 뽑으려 하면 며칠 내로 깨더라고요."

은채 엄마의 예의 없는 태도에도 간호사는 기분 나빠하지 않고 친절하게 대꾸했다.

"그러니 어머님도 눈 좀 붙이세요. 며칠째 물 한 모금 안 넘기고 곁을 지키셨잖아요."

간호사의 말이 끝나기 무섭게, 축축하고 뜨거운 손이 내 손과 발을 마구 주물러 댔다. 어찌나 세게 주무르는지 손가락 발가락 마디마디가 부딪쳐 아팠다.

"자식이 이렇게 아픈데 속 편히 지낼 부모가 어디 있겠어요."

병든 딸 걱정에 애끓는 엄마 코스프레 좀 그만하라고 소리치고

잠든 사이에 누군가

싶었다. 앞으로도 이렇게 무방비로 은채 엄마의 꼭두각시가 될 걸 생각하니 끔찍했다.

병실 바닥을 조심스레 내딛는 구둣발 소리가 났다. 다른 간호사였다.

"어머님, 이거⋯."

나는 발 너머에서 들려오는 종이 부스럭대는 소리를 놓치지 않았다.

"이게 뭐죠?"

"은채 양 바지에서 발견했어요. 편지봉투에 유서라고 적혀 있던데⋯."

유서라고? 내 바지 주머니에서 유서가 나왔다고?

"일루 줘 봐요."

종이를 획 낚아채는 소리가 났다.

"우리 은채 게 아닌데요? 여기 다른 애 이름이 적혀 있잖아요."

"그렇긴 한데 은채 양 바지에서 나온 건 확실해요."

무슨 소린지 퍼뜩 이해되지 않았다. 하지만 은채 엄마의 다음 말을 듣자마자 단번에 깨달을 수 있었다.

"편지에 이렇게 적혀 있잖아요. '김나연 올림'이라고."

그건 김나연, 내가 쓴 유서였다.

나연 쌤의 영어 공부 팁/유학 준비/일상/공유 블로그

2023. 11. 4. 00:07

이 글은 고통스러운 복기(復棋)입니다. 살인을 향해 한 수, 한 수 놓아지는 돌을 멈출 수가 없습니다.

은채가 제집에서 자고 일어난 첫날이었습니다. 밤사이 보일러가 고장 나 돌아가지 않았는데 저는 그것도 모르고 얇은 실내복 차림으로 잤던 탓에 감기에 걸려 버렸습니다.

오한에 떨고 있던 저에게 언제 장을 봐 왔는지 은채가 매운 토마토스튜를 끓여 주었습니다. 쓴맛과 떫은맛이 약간 느껴졌지만, 소고기의 깊은 풍미가 바질칠리토마토소스와 잘 어울렸습니다. 속까지 따듯해지는 느낌이라 남기지 않고 먹었습니다.

"고마워. 진짜 맛있게 잘 먹었어."

빈말이 아니었습니다. 저도 블로그에 종종 저만의 레시피를 올리곤 했는데 가장 자신 있게 소개했던 게 토마토소고기스튜였습니다.

"제가 업그레이드를 해 봤죠."

그렇지만 따뜻한 스튜를 먹었는데도 몸은 조금도 나아지지 않았습니다. 오히려 구토와 설사 증상까지 더해져 이틀 뒤 AS 기사가 방문했을 땐 몸을 일으키기도 힘들 정도였습니다.

"보일러실 코드를 뽑아 놨네요?"

AS 기사가 중얼거리자 은채가 따지듯이 물었습니다.

"누가 그걸 일부러 뽑아 놔요? 예전에 살던 사람이 느슨하게 꽂아 뒀겠죠."

뒤쪽 베란다에서 AS 기사와 은채가 이야기를 나누고 있는데도 저는 침대 밖으로 한 발자국도 나오지 못했습니다.

"은채야, 화장대 서랍에 카드 있어. 그걸로 출장비 계산해."

겨우 내뱉었던 이 말이 저의 첫 번째 실수였습니다.

잠든 사이에 누군가

다음 날 병원에 갔더니 폐렴 진단을 받았습니다. 엑스레이 사진 속의 폐 아랫부분에 흰 점들이 돋아나 있었습니다.

"구토, 설사는 다른 병의 증세일 수 있으니 약 먹어도 안 나아지면 꼭 다시 오세요."

병원에서 집으로 돌아온 저는 침대 속으로 기어들어 가기 바빴습니다. 운동이나 쇼핑은커녕 간단한 집안일조차 하기 귀찮아졌고 순식간에 무기력해졌습니다. 무기력은 무기력을 키우며 저를 잠식했습니다.

"언니, 아무래도 번아웃 증후군까지 같이 왔나 봐요. 이럴 땐 그냥 아무것도 하지 말고 쉬세요. 제가 곁에서 돌봐드릴게요."

번아웃 증후군? 그럴지도 모른다고 생각했습니다. 지금까지 단 한 번도 결석한 적 없고 단 한 번도 결근한 적 없이 열심히 살아왔던 저였습니다.

"입학통지서를 받아 놔서 계속 쉴 순 없고 그럼 딱 한 달만 놀아 볼까?"

은채는, 제가 다 나을 때까지 조금만 더 제 곁에 머무르기로 했습니다. 이것이 저의 두 번째 잘못이었습니다.

보름 뒤쯤 저하고 도통 연락이 안 된다며 엄마가 빌라로 찾아왔습니다.

"이거 해독주스인데 어머님도 드셔 보세요."

은채가 새빨간 색깔의 주스를 엄마에게 내밀었습니다. 케일, 방울토마토, 비트, 사과 등을 직접 갈아서 만든 주스라고 했습니다. 컵을 받아 드는 엄마의 표정이 떨떠름했습니다. 은채는 방긋방긋 웃으며 쟁반을 들고 서 있다가 엄마가 주스를 반쯤 마시자 뒤돌아 부엌으로 갔습니다.

"쟤 좀 이상하다."

엄마가 침대로 바짝 다가와 속삭였습니다.

"왜요?"

저도 덩달아 목소리를 죽였습니다.

"쟤가 지금 입고 있는 옷, 네 거 아니니? 내가 너 대학교 입학식 때 입으라고 사 준 명품 원피스잖아."

은채에겐 입을 옷이 낡은 교복밖에 없었기 때문에, 여기서 지낸 첫날부터 제 트레이닝복을 줬습니다. 어쩌면 은채는 그걸 제 옷장에서 아무 옷이나 편하게 꺼내 입으란 말로 이해했던 건지도 모르겠습니다.

"그리고 이런 거 다 네 카드로 사는 거 아냐?"

엄마는 해독주스 잔을 들고 이상한 것이라도 들어 있는 양 안을 꼼꼼히 살펴보았습니다. 필요한 게 있으면 화장대 서랍에서 신용카드를 꺼내 쓰라고 말한 사람은 저였습니다.

"안 되겠다. 너 그냥 집으로 들어와라. 엄마 옆에서 몸 좀 추슬렀다가 호주로 가."

하지만 엄마 집에는 새아버지가 있어서 불편할 게 빤했습니다.

"생각 좀 해 볼게요."

"아이고, 생각하고 자시고 할 거 없어. 내일 데리러 올 테니까 간단하게 짐 좀 싸 놔."

돌아가는 엄마를 빌라 입구까지 배웅하겠다며 은채가 따라

나갔습니다. 그런데 곧 현관문 밖에서 끔찍한 비명이 울렸습니다. 층계참에서 어지러움을 느낀 엄마가 계단 아래로 굴러떨어진 것이었습니다.

꼬리뼈를 다친 엄마는 그 길로 병원에 실려 가 몇 달 동안 입원을 해야 했습니다. 저는 미안한 마음에 유학 자금을 깨서 병원비에 보탰습니다.

"언니, 또 열난다."

은채가 '38.2°'라고 표시된 체온계 화면을 제 코앞에 들이밀었습니다.

"이러면 병원 문턱도 못 들어가요. 언니 대신에 제가 어머님 만나 뵙고 올게요. 어머님은 뭐 좋아하세요? 병원 밥이 입에 안 맞으실 거 같으니까 먹을 만한 거 좀 만들어 갈게요."

그리고 그렇게 하라고 허락한 게 돌이킬 수 없는 저의 악수(惡手)였습니다.

3.

내가 죽으려 했다니 믿을 수가 없었다.

그런데 갑자기, 화장대 앞에 앉아 유서를 쓰고 있는 내 모습이 떠올랐다. 유서라는 글자 옆에 눈물이 점점이 떨어지던 것도 기억났다. 살고 싶었어. 살고 싶었다고! 유서를 쓰면서 고래고래 소리를 지르는 장면이 따라 나왔다.

살고 싶다면서 왜 유서를 쓰고 있는지 도저히 이해가 되지 않았다. 심지어 이게 진짜 내 기억이 맞는 걸까 의심스럽기까지 했다. 가뭇없이 혼란스러워하고 있는데 은채 엄마의 다음 말에 충격을 받아 머릿속이 아득해졌다.

"엄마를 계단에서 밀어 버렸어요? 김나연이란 애는 유서가 아니라 자백서를 써 놨네, 쯧쯧."

엄마가 빌라 계단에서 굴러떨어졌던 게 내 짓이었다고? 내가 엄마를 밀었다고? 내가 엄마를?

갑자기 손바닥의 감촉이 되살아났다. 등판을 밀자 약간의 저항감으로 손에 착 붙었다가 떨어지던 롱패딩의 차가운 느낌, 너무나도 생생했다. 상상으로 만들어 낸 게 아니었다. 내가 엄마를 계단 아래로 밀어 버렸던 것이다.

"그럼 그거 도로 가져가서 버릴까요?"

유서를 가져왔던 간호사였다.

"아, 아니에요. 이건 내가 처리하죠."

간호사들이 나가자 병실 안에는 은채 엄마의 시근덕거리는 숨소리만 불온하게 울려 댔다.

"뭐야? 놀랐잖아. 뭐 이따위 걸 써서 사람을 놀라게 만들고 그러니?"

말투로 보아하니 은채 엄마는 알고 있는 게 분명했다. 내가 직접 쓴 유서라는 걸.

"그래, 자백서를 좀 더 읽어 볼까? '저는 엄마를 떠민 것도 모자라 병실에 입원해 있는 엄마에게 제초제가 든 음식을 만들어 먹였어요. 제초제를 30배 정도 희석해 아주 조금씩 먹이면 갑자기 죽진 않거든요.'"

쩝쩝거리는 소리가 다 들릴 정도로 내 귀에 가까이 입술을

잠든 사이에 누군가

가져다 대고서 은채 엄마가 중얼거렸다.

"'엄마는 매주 투석해야 할 만큼 신장이 망가져 버렸어요. 하지만 모든 건 엄마의 자업자득이에요. 처음엔 할머니가 아팠어요. 고령이었고 지병이 있어서 할머니가 돌아가셨을 땐 아무도 의심하지 않았어요. 그다음엔 친아버지였어요. 재혼한 새아버지도 아팠죠. 마지막으론 저보다 3살 많은 오빠였어요. 끔찍하고 고통스러운 시간 끝에는 항상 죽음이 기다리고 있었죠. 이젠 제 차례였어요.'"

내가 엄마를 민 건 확실하다. 유서를 쓰던 것도 기억난다. 그렇다면 엄마에 대한 저 내용들도 사실일까?

어렸을 때 나는 건강했다. 하지만 어느 날부턴가 엄마가 말했다.

'넌 약골이라서 철철이 몸에 좋다는 걸 달여 먹어야 해. 으이구, 손이 많이 가는 아이라니까.'

민들레즙, 흑염소 소주, 십전대보탕 따위가 매일 아침 식탁 위에 올라왔다. 하지만 엄마가 주는 걸 먹고 나면 더 아팠다. 두통과 복통과 메스꺼움과 호흡곤란에 시달렸다. 그래서 고등학교 때 집을 나갔다. 엄마에게서 벗어나야 했다.

내 귀에서 입술을 떼고 은채 엄마가 투덜거렸다.

"하이고, 유서가 아니라 투서를 썼구나?"

종이 구겨지는 소리가 났다.

그때 갑자기 발치에서 낯선 남자의 목소리가 울렸다. 문 열리는 소리도, 발자국 소리도 듣지 못했는데.

"무진시 강서경찰서 형사과 박형필 경삽니다. 기억하시죠? 2년 전에 한번 봤었는데?"

능글능글 기름기가 잔뜩 낀 목소리였다.

"아, 똑똑히 기억하죠. 후원금 사기로 절 걸고넘어졌던 형사님이시잖아요?"

박형필 경사와 은채 엄마는 구면인 모양이었다.

"안녕하세요. 첨 뵙겠습니다. 서보라 경장입니다."

"제가 쓴 병상 일기 블로그 땜에 자발적으로 모인 후원금인 거 밝혀져서 수사 종결됐잖아요? 근데 왜 왔어요?"

은채 엄마의 목소리가 뾰족해졌다.

"사건 경위에 대해서 자세히 듣고 싶어서 왔습니다."

"어제 교통과에서 나온 경찰들한테 다 얘기했는데? 요즘 경찰들 참 한가하나 봐. 뺑소니 사건 하나에 경찰 팀이 몇 개나 붙는 걸 보니."

은채 엄마의 비아냥에 조금도 동요하지 않고 서보라 경장이 공손하게 말했다.

"김은채 양 뺑소니 사건이 저희 팀에서 조사하고 있는 다른 사건과 연루되어 있는 정황이 있어서 그렇습니다. 다시 한번 자세한 진술 부탁드릴게요. 뺑소니범 잡는 데에도 큰 도움이 될 거예요."

나도 귀를 쫑긋 세웠다. 은채 엄마가 나를 발견하고 여기로 데려온 경위가 궁금했다.

"특별한 건 없고, 내가 강변로에 도착했을 땐 이미…."

은채 엄마의 대답이 끝나기 무섭게 박 경사가 치고 들어왔다.

"거기엔 어떻게 알고 가셨나요?"

"우리 애가 이전에 몇 번 자살 시도를 했었어요. 그래서 제가 몰래 전화기에 위치추적 앱을 깔아 놨거든요. 그날 밤에도 애가 전화해서 이상한 소릴 하길래 위치를 알아내서 달려갔던 거예요."

부서졌던 기억의 조각 하나가 튀어나왔다. 스마트폰에 대고 악다구니를 퍼붓고 있는 내 모습이 떠올랐다. '나 찾지 마. 이제 진짜 엄마하고 끝이야!'라며 소리치는 장면이었다. 위치추적 앱이 깔린 줄 알았다면 엄마에게 전화를 걸지도 않았을 것이다.

박 경사가 흐음, 하고 콧김을 길게 내뿜었다.

"뺑소니인 건 어떻게 아셨죠?"

"둘러보니까 주변에 깨진 전조등 조각도 있고 스키드마크도 있고 그렇더라고요."

"그쪽으로 전문가신가 보네요."

누가 들어도 비꼬는 말투였다. 이쪽이 피해자인데 오히려 범인 취급하는 박 경사의 태도가 이상했다. 은채 엄마의 과거를 알고 있는 게 분명했다.

"보험사기 전과 3범이죠?"

보통 사기도 아니고 보험사기라니, 은채 엄마는 자해 공갈단이라도 꾸렸던 것일까.

"그게 왜요? 전과 있는 사람 딸은 뺑소니 당하면 신고도 못 하나요?"

박 경사가 슬쩍 말을 돌렸다.

"참, 은채 양 바지에서 유서가 나왔다면서요?"

은채 엄마가 콧방귀를 뀌었다. 팔짱을 끼고 입술을 실룩거리는 모습이 자연스레 연상되었다.

"우리 애 유서가 아니더라고요."

"왜 다른 사람 유서를 은채 양이 가지고 있었을까요?"

"그건 저도 모르죠. 혹시 유서 쓴 애가 우리 은채를 이 꼴로 만든 뺑소니범 아닐까요?"

어디서부터 꼬였는지 모르겠지만 유서가 중요한 단서인 것은 틀림없었다. 그리고 어쩌면 내가 김나연임을 증명해 줄 수 있는 유일한 증거일지도 모른다.

"유서 좀 보여 주시죠."

"없어요. 버렸어요."

좀 전에 종이 구겨지는 소리가 유서였던 걸까. 내 유서를 누구 마음대로 버리냐고 속으로 소릴 질렀다.

"중요한 증거를 함부로 버리는 사람이 어딨습니까?"

박 경사가 은채 엄마를 탓하는 소리가 들리고 곧이어 병실 침상 밑에서 비닐봉지가 바스락대는 소리가 났다.

"여기 있네요."

서 경장이 구겨진 유서 종이를 펴서 박 경사에게 건넸는지 박 경사가 흥미롭다는 듯 중간중간 으흠, 으흠, 하는 콧소릴 냈다.

"이거 가져가도 되겠죠?"

"아니, 왜요?"

은채 엄마의 목소리가 다급했다.

"쓰레기통에 버렸으면 가져가든 말든 상관없잖아요? 은채 양 유서도 아니고."

박 경사의 능구렁이 같은 말에 은채 엄마가 끙끙거렸다.

"그러세요, 그럼."

나연 쌤의 영어 공부 팁/유학 준비/일상/공유 블로그

2023. 11. 4. 00:56

　　세상 모든 피해자가 그러하듯 저도 저에게 들이닥친 폭력이 무엇인지 처음엔 알지 못했습니다.

잠든 사이에 누군가

한 달 새 은채가 건네주는 음식을 제대로 먹지 못할 정도로
건강이 급격하게 안 좋아졌습니다. 한 입도 삼키지 못하고 바닥에
도로 게워 내기 일쑤였습니다. 시큼한 토사물 냄새가 방 안에 가득
찼습니다. 그런데도 은채는 얼굴 한번 찡그리지 않고 물티슈로
토사물을 닦아 내곤 했습니다.

"과외 중개 앱에 프로필 사진 갱신했어요. 언니 얼굴이
너무 안 좋아서 제 사진으로 올렸어요. 요즘 학부모들이 어찌나
까탈스러운지 과외 선생 얼굴도 따지잖아요. 걱정 안 해도 돼요.
제가 영어는 좀 하거든요. 외국어영역은 상위 3퍼센트 안에 들어요."

엄마 병원비에 보태느라 구멍 난 유학 자금을 메꿔야 했습니다.
그래서 제 몸이 건강해질 때까지만 은채가 버는 과외비에서
중개수수료 개념으로 몇 퍼센트의 돈을 받기로 했습니다. 양심에
찔렸지만 어쩔 수 없었습니다.

은채는 거실 하나, 방 두 칸짜리 빌라의 방 한 칸을 아예
공부방으로 만들어 운영했습니다. 아이들 수업이 늘면서 자연스레
저한테는 소홀해졌습니다.

"쌤, 이거 무슨 냄새예요?"

"아, 미안, 미안. 쌤한테 좀 아픈 언니가 있어서 그래."

언제부턴가 아이들 수업 시간만 되면 은채가 제 방문을
맹꽁이자물쇠로 걸어 잠갔습니다.

방에 갇혀 지내는 시간이 점점 길어졌습니다. 나중에는 환자용
이동식 용변기를 제 방에 넣어 주었습니다. 어두컴컴한 방 안이 제
세계의 전부가 되어 가고 있었습니다.

그러던 어느 날이었습니다. 초저녁부터 잠에 빠져들었는데
정신을 차리고 일어나 보니 한밤중이었습니다. 잠겨 있어야 할
방문이 조금 열려 있었습니다. 방문 사이로 교태 섞인 신음이
흘러들어 왔습니다.

조심스레 문틈에 눈을 가져다 댔습니다. 개인 과외를 받는 남학생과 은채가 거실에서 몸을 섞고 있었습니다. 과체중이던 은채는 언제 다이어트를 했는지 날씬하고 육감적인 몸매를 갖고 있었습니다. 형광등 불빛이 너무 환해서 은채 위에서 헐떡이고 있는, 어린 남자아이의 육체가 볼품없다 못해 가여워 보였습니다.

남자아이의 부모가 개인교습 시간에 벌어진 일을 알게 된다면 분명히 가만히 있지 않을 것입니다. 은채가 제 이름으로 파렴치한 짓을 벌이는 걸 막아야 한다고 생각했습니다.

그때 문자 알림음이 울렸습니다. 내가 언제 스마트폰을 화장대 위에 얹어 놓았지? 아니, 이걸 마지막으로 만진 지가 사흘 전이었나? 나흘 전이었나? 고개를 갸우뚱거리며 스마트폰을 집어 들었습니다.

문자는 새아버지에게서 온 것이었습니다.

—네 엄마 신장이 다 망가졌다. 병원비 부담하라고 안 할 테니한 번만 왔다 가라.

엄마 신장이 다 망가졌다니 처음 듣는 이야기였습니다.

검지를 아래로 긁어 이전에 새아버지와 나눴던 문자메시지들을 훑었습니다.

—이제 저하고는 가족 아닌데요. 차단합니다.

—엄마 병들었다고 새아버지도 엄마 버리려는 거죠? 지금 저한테 떠넘기려는 거잖아요?

—병원비 때문에 자꾸 연락하는 거예요? 유학 갈 돈밖에 없어요. 돈 없다고요. 귀찮게 굴지 좀 말아요.

이런 메시지들을 보낸 기억이 없습니다. 아니, 몇 날 며칠 잠만 자느라 스마트폰을 손에 쥐고 있지 않았습니다.

저는 비치적거리며 거실로 걸어 나갔습니다.

"야, 김은채. 이게 다 무슨 말이야?"

잠든 사이에 누군가

벌거벗은 남자아이가 귀신이라도 본 듯 소릴 꽥 지르며 교복을 주섬주섬 들고서 집을 뛰쳐나갔습니다. 바닥에 드러누워 있던 은채가 천천히 일어났습니다.

"애들 있을 땐 방 밖으로 나오지 말랬잖아? 냄새나서 다들 싫어한다고. 이러다가 과외 다 끊기면 어떻게 하려고 그래?"

은채가 분홍색 레이스 팬티를 입으며 퉁명스레 말했습니다. 분홍색 레이스 팬티는, 제가 제일 아끼는 속옷이었습니다. 그런데 날씬하고 육감적인 은채의 몸에 더 잘 어울렸습니다. 언제부터 내 것이 은채에게 더 잘 어울리게 된 것인지 모르겠습니다.

"엄마 많이 아픈 거 왜 나한테 말 안 했어?"

폐렴 때문인지, 슬픔이 목에 걸려서인지 목소리가 잘 나오지 않았습니다.

"내가 말 안 했나? 바빠서 몰랐지."

"이 문자들은 다 뭐야? 언제부터 내 폰을 네 마음대로 사용한 거야?"

"그럼 명색이 새아버지도 아버지인데 문자 온 걸 다 씹어?"

"뭐라고?"

은채의 비아냥에 화가 치밀어 올랐습니다.

"왜 병원비 안 줬어?"

"극구 사양하는 걸 나보고 어쩌란 말이야?"

"그럼 그 돈은 다 어떻게 했는데?"

"언니가 삼시 세끼 처먹은 건 공짜로 생긴 건 줄 아나 봐?"

심드렁하게 구시렁대는 은채의 멱살을 붙잡았습니다. 제 몸 어디에서 그런 힘이 솟아났는지 당장에라도 목을 부러뜨릴 기세로 으르렁댔습니다.

"도대체 나한테 왜 이러는 건데?"

"그걸 아직도 몰라? 진짜 멍청하네."

은채가 제 손을 잡아 뜯어내더니 저를 방바닥에
패대기쳤습니다. 좀 전에 잡아먹을 듯이 달려들었던 기세는 어디로
가고 쇠약해질 대로 쇠약해진 제 몸은 순식간에 나가떨어졌습니다.
옆구리와 엉덩이에 전해지는 통증보다 모멸감이 비수처럼 찔러 더
아팠습니다.

저는 억지로 몸을 일으켜 세웠습니다. 소파 위에 널브러져
있던, 예전엔 제 것이었지만 지금은 은채가 입고 다니는 코트를
잠옷 위에 걸쳤습니다.

"어디 가려고?"

은채가 제 앞을 가로막았습니다.

"병원에. 가서 필요하다면 내 신장이라도 떼서….."

"안 돼!"

"왜? 왜 안 돼?"

가소롭고 어리석은 자를 내려다보는 듯한 은채의 표정을
보고서야 저는 깨달았습니다.

"네가 그랬지?"

"뭘?"

"시치미 떼지 마! 엄마 신장 망가진 거, 네 짓이지?"

다 듣고도 감당할 수 있겠냐는 듯한 눈빛으로 절 노려보며
은채가 말했습니다.

"신장이식? 다 소용없어. 언니 신장도, 언니 엄마 신장도 제초제에
이미 중독됐거든. 그리고 한번 망가진 신장은 되돌릴 수 없어."

머릿속에서 뭔가 뚝 끊어지는 소리를 들은 것 같았습니다. 저는
괴성을 지르며 은채에게 덤벼들었습니다. 겨우 몇 달 만에 저와 제
가족을 병들게 만들고, 돌아갈 수 없는 죽음의 낭떠러지 앞에다
끌어다 놓은 은채를 용서할 수 없었습니다.

은채와 저는 누가 먼저랄 것도 없이 서로의 머리끄덩이를

붙잡고 서로를 할퀴고 발로 걷어차고 주먹을 날렸습니다.

그러다 갑자기 퍽, 하는 기분 나쁜 소리가 났습니다.
은채가 거실 탁자 위에 올려져 있던 노트북으로 제 머릴 내리친
것이었습니다. 저는 날아가다시피 바닥에 고꾸라졌습니다.
그러면서 거실 탁자에 그만 머리를 찧고 말았습니다. 쇠꼬챙이가
관자놀이를 뚫고 나가는 듯한 통증을 느꼈습니다.

비릿한 쇳내가 방 안에 가득 찼습니다. 그건 제 피
냄새였습니다. 저는 죽음 같은 어둠 속으로 빨려 들어갔습니다.

4.

경찰들이 나가고 나자 은채 엄마는 제 분에 못 이겨 발로
바닥을 세게 굴렀다. 낙상 방지 가드를 붙잡고 흔들기도 했다. 성난
황소처럼 씩씩거렸다.

나는 은채 엄마가 왜 이렇게 화를 내는지 알지 못했다.

"나 골탕 먹이려고 작정했지? 그래서 그런 말도 안 되는 유서를
남긴 거지?"

선득한 바람이 얼굴 위로 휙 불었다. 커다란 그림자가 눈꺼풀에
스쳤다. 바로 다음 순간, 퍽 소리와 함께 머리통이 쪼개지는 듯한
통증이 일었다.

"이 망할 년!"

이게 무슨 일인지 알아차리기도 전에 두 번째 공격이 이어졌다.

"퍽!"

이번에는 커다란 쇠못이 이마에 꽂히는 것 같은 통증에 정신이

아득해졌다.

"차라리 거기서 죽어 버리지!"

눈꺼풀 위로 커다란 그림자가 어른거렸다. 지독한 장미 향수 냄새와 땀내가 훅 끼쳤다. 한 방만 더 맞으면 치명타다. 어떻게든 마지막 일격을 피하고 싶었다. 필사적으로 온몸에 힘을 주었다.

살고 싶다. 살고 싶다. 미치도록 살고 싶다고 속으로 외쳤다.

손목을 묶었던 천이 조금 헐거워졌다. 힘을 주자 손이 움직였다. 문득, 지금 내가 생각한 대로 몸이 움직인다는 사실을 깨달았다. 마지막 치명타를 막아 내기 위해 팔을 들어 올리려고 했다. 하지만 그러기엔 힘이 턱없이 모자랐다. 손을 꼼지락대는 게 다였다. 결국 이렇게 죽는구나, 싶었다.

그때 병실 문이 열렸다. 덮쳐 오던 그림자가 순식간에 사라졌다. 병상 아래쪽에서 뭔가가 통, 하고 바닥에 부딪히는 소리가 올라왔다.

"아유, 물통이 왜 이렇게 미끄럽지? 실수로 그만 떨어뜨렸네?"

극심한 두통 때문에 정신을 차릴 수가 없었다. 그 와중에도 벌어진 상처에서 피가 샘솟는 걸 느꼈다.

"김은채 환자, 코드 블루, 코드 블루."

알고 봤더니 내가 손가락을 움직여 환자감시장치 센서를 손가락에서 빼낸 것이었다. 그 바람에 심정지 알림이 울렸고 간호사들이 달려왔다. 마침 머리에서 피가 샘솟고 있었고 응급처치를 위해 보호자인 은채 엄마는 병실 밖으로 쫓겨났다.

의료진이 몰려와 붕대를 풀고 머리의 상처를 살펴보는 동안 간호사가 나에게 진정제를 투약했다. 통증들이 뭉근하게 잦아들면서 졸음이 몰려왔다.

바닥없는 어둠 속으로 온몸이 가라앉고 있었다.

잠든 사이에 누군가

나연 쌤의 영어 공부 팁/유학 준비/일상/공유 블로그

2023. 11. 4. 01:32

정신을 차렸을 땐 차 안이었습니다. 저는 마네킹처럼 사지를 쭉 뻗은 채 조수석에 실려 있었습니다.

은채가 손바닥으로 운전대를 내리치며 고함을 치고 있었습니다.

"김나연으로 몇 달 살지도 못했는데 왜 자기 마음대로 죽어 버린 거야? 왜? 왜?"

차가 갓길에 섰습니다. 은채가 씩씩대며 운전석 문을 열고 나갔습니다.

저는 실눈을 떴습니다. 은채의 뒷모습이 전조등 불빛 때문에 핏빛으로 물들어 있었습니다. 강변로를 따라 걸으며 어디에다 저를 갖다 버릴지 가늠해 보는 것 같았습니다. 아니면 강에라도 던져 버릴 계획을 짜고 있는 것 같았습니다.

여기서 벗어날 생각에 저는 조심조심 조수석에서 운전석으로 옮겨 탔습니다. 차에 시동이 걸려 있었습니다. 기어를 후진에 두고 가속페달을 밟으려던 때였습니다.

룸미러를 쳐다보았습니다. 거기엔 거뭇거뭇한 피부에 불그죽죽한 입술을 한 깡마른 여자가 있었습니다. 퀭한 두 눈에 생기라곤 찾아볼 수 없는, 병들고 가난한 여자였습니다.

거울 속 여자는 제가 아니었습니다. 김나연이 아니었습니다.

참을 수 없는 분노가 치솟았습니다. 기어를 주차에 맞추고 가속페달을 밟았습니다. 바퀴가 공회전하면서 비명을 질렀습니다. 기어를 주행으로 바꾸고 피투성이 맨발에 더욱 힘을 줬습니다.

순식간에 둔탁한 충돌음과 함께 은채의 몸이 범퍼 아래로 사라졌습니다. 저는 조금의 망설임도 없이 핸들을 꺾어 집으로 되돌아갔습니다.

난장판인 집으로 돌아와 죄책감과 불안함과 공포에 휩싸여 몸을 떨었습니다. 부들부들 떨리는 손으로 스마트폰을 찾았습니다.

저는 블로그에 두서없이 글을 쓰기 시작했습니다.

조금 있으면 살인자가 됩니다.

아니, 어쩌면 벌써 살인자가 됐을지도 모릅니다.

그러므로 이 글은 당연히 유서(遺書)입니다.

5.

주위에 아무도 없는 걸 귀와 코로 확인하고 또 확인한 후 눈을 떴다. 잿빛의 병실 천장이 보였다. 병실 안은 어둑했다.

머리맡에 켜져 있는 보조등 하나에 의지해 제일 먼저 내 몸을 살폈다. 혼자 남은 틈을 타 도망칠 속셈이었다. 골반 아래를 보려고 턱을 당기는데 고개가 움직이지 않았다. 낙상 방지 가드에 천으로 묶인 오른손을 마구 흔들어 빼낸 다음, 목에 가져다 댔다. 목과 머리통을 연결한 쇠막대기 같은 게 만져졌다. 이번엔 가슴을 더듬어 보았다. 가슴부터 허리까지 딱딱한 깁스가 보정속옷처럼 둘러쳐져 있었다. 왼쪽 다리도 깁스가 되어 있었다. 움직일 수 있는 건 오른손과 오른 다리뿐이었다.

한숨이 절로 나왔다. 이러면 산송장이나 다를 게 없다.

잠든 사이에 누군가

저울질을 해 보았다. 은채 엄마에게 내가 어떤 상태인 게 더 나은지. 코마 쪽으로 저울 받침대가 기울어지는 건 당연했다.

멀리서 은채 엄마의 간드러진 콧노래가 날아 들어왔다. 나는 얼른 두 눈을 감았다. 은채 엄마는 경쾌한 손놀림으로 물티슈를 뽑아서 내 손과 발을 닦아 주었다. 차가워서 화들짝 놀랐지만, 최대한 몸을 움직이지 않으려고 애썼다.

"은채야, 네가 내 마지막 적금이란다. 우리 예쁜 은채야."

콧노래와 섞어 흥얼거리는 은채 엄마의 말에 온몸이 굳어 버렸다. 이번엔 무슨 방법으로 내 숨통을 끊으려고 할지 모른다. 잔머리를 쓸어 넘겨 주다가도 내 얼굴 위에 베개를 얹고 짓누를 수도 있었다. 그러고도 남을 여자였다.

"안녕하십니까? 또 뵙네요. 박형필 경삽니다."

구둣발 소리로 유추해 볼 때 박 경사 외에도 여러 사람이 병실에 들어온 것 같았다.

"뺑소니범 잡았어요?"

물티슈로 닦던 손길을 멈추며 은채 엄마가 퉁명스레 물었다.

"네, 잡았습니다."

기대하지도 않았던 대답이 돌아와 나는 깜짝 놀랐다. 놀라기는 은채 엄마도 마찬가지인지 헉, 하고 숨을 삼키는 소리가 내 귀에까지 들렸다.

"나흘 전 강에 투신자살하려 했던 20대 여성을 극적으로 구조했어요. 그 여성이 블로그에 쓴 게시물을 심상치 않게 여겼던 블로그 이웃이 경찰에 신고해 자살을 막을 수 있었죠."

컴컴한 강물을 바라보며 무언가를 가늠해 보고 있던 내 모습이 기억났다. 나는 그때 강물에 뛰어들 생각이었던 걸까.

"투신자살하려 했던 여성이 바로 김나연 씨입니다."

"김나연? 은채가 갖고 있던 유서에 적힌 그 김나연이요?"

"네, 그렇습니다. 그리고 나흘 전에 김나연 씨가 구조되자마자 자백했습니다. 자신이 은채 양을 차로 치고 달아났다고요."

이게 다 무슨 소리지? 뺑소니범이 김나연이라면 나는 누구란 말이지?

내가 김나연이다. 호주 멜버른 대학교로 유학 갈 예정인 명문대 영문과 휴학생이고, 모자란 유학 비용을 메꾸기 위해 공부방을 운영하는 건실한 20대 청년 김나연이란 말이다.

"가요, 갑시다. 김나연인가 뭔가 하는 뺑소니범 면상 좀 봅시다."

엄마가 소매를 걷어붙이며 씩씩거렸다.

"그런데 수사 과정에서 은채 양의 범행이 드러났습니다. 김은채 양 주머니에서 나온 유서는 가짜였습니다. 김나연 씨가 죽은 줄 알고 자살로 꾸미려 시체를 강에 버릴 생각으로 쓴 유서라고 하더군요."

나는 눈꺼풀이 떨리지 않게 조심하며 어금니를 앙다물었다. '코마'라는 안전지대에 계속 숨어 있고 싶었다.

엄마 말대로 나는 엄마의 마지막 적금통장 같은 거였다. 내 폐와 신장도 조금씩 망가지기 시작했다. 나는 도망쳐야만 했다. 아무도 찾을 수 없는 곳으로.

그러기 위해선 돈이 필요했다. 하지만 대학 진학도 못 한 터라 변변한 직장을 구할 수 없었다. 영어는 곧잘 했기 때문에 과외 중개 앱을 통해서 과외 일을 구했다. 학력과 경력을 속인 걸 들키기 전까지였지만.

앱에서 김나연을 발견한 게 그때였다. 신고하겠다는 학부모에게 무릎을 꿇고 빌었던 날이었다. 그동안 받았던 과외비도 도로 토해

내라고 해 그 자리에서 계좌이체를 해 줬다. 그러고 나서 여관으로 돌아와 앱을 들여다보는데 김나연이라는 이름이 눈에 들어왔다. 명문대 영문과 휴학생, 성도 나하고 같은 김씨, 비슷한 또래에 1인 가구 여성. 그녀가 주저리주저리 써 놓은 블로그 글들을 읽으며 나는 결심했다. 내가 김나연이 되겠다고.

학생인 척 접근했다. 중고 거래 사이트에서 교복을 사서 입었다. 여관을 들락거리는 일진들에게 몇만 원 쥐여주고 같이 따라가 달라고 부탁했다. 그렇게 시범 과외를 핑계로 김나연에게 접근해 그녀를 야금야금 빼앗았다.

"가짜 유서 안에 흥미로운 사실들이 적혀 있었습니다. 제가 오래전부터 예의 주시해 왔던 일가족 연쇄 사망 사건에 대한 단서였죠."

엄마가 코웃음을 쳤다.

"일가족 뭐요?"

"당신 첫 번째 남편과 시어머니, 두 번째 남편과 전처소생인 아들까지 줄줄이 폐와 신장이 섬유화되고 결국엔 호흡곤란과 신부전으로 사망한 사건 말입니다. '파라　하이드레이트'라는 제초제에 중독된 거였죠."

건강한 성인 남녀는 30배로 희석한 제초제를 조금 마시는 걸로는 바로 죽지 않는다. 여러 가지 합병증이 발병되어 고통스럽지만 아주 천천히 죽는다. 실험할 필요도 없었다. 그걸 바로 곁에서 지켜보며 컸으니까.

"어머, 그랬어요? 진즉에 알았으면 식구들을 그렇게 허망하게 보내진 않았을 텐데, 아쉽네요."

엄마가 이렇게 뻔뻔스럽게 나오는 데에는 다 믿는 구석이 있어서였다.

"사망한 식구들 모두 화장이 되는 바람에 독살됐다는 증거가
없었습니다. 눈앞에서 범인이 활개 치고 다니는 모습을 지켜보고
있을 수밖에 없어서 전 밤에 잠이 안 올 지경이었죠."

콧소리를 섞어 가며 엄마가 연극적으로 웃었다.

"이제 포기할 때 안 됐어요? 괜한 일에 애 끓이지 말고 두 다리 쭉
뻗고 주무셔요."

"그런데 엉뚱한 곳에서 실마리를 찾은 겁니다. 지금 김나연
씨가 앓고 있는 원인 모를 병증이 '파라   하이드레이트' 제초제
중독 증상과 같더군요. 그래서 당신이 어떤 방식으로든 개입된 게
아닐까 의심했죠. 김나연 씨 빌라를 샅샅이 뒤졌더니 뭐가 나왔는지
압니까?"

"뭐, 뭐가 나왔는데요?"

엄마의 목소리에서 미세한 떨림이 느껴졌다.

"싱크대 수납장에서 제초제 희석액이 담긴 간장병을
발견했습니다."

그 간장병은, 내가 집을 나올 때 몰래 챙긴 것이었다. 엄마가
보일러실을 들락거릴 때마다 유심히 지켜봤던 덕에 보일러 연통
안에 숨겨져 있던 간장병을 발견할 수 있었다.

"거기서 누구 지문이 발견된 줄 알아? 당신 지문이 나왔어!"

종이 뭉치 같은 게 바스락거리는 소리가 났다.

"2018년 10월 7일, 남편이 몸이 너무 아프다. 원래 약골인
사람이긴 한데 요즘엔 도통 입맛이 없는지 음식을 입에 대려고 하지
않는다. 역시나 전복죽이 기력 보강엔 최고지. 손질한 전복을 다져서
냄비에 넣고 국간장과 참기름에 볶는다.'"

잠든 사이에 누군가

엄마가 후원금을 거둬들이기 위해 썼던 병상 일기였다.

"당신 블로그에 올라온 병상 일기인데 여기 사진에 간장병 보여? 당신 손에 들고 있는 거? 간장병 라벨에 묻은 간장 얼룩까지 김나연 씨 집에서 나온 것하고 똑같지?"

엄마의 슬리퍼 소리가 바닥을 빠르게 때리며 울리다가 멈췄다. 형사들이 도망가는 엄마를 놓아줄 리가 없었다.

"이거 왜 이래?"

옷자락이 사납게 스치는 소리가 났다.

"당신을 현 시각 부로 친족 살해 혐의로 긴급체포합니다. 변호사를 선임할 수 있으며…."

형사들이 엄마를 에워쌌다.

"아니, 은채 이년이 저지른 짓에 왜 나까지 끼워 넣는 거야?"

"김나연 씨 살인 미수 사건하고 당신 사건은 별건이야. 당신은 이제 연쇄살인 사건의 용의자라고!"

엄마가 씩씩거리며 악을 썼다.

"그 간장병에 제초제를 은채가 넣었는지 내가 넣었는지 증명해야만 될 거야!"

경찰이 그것까지 증명해 내지 못한다면 엄마는 어떻게 되는 것일까?

"당신, 엄마 맞아? 어떻게 자신이 저지른 죄까지 딸한테 덮어씌우려고 해?"

6.

모두가 사라지고 나만 남았다. 물론 형사 몇이 병실 밖에서 지키고 서 있긴 하다. 살인 미수 용의자로 체포하기 위해 내가 깨어나길 기다리면서.

이렇게 될 줄 알았다면 그런 몹쓸 짓까지 벌이진 않았을까? 아니, 나는 어렴풋하게나마 이런 결말을 예상했던 것 같다. 예상했지만 남의 걸 빼앗는 행동을 멈추지 못했다. 내가 엄마에게서 배웠고 잘할 수 있는 건 오로지 빼앗는 것뿐이었으니까. 상대가 가진 유일한 것이 목숨일지라도.

환자감시장치의 알림음만이 규칙적으로 울리고 있었다. 가만히 그 소리에 맞춰 입술을 달싹거렸다.

내 이름은 김나연이다. 올해 23살이고 유학을 앞둔 휴학생이다.

그리고 나는 지금 '김은채'라는 감옥에 갇혔다.

작가의 말

거짓말의 발톱
서미애

미스 마플 클럽의 두 번째 단편집입니다.

지난해 출간된 미스 마플 클럽의 첫 단편집 《파괴자들의 밤》은 여성 빌런을 소재로 한 작품들이었습니다. 두 번째 단편집의 소재를 무엇으로 할까 의논하는 자리에서 (지난여름이었습니다) 우리는 지하철역에서 불특정 다수에게 흉기를 휘두르는 사건이 연달아 일어나고 있는 일에 대해 이야기했습니다. 그 사건 뒤 100여 명이나 되는 사람들이 자기도 그런 테러를 저지르겠다고 인터넷 게시판에 글을 올린 것은 충격이었습니다.

작년 여름의 그 미친 듯한 분위기를 뭐라 설명해야 할지 모르겠습니다. 대륙마다 기후변화로 인한 온갖 자연재해로 힘들어하고, 전쟁은 여전히 이어지고, 경제는 갈수록 힘들어지는데 인류 종말의 시작이 아닐까 싶은 흉흉한 분위기 속에 사람들도 미쳐가는 건가 하는 과한 생각도 들었습니다. 그때 누군가 외쳤습니다.

"이거 어때요, Crazy!"

그렇게 미스 마플 클럽의 두 번째 단편집 주제가 정해졌습니다.

대화를 계속하다 보니 그 '미친' 것이 무엇이든 간에 지금 우리 사회에서 벌어지는 다양한 미친 짓, 미친 범죄, 미친 현상들, 미친 인간에 대해 할 이야기가 참 많다는 생각이 들었습니다. 작가들은 그렇게 지금 우리 사회에서 벌어지고 있는 현상들에 대해 안테나를 세우고 관찰하고 기록합니다. 덕분에 이번에도 다채로운 이야기가 담기게 되었습니다.

〈거짓말의 발톱〉은 핸드폰을 가진 사람이라면 누구나 한다고 해도 과언이 아닌 SNS에 대한 이야기입니다.

오프라인보다 온라인의 만남이 더 자연스러워진 세상에서 우리는 사람들에게 보여지는 '나'의 모습을 선택할 수 있습니다. 인스타그램에 사진 한 장을 올리기 위해 수십 장의 사진을 찍기도 하고 필터와 다양한 기술의 도움을 받기도 합니다. 이왕이면 잘 나온 사진으로 올리는 건 당연한 일이죠. 문제는 선을 넘는 경우겠죠. 인터넷 속의 세상은 내가 아닌 다른 사람으로 변신하는 것도 너무나 손쉬운 곳입니다.

제가 이 작품을 구상하던 때 저의 페이스북 세상에서는 10년 넘게 자신의 정체를 미국의 명문대 교수라고 속여 온 '온라인 리플리'의 실체가 밝혀져 사람들에게 충격을 주고 있었습니다. SNS를 통해 인연을 맺고 오프라인에서 만나기도 하던 사람들은 그 긴 세월 동안 자신들이 속았다는 사실에 황당하기도 했고, 명문대 교수인 척 연기를 해 온 그가 의아하기도 했습니다.

SNS는 현실에서는 이룰 수 없었던 것들을 쉽게 나의 것으로 만들어 주는 천국입니다. 사진 몇 장과 그럴듯한 스토리만 있다면 그대로 받아 주는 세상이니까요.

현실이 내 욕망을 채워 주지 못할 때 가상의 존재를 만드는 일이 뭐 그리 나쁜 일인가 싶지만 그게 현실로 이어지면 심각해질 수도 있습니다. 실제로 SNS에서 알게 된 여성을 직접 만난 한 남성이 실물과 사진이 너무 다른 여성에게 폭행을 가한 사건도 있었습니다.

〈거짓말의 발톱〉은 그저 일상의 작은 위안으로 시작했던 거짓말이 점점 커져서 자신의 삶이 파괴되는 인물을 다루고 있습니다.

아무것도 아닌 나, 초라한 현실의 나에게도 누군가에게 인정받고 싶고, 부러움의 대상이 되고 싶은 욕망이 있습니다. SNS는 너무나 쉽게 올라갈 수 있는 무대였습니다. 포장된 사진 한 장으로 사람들의 부러움을 사고 관심을 받으면서 점점 더 그 상황을 즐기게 됩니다. 문제는 그런 상황에 몰두하면서 현실에 대한 인식이 점점 흐릿해진다는 것입니다.

가끔 지하철을 타고 가다 주위를 둘러보면 섬뜩할 때가 있습니다. 모두 똑같은 자세로 핸드폰을 들여다보고 있습니다. 다들 현실의 내가 아니라 핸드폰 속 세상만 보며 살고 있는 것 같은 생각이 듭니다. 마치 영화 〈매트릭스〉에서 인큐베이터 같은 캡슐 안에 누워 있는 인간을 보는 느낌처럼 말입니다. 머리에 연결된 케이블이 아니라 자발적으로 핸드폰을 손에 들고 말이죠.

어쩌면 모피어스가 건네던 빨간 약과 파란 약이 지금, 우리 눈앞에 있는 게 아닐까요?

만약 그렇다면,

어느 쪽을 선택하시겠습니까?

술래의 역습과 피 흘리는 다수
송시우

    'Crazy'라는 주제를 받아 놓고 무엇을 써야 하는지 고민이
많았다. 정해진 주제에 맞춰 소설을 쓰는 능력이 내겐 별로 없는 것
같다고 느꼈다.

    한 가지 분명했던 건 비유로서의 광기가 아니라 진짜 광기에
대해 쓰고 싶다는 마음이었다. 고민 끝에 2023년에 한창 문제가
됐던 은둔 청년의 이상 동기 범죄를 소재로 이야기를 지었다. 정신이
망가진 은둔 청년이 막연한 좌절감과 분노를 특정 대상에게 투영할
때 어떤 비극이 일어날 수 있는지를, 그가 자신을 합리화하고 자신이
저지른 행동의 책임을 일일이 남 탓으로 돌리는 과정을 담고자 했다.
작년에 발표한 여성 빌런 앤솔로지에서 활약한 이규영 형사를 다시
불러왔다. 범죄 심리 전문가인 이규영 형사라면 이상 동기 범죄자의
동기를 알아내고 싶은 갈망이 누구보다 클 것 같았다. 그녀가 이
작품에서도 톡톡히 자신의 역할을 다해 줬기를 바란다.

    정보가 범람하며 무엇이 진실이고 무엇이 거짓인지 알 수 없는

작가의 말

경우가 많아졌다. 명백한 사실도 힘 있는 자가 아니라고 우기면 사실이 아닌 게 되는 걸 봤다. 진실이 헐값에 인터넷의 바다를 굴러다니는 통에 힘없는 개인이 무고한 다른 개인을 미워하기가 쉬워졌다. 이상 동기 범죄의 동기에는 그런 영향도 있을 것이다. 최대한 많은 사람이 미치지 않고 살아남기를 바란다.

원해
정해연

다른 사람이 상사에게 지적을 받거나, 뭔가 일이 잘못되었을 때,
그러니까 남의 불행을 볼 때 인간에게서는 엔도르핀이 분비된다고
합니다. 우리는 직장 내에서 다른 사람이 울적한 얼굴로 상사의
방에서 나온다면 무슨 일이 있느냐고 물어봅니다. 대부분 걱정의
형태를 띠지만, 그것이 정말 걱정인지, 아니면 엔도르핀의 분비를
위해 무슨 일이 있었는지 알고자 하는, 단순한 궁금증을 채우려는
것인지는 생각해 봐야 할 문제입니다. 또한 당신에게 무슨 일이
있느냐고 친절하게 묻는 상대의 진심 역시도요.

그러나 그것은 본능적인 부분입니다. 인간은 어쩔 수 없이 자신
쪽으로 기울어진 시선과 잣대를 갖고 있습니다.

운전을 합니다. 운전자의 왼쪽 옆으로는 노란 선이 그어져
있습니다. 중앙선입니다. 한 뼘이 될까 말까 한 그 선은 핸들을
조금만 옆으로 꺾어도 간단히 넘을 수 있습니다. 그렇게 쉬이 넘을
수 있는 그 선을 정말로 넘어 버리면 위법이 됩니다. 범죄자가 되는
것입니다.

삶도 마찬가지입니다. 본능적인 부분이라 치부하고 남을

시기하고 잘못되기를 바란다는 마음을 자제하지 못한다면 결국
선을 넘어 버립니다. 선을 넘을지, 넘지 않을지는 여러분에게
달렸습니다.

  이 글을 쓰기 전에 우연히 직장인들을 만나 볼 일이 자주
있었습니다. 직장 내에서의 질투와 잘못되기를 바라는 마음에
대해서 글을 쓴다고 했더니 예상보다 많은 사람들이(거의 전부가)
자신도 그런 일을 많이 겪었다고 했습니다. 생각해 보면 저도 그런
일을 겪었던 것 같습니다.
  저는 전업 작가가 되기 전 오랜 기간 직장인 생활을 해 왔습니다.
다 같은 직원이지만 알게 모르게 시기를 하기도 하고, 실수를
유발하게 하기 위해 교묘한 말을 쓰는 사람도 만난 적이 있습니다.
반대로 제가 그러지는 않았나 생각해 봅니다. 대표님께 혼이 나고
나와서 우는 직원을 위로해 줄 때, 그 사람을 정말 위로했던 건지,
아니면 위로하는 나를 다른 사람들이 좋은 사람으로 인식했으면
하고 내심 생각했던 건 아닌지.

  작가 생활을 꽤 오래 한 편입니다. 다른 분들처럼 몇십 년까지는
아니지만 12년가량 미스터리 스릴러 작가 활동을 해 왔습니다.
그러면서 알게 된 작가님들이 계시는데요, 가끔 그분들께 좋은
소식이 들려옵니다. 누구는 책이 잘 팔려서 증쇄를 몇 번이나 했고,
누구는 영상화 판권 계약을 했으며, 누구는 해외 출판 계약이 줄을
잇고, 또한 누구는 강연 제안이 끊이지 않고 들어온다고요.
  그럴 때마다 부럽습니다. 샘이 날 때도 있습니다. 하지만
그들이 잘못되기를 바라지는 않습니다. 그런 사람이 되지 않으려고

노력합니다.

　어떤 유튜브에서 그런 말을 본 적이 있습니다. 자신은 그 사람에게 좋은 일이 생기기 전에 힘든 일이 다섯 번 있었을 거다, 라고 생각한다고요. 겉으로 보이는 좋은 일만이 아니라 그 사람이 그 일을 이루기 전에 겪은 힘겨움에 대해서도 생각해 보아야 합니다. 그 자리에 가기까지 얼마나 노력을 했는지, 나는 그만큼을 했는지 말입니다.

　앞서 말했듯 사람에게는 다른 사람의 불행을 볼 때 본능적으로 엔도르핀이 나온다고 합니다. 그것은 본능적인 것이지만 우리는 계속 그 본능을 따라가지 않도록 해야 합니다. 최소한 중앙선을 넘는 사람은 되지 않았으면 합니다.

　오늘도 힘껏 중앙선 옆을 달리면서 핸들을 왼쪽이 아니라 정면으로 똑바로 가도록 운전대를 힘주어 잡는 삶을 사시길 바라겠습니다.

Crazy Love

홍선주

제겐 부캐인 네이버 영화 인플루언서 '쥬한량'이 있습니다. 본캐인 홍선주는 미스터리 작가로서 활동하고, 부캐인 쥬한량으로는 웹소설을 쓰고, 아르바이트로 블로그에 영화나 드라마 리뷰 포스팅을 하기도 합니다.

아르바이트 포스팅의 경우, 보통은 제가 원하는 작품을 보고 추천 글을 쓰는 거라 그다지 어려운 일은 아니었는데, 간혹 의뢰 업체에서 특정 영상물을 지정할 때가 있었습니다. 그렇게 제게 온 프로그램 중 '연애 리얼리티 쇼'도 하나 있었죠.

제가 연애나 로맨스에 가장 관심이 컸던 때는 초등학교에서 중학교 시절까지였습니다. 그 뒤론 인간이 품은 다른 감정들이 훨씬 궁금하고 흥미로웠더랬죠. 그래서 그 프로그램에 도통 몰입할 수가 없었습니다. 20년 전쯤 미국 〈폭스 TV〉에서 방영된 〈조 밀리어네어(Joe Millionaire)〉(당시 〈백만장자와 결혼하기〉라는 제목으로 방영된 걸로 기억하는데 지금 그 제목으로는 최근 프로그램만 뜨네요?) 이후론 흥미를 잃은 포맷의 프로그램을 리뷰하기 위해 억지로 보면서 머릿속엔 자꾸 다른 생각만 떠올랐죠.

'차라리 저기서 누구 하나 죽으면 재밌지 않을까?'

　네, 그렇게 소재를 발굴했습니다. 자연스럽게 '죽은 사람을 두고 라이벌 관계를 형성하던 출연자들이 용의선상에 오르고 서로를 범인으로 몰아가지만, 진실은 다른 이면의 결과로 밝혀진다'는 플롯도 잡았습니다. 하지만 다른 원고 작업들에 밀려 소재 파일에 묻어 두어야 했지요. 사실 상당히 재미있게 나올 이야기가 될 것 같아서 더 잘 쓸 수 있을 때를 기다리고 싶은 마음도 있었습니다.

　그러다 미스 마플 클럽의 두 번째 앤솔로지 주제가 'Crazy'로 결정되면서 이 소재가 가장 어울리겠다 싶어 꺼냈습니다. 그사이 모 연애 리얼리티 프로그램에서 제가 서브플롯으로 쓰려던 어떤 일이 실제 발생하기도 해서(살인은 아닙니다, 설마요!) 약간 김이 빠지기도 했습니다만, 어쨌든 그만큼 제가 쓰는 이야기가 현실을 반영하지 않았나 싶어 뿌듯하기도 했습니다(흠흠;).

　이번 원고는 초고의 문장이 너무 가볍게 나와서 수정하는 데에 애를 좀 먹었습니다. 앞서 작업한 어떤 작품 때문이라고 생각해서 고민이 좀 있었는데, 수정 작업을 마무리하면서 생각해 보니, 이 이야기에는 이런 문장과 표현이 훨씬 잘 어울려서였다는 걸 깨달았습니다. 다행입니다.

　올해가 등단 4년째(3년 차)입니다만, 아직은 어떤 스타일과 하위 장르가 저에게 맞는지 확인하지 못했습니다. 그래서 글을 쓸 때마다 많이 헤매고 시행착오를 거치며 괴로워하고 있습니다. 원고를 하나하나 내놓을 때마다, 그런 과정을 독자분께 보여드리는 게 두렵기도 하고 창피하기도 하지만, 더 재미있고 매력적인 이야기를 보여드리기 위한 여정이라 여기시고 부디 어여삐 봐주시면 좋겠습니다.

작가의 말

이번에도 선배님들께 누가 되지 않기를 바라며, 미스 마플
클럽의 앤솔로지를 독자님들이 오롯이 즐기실 수 있기를
빌겠습니다.

히즈 마이 블러드(He's my blood)
이은영

어릴 때 심장 문제로 주기적으로 병원에 가서 어른들도
아파한다는 굵직한 주사를 맞았다. 지금과는 달리 참을성이
있었는지 아픈 티를 내지 않고 잘 맞는다고 간호사에게 칭찬도
들었다. 그때 아픈 주사를 맞기 전에 주삿바늘로 팔에 십자 모양을
내서 혈액을 확인하는 검사(정확히 어떤 용도인지는 지금도 잘
모른다)도 진행했는데 현재도 내 팔에는 그 주삿바늘 흔적이
남아 있다. 왜 하필 피가 사람이 되는 이야기였을까, 를 생각하다
보니 자연스레 그 주삿바늘이 떠올랐다. 요즘도 주사를 맞을
때면 주삿바늘이 있던 자리에 피가 번지는 걸 가만히 지켜보곤
한다. 그때의 경험으로 피를 더 친숙하게 느끼는 걸까. 어쩌면 내
무의식에서 피는 따뜻함을 지닌 치유력 있는 존재인지도 모른다.

〈히즈 마이 블러드〉는 기존에 써 둔 글의 형태를 조금 변형해서
쓴 단편이다. 다행히 이번에도 즐겁고 설레는 마음으로 써 내려갔다.
인간의 몸속을 돌며 영양분을 운반하는 피가 갑자기 감정을 갖게
되면서 인간으로 변하게 되고 한 인간의 아픔을 치유하게 된다는

이야기로 말이다(여기서 인간이 된 피는 성별을 구분할 수 없기
때문에 제목에서의 'he'는 성별을 알 수 없다는 옛 의미를 담고 있다).

나는 항상 '어떤 식'으로든 독자들에게 위로가 됐으면 하는
바람으로 글을 쓴다. 〈히즈 마이 블러드〉에도 그런 힘이 있었으면
좋겠다. 힘든 시기를 겪고 있는 분들에게 조금이라도 위로가 될 수
있길.

잠든 사이에 누군가
한새마

먼저 제 소설을 끝까지 읽어 주신 분들께 고마움을 표하고
싶습니다.

저는 2016년 1월에 처음 미스터리 소설을 접했고 그 뒤 몇 년
동안은 닥치는 대로 소설을 읽으며 짧은 감상평을 남기는 리뷰어로,
2019년 이후론 부끄럽지만, 졸작을 쓰는 리뷰어로 살아왔습니다.
그래서 저도 '정신 나간 여자'의 이야기가 읽기 힘들다는 걸 잘 알고
있습니다. 때문에 움직이지도 못하는 광녀 소설을 끝까지 읽어 주신
독자님들께 진심을 다해 감사드립니다.

사실 이 소설은 미치고 팔짝 뛸 노릇인 여자를
등장시켜야겠다는 발상에서 시작했습니다. 그런데 쓰다 보니까
미치고 팔짝 뛸 노릇인데 꼼짝 못 하는 여자에 대한 이야기로
바뀌었습니다. 다 쓰고 나서 보니 아예 미쳐 버린 여자의 이야기가
돼 버렸지만 말입니다.

이 소설을 읽으신 분 중에는 몇몇 실제 사건을 떠올리셨을지도
모릅니다. 하지만 모티브는 되었을지 모르나 실제 사건과는 무관한

창작물임을 알아주셨으면 합니다.

그리고 한 가지 더 당부드리고 싶은 게 있습니다. 주인공 은채의 광기는 그녀의 엄마로부터 유전된 것이 아닙니다. 최근에 보험금을 노린 살인사건들이 많이 급증했습니다. 은채의 광기는 물질만능의 사회로부터, 자신의 부를 위해서라면 타인의 생명을 함부로 빼앗아도 된다고 생각하는 범죄자들로부터 대물림되었다고 생각합니다. 앞으론 자신의 이익을 위해 타인의 생명을 해치는 범죄가 줄어들었으면 하는 마음에 그런 광기 어린 모녀 관계를 만들게 되었습니다.

마지막으로, 단 한 명의 독자분께라도 조금의 재미를 드렸기를 간절히 바라봅니다.

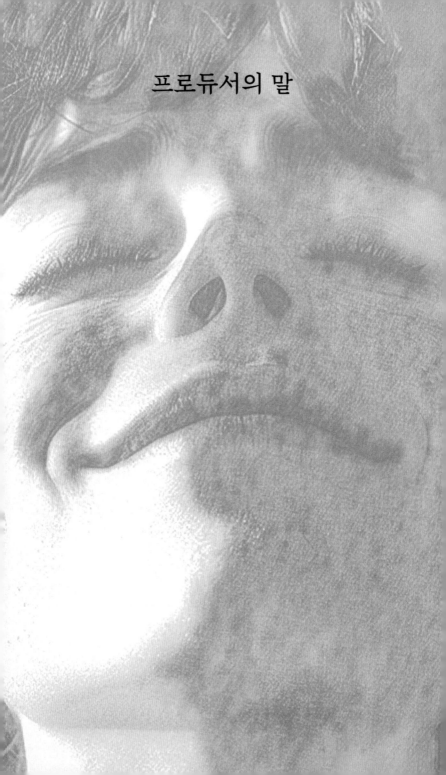

프로듀서의 말

《미친 X들》는 《파괴자들의 밤》에 이어 미스 마플 클럽의 작가진과 안전가옥이 함께 펴내는 두 번째 작품집입니다. 《파괴자들의 밤》을 좋아해 주셨던 독자분들이 종종 다음 작품집에 대해 문의하셨는데, 꼭 1년 만에 새 작품집을 선보일 수 있게 되었네요. 새롭게 합류하신 한새마 작가님과 기존의 다섯 작가님들이 쓴 여섯 개의 신작이 실린 《미친 X들》에는 《파괴자들의 밤》만큼이나 짜릿한 이야기, 어디서도 본 적 없는 독특하고 이상한 '미친' 인물들이 다수 등장합니다.

여섯 작가님들과 안전가옥의 카야 PD와 저까지, 여덟 명의 대인원이 모두 모여 첫 회의를 한 건 2023년 서울국제도서전에서였습니다. 사인회를 마친 작가님들과 함께 근처 카페에서 'crazy'란 키워드로 어떤 이야기들을 구상하고 있는지 이야기를 나누었어요. 작가님들이 꺼내 놓은 아이디어의 조각만으로도 충분히 흥미로웠는데, 작은 조각들이 이야기가 되어 가는 과정을 지켜보는 일도 몹시 즐거웠습니다.

〈거짓말의 발톱〉은 온라인이라는 무대에 전시해 둔 '나'가 현실의 삶을 삼키고 끝내 부수는 이야기입니다. 삶을 전시하는 데 익숙해진 사회, 심지어 그게 돈이 되는 사회에선 얼마든지 일어날 법한 일이기도 하죠. 연극 무대처럼 느껴지는 집들이 장면을 보며, 긴장감에 제 엄지발톱도 저릿해졌습니다.

〈술래의 역습과 피 흘리는 다수〉는 《파괴자들의 밤》의 수록작인 〈알렉산드리아의 겨울〉에 등장했던 이규영 형사가 다시 등장합니다. 온라인에서조차 만난 적이 없는 자를 무자비하게 살해한 새로운 '괴물'의 탄생에 그는 이상한 흥분감을 느끼기도 하죠. 앞으로 그가 만날 범죄자들이 '이해할 수 없는' 사람들일 거란 걸 암시하는 것처럼 보이기도 했습니다. 지금 우리 사회의 면면처럼요.

〈원해〉는 가장 가깝게 느꼈던 사람의 실체를 발견하는 이야기입니다. 내가 행복해질 수 없다면 남의 불행을 바라겠다는 뒤틀린 욕망이 〈원해〉라는 제목과 붙으며 더 씁쓸해지는 작품이기도 합니다. 수옥이 잡혔음에도 가은의 삶을 불행하게 만든 모든 게 그대로일 거란 것이, 작품의 마지막 문장과 함께 긴 여운을 남깁니다.

〈Crazy Love〉는 요즘 가장 뜨거운 콘텐츠인 연애 버라이어티 프로그램의 촬영 현장을 배경으로 한 미스터리로, 밀실 살인을 묘하게 뒤튼 작품입니다. 용의자와 구애자가 뒤섞인 공간에서 '사랑의 일방성'이 아찔하게 펼쳐지는데, 은근히 코믹한 문체가 작품의 톤을 잡아 주는 것도 매력입니다.

〈히즈 마이 블러드(He's my blood)〉는 미스터리와 환상 문학이 뒤섞여 이은영 작가만의 독특한 무드를 만들어 내는 작품입니다.

'저는 피가 사람이 되는 이야기를 쓰려고 해요'라는 작가님의 한마디가 어떤 이야기가 될지 궁금했는데, 서로를 '미친 듯이' 갈구할 수밖에 없는 두 존재의 사랑을 다룬 작품이라는 것도 신선했습니다.

〈잠든 사이에 누군가〉는 믿을 수 없는 화자와 더 믿기 어려운 보호자를 내세워 이야기의 긴장을 놓치지 않는 작품입니다. 꼼짝도 하지 못한 채 몸에 갇혀 있는 화자의 답답함에 공감하며 그가 일어나기만을 바라던 마음이, 예상치 못한 과거들이 하나씩 드러나며 전혀 다른 방향으로 향하게 되는 독특한 작품이었어요. 한편으로는 은채도 나연도 모두 안쓰럽고 애처롭게 느껴지기도 했고요.

멋진 이야기들을 만들어 주신 서미애, 송시우, 정해연, 홍선주, 이은영, 한새마 작가님께 감사드립니다. 작품 속에 등장하는 다양한 '미친' 인물들은 우리 현실에 대한 작가님들의 은유일 테지요. 그래서 더 깊게 공감하고, 더 큰 한숨을 내쉬며 작품을 읽었습니다. 독자 여러분들이 책을 읽는 동안에는 재미와 즐거움의 시간을 가지시길, 책을 덮고 난 뒤에는 우리 사회에 고장 난 부분들을 떠올릴 수 있길 바랍니다. 더불어 한국 추리/미스터리 여성 작가들의 모임인 '미스 마플 클럽'의 작가님들의 이후 행보에도 많은 관심 부탁드립니다.

고맙습니다.

안전가옥 스토리 PD
신지민 드림

미친 X들

기획   안전가옥
프로듀서   신지민, 이수인
            김보희, 이은진, 임미나
퍼블리싱   박혜신, 임수빈
편집   김유진
디자인   금종각, 최세은
서비스 디자인   김보영
비즈니스   이기훈
경영지원   홍연화

펴낸이   김홍익
펴낸곳   안전가옥
출판등록   제2018-000005호
주소   04779 서울특별시 성동구 뚝섬로1나길 5,
        헤이그라운드 성수 시작점 202호
대표전화   (02) 461-0601
전자우편   marketing@safehouse.kr
홈페이지   safehouse.kr

ISBN   979-11-93024-73-7 03810
초판 1쇄   2024년 6월 26일 발행